AF216210

Ich widme dieses Buch meinem besten Freund,
meinem Partner und Gefährten. ♥

Anna-Lena Fogl

Präriesturm

Prärie-Reihe: Band 3

Bibliografische Information der Deutschen Nationalbibliothek:
Die Deutsche Nationalbibliothek verzeichnet diese Publikation
in der Deutschen Nationalbibliografie; detaillierte bibliografische
Daten sind im Internet über http://dnb.dnb.de abrufbar.

Herstellung und Verlag: BoD – Books on Demand, Norderstedt

Copyright: © 2019 Anna-Lena Fogl

ISBN: 978-3-749-43513-5

DIE AUTORIN

"Du brauchst auch mal frische Luft für dein Gehirn", war einer von vielen Sätzen, die die Autorin Anna-Lena Fogl als Kind und Jugendliche oft zu hören bekam. Nicht zu selten vergaß sie sich völlig in ihren kreativen Projekten und Dinge wie Schlafen oder Essen wurden da schon einmal zweitrangig. Die Liebe zu Pferden hat sie zum Glück vor einer akuten Sauerstoffunterversorgung bewahrt und gleichzeitig ihre Ideenwelt unentwegt beflügelt.

Geboren 1993 lebt sie derzeit in Bayern.

Webseite: https://annalenafogl.jimdo.com/
Facebook: www.facebook.com/annalenafogl/

DANKSAGUNG

Danke an meine Familie, die immer für mich da ist und durch die ich die geworden bin, die ich heute bin.

Alle drei Bücher mit mir durchgesprochen, durchkorrigiert – und durchgehalten – hat Cilly. Worte können nicht ausdrücken, wie viel mir das bedeutet!

Danke liebe „Federschwinger"-Autoren, dass ihr mir auch beim dritten Buch mit Rat und Tat zur Seite gestanden habt!

Auch den „Rosenheimer Autoren" ein Dank für alles, was ich mit euch erleben und erfahren darf auf unserer gemeinsamen Autoren-Reise.

**May God have mercy
upon my enemies,
because I won't.**
George S. Patton

Prolog: *Schändlich*

Die frische, kalte Nachtluft schlug ihm ins Gesicht wie die forsche Hand einer empörten Dame. Auch das Auf- und Zuschlagen der schwingenden Saloontüren, das ihm in letzter Zeit viel zu vertraut geworden war, erschien ihm erbost. Erbost darüber, dass er ihren Fängen bereits wieder entschwand. Doch sie beruhigten sich schon bald, wussten sie doch, dass er wiederkommen würde.

Wie er es immer tat.

Jeden Tag.

Das Blut rauschte ihm sogleich in den Ohren und durch seinen Kopf, was ihm ein Schwindelgefühl bereitete. Mit einem Stöhnen stützte er sich an einem Balken des hölzernen Vorbaus des Saloons ab und versuchte mit halb zusammengekniffenen Augen ein schwarzes Astmal in einem der Bretter zu seinen Füßen zu fixieren. Er bemühte sich, gleichmäßig zu atmen und öffnete seine Augen langsam wieder, als sich nicht mehr alles ganz so schnell um ihn drehte.

Ihm war bewusst, dass sich dieses Spiel seit Wochen täglich wiederholte. Würde sich einer dieser zumeist etwas aufgekratzten Fotografen in diesen Teil von Whitecourt verirren, er könnte jeden Tag das selbe traurige Foto von ihm schießen. Da Fotografen jedoch zumeist feine Leute waren und sicherlich nach interessanteren Motiven als einem Trunkenbold wie ihm suchten, würde ihm nicht so schnell einer begegnen. Schon gar nicht

hier, im dunklen Teil der Stadt, wie viele es nannten. War Whitecourt auch als schillerndes Juwel bekannt, so hatte auch dieses Schmuckstück seine Schattenseite.

Eine Schattenseite, von der auch er ein Teil geworden war.

Catherine hätte nie gewollt, dass er sich hier herumtrieb. Er hatte auch früher nie das Bedürfnis danach gehabt, doch jetzt war alles anders. Er fühlte sich nirgends mehr zu Hause und war so zu einer der verlorenen Seelen geworden, die hier nach einem Funken Licht in der Finsternis suchten. Doch er suchte eigentlich nach nichts. Er hoffte auf nichts. Er gierte auch nach nichts. Er wollte einfach nur, dass die Zeit verstrich. Und während sie das tat, wollte er möglichst wenig fühlen. Es kümmerte ihn nicht einmal, ob er lebte oder nicht. Ja, in der Tat, am liebsten wäre er tot gewesen! Nicht, dass er es nicht mehrfach versucht hätte, doch er brachte es einfach nicht fertig. Ihm fehlte der Mumm. Zu feige zum Sterben. Ein stärkerer Mann hätte sich von seinem Leid erlöst, doch er war sogar dafür zu erbärmlich.

Schändlich. Das war das richtige Wort. Er war schändlich. Zum Schämen. Erbärmlich. Nichtsnutzig. Vollkommen überflüssig auf dieser Erde.

Er hob das Kinn an und atmete tief ein, ehe er die Luft anhielt. Seine Brust verharrte in angehobener Position, das typische Bild eines Betrunkenen, der sich einen letzten Rest Etikette bewahren wollte, ehe er voranschritt. Es fiel ihm wahrlich nicht leicht, die drei Stufen zur Straße hinab zu nehmen. Das ausgelassene Geschrei

und die animierende Musik des Saloons wurden mit jedem Schritt leiser und er war froh, nicht annähernd bei Sinnen zu sein. Die Einsamkeit hätte ihn sonst in diesem Moment womöglich übermannt. Er wusste jedoch, dass die Sonne bald aufgehen würde, und bei Tageslicht sollte ihn wahrlich niemand in diesem Zustand sehen.

Er mochte sich selbst verloren haben – nicht aber seinen Stolz. Es war nahezu lächerlich, dass dieses unwichtige, trotzige Fünkchen in ihm überlebt hatte. Wozu? Es würde ihn auch nicht retten können! Eigentlich war es ihm völlig egal, wenn er betrunken durch die feinen Straßen lief. Was könnte er schon verlieren? Es war nichts von Bedeutung. Doch dieser letzte kleine Keim an Hochmut hielt ihn vehement davon ab wie der Abschaum der Gesellschaft – zu dem er zweifelsohne geworden war – an den schicken Häusern vorbeizuwanken.

Er machte sich auf den Weg die verhältnismäßig schmale Hinterstraße entlang. Schwerfällig setzte er einen Fuß vor den anderen. Sein Atem ging so schnell als wäre er eine Meile gesprintet. Er fröstelte. Neben diesem verachtenswerten Krümelchen Stolz verspürte er nur Leere. Eisige Leere. Er war sich nicht sicher, ob überhaupt noch etwas von ihm übrig war. Ob da noch jemand zu Hause war in ihm. Sein Körper, den er mühsam die Straße entlangschleppte, erschien ihm wie eine leere, unnütze Hülle.

Plötzlich kehrte der Schwindel mit neuer Kraft zurück und hätte ihn beinah von den Füßen gezogen. In letzter

Sekunde fing er sich an einer Hausrückwand ab. Er fühlte das kalte, raue Holz unter seinen Händen und blinzelte angestrengt. Es waren keine klaren Bilder mehr zu erkennen. Übelkeit stieg in ihm auf. Alle Wärme schien aus seinem Körper zu weichen, ehe er heftig zu zittern begann und sich schließlich übergab.

Er konnte nicht sagen, dass er sich schämte. Sein kleines Teufelchen namens Stolz wollte es ihm einreden, doch die Gleichgültigkeit in ihm war viel größer. Das war eben sein neues Ich. Er hatte sich nicht mehr im Griff und es juckte ihn nicht.

Cathrine, dachte er wehmütig und kniff die Augen zusammen. Als ihm der Geruch seines Erbrochenen in die Nase stieg, stieß er sich von der Wand ab und wankte weiter. Seine Wahrnehmung begann ihm Streiche zu spielen und zeichnete Catherines Bild immer wieder vor ihm in der Dunkelheit ab. Eine der schönen und scheußlichen Nebeneffekte des Alkohols. Jeden Tag sehnte er sich danach, dass sie ihn wieder besuchte und fürchtete sich sogleich auch davor. Vor dem Schmerz, der ihn dann jedes Mal erfasste.

Und immer lächelte sie. Mal sanft, mal lachte sie ausgelassen. Ihr blondes Haar fiel ihr über die Schulter nach vorn und ihre Augen sprühten nur so vor Lebensfreude und Liebe. Nicht zum ersten Mal versuchte er sie zu erreichen, sie zu berühren. Doch wie jedes Mal endete es ohne Erfolg. Sie war nicht mehr greifbar für ihn. Sie hatte ihn verlassen. Und doch trieb ihm der Anblick ihrer tanzenden Illusion in diesem hellblauen Kleid, das er so geliebt hatte, die Tränen in die Augen.

Er schämte sich mehr für seine Trunkenheit als für seine Tränen. Sie waren so echt. Und er war machtlos gegen sie. Sie waren alles, was ihn im Moment auszeichnete und er hatte weder die Kraft, noch das Ansinnen, sie zu verbergen. Sollte alle Welt sehen, wie zerbrochen er war, es war ihm nur recht!

Cathrine streckte ihre Hand nach ihm aus. Ihr Anblick war so echt und sein lädierter Verstand glaubte nur zu bereitwillig, dass sie tatsächlich vor ihm stand. Irgendwo war ihm trotz seines Zustandes klar, dass sie nicht real war, doch sein zerrissenes Herz hoffte, dass sie ihn einfach mit sich nehmen würde. Sie musste nicht hier sein, er würde ihr nur zu gerne folgen, dorthin, wo sie jetzt war. Dafür müsste er nur ihre Hand ergreifen. Er kam ihr dieses Mal so nah, so unglaublich nah, dass er ihre weiche Haut schon beinah fühlen konnte. Die Wärme ihrer liebevollen Hände. Ihr Duft hüllte ihn ein, ihr Lachen erklang in seinen Ohren.

Dann erlosch sie.

Hazen stürzte auf die Knie und fing sich mit den Händen am staubigen Straßenboden ab. Er schrie aufgebracht auf und schlug mit der Faust in den Dreck vor seiner Nase. Das tat sie immer. Das tat sie jedes Mal. Doch so nah wie heute war er ihr noch nie gekommen. Eisige Griffel wollten sein Herz umklammern, zu nah waren ihm die Erinnerungen an sie gekommen - doch er wischte sie schweren Herzens weg.

„Nächstes Mal schaffe ich es. Nächstes Mal", murmelte er und kämpfte sich wackelnd zurück auf die Füße.

„He, Donagan! Na, was treibt denn unser Rebell hier

so ganz allein auf der dunklen Straße? Oh, beinah hätt ich's vergessen, du hast ja niemanden mehr! Wer sollte dich schon begleiten?"

Hazen hatte sich keinen Zentimeter gerührt. Er kämpfte noch immer mit den auftreibenden Erinnerungen und hatte Mühe, sich auf das Hier und Jetzt zu konzentrieren.

„Sieht ganz so aus, als hättest du einen neuen Freund gefunden, hm?"

Der Mann, dem er nun mit wässrigen Augen und ausdruckslosem Blick entgegen sah, rümpfte die Nase, nur Zentimeter von seinem Gesicht entfernt. Wann war er ihm so nah gekommen? *Verdammt, ich hätte…*

„Hey Männer, seht mal, wer hier ist!", rief sein Gegenüber und winkte. Er wirkte regelrecht fröhlich, so als wäre Hazen ein guter, alter Bekannter, den er lange nicht mehr gesehen hatte.

Drei weitere Männer näherten sich ihnen. Hazen konnte kaum etwas erkennen, doch er glaubte, sich an ihre Gesichter zu erinnern.

„Ihr erinnert euch bestimmt noch an Donagan, oder, Männer?", er klopfte Hazen kameradschaftlich auf die Schulter. „Ich weiß es noch ganz genau. Bei der Erinnerung daran habe ich sofort wieder diesen Geruch von Rauch in der Nase." Er atmete geräuschvoll ein und aus. Genüsslich. „Und da war so ein Kreischen, an das erinnere ich mich auch noch. Was war das noch gleich…"

Eine Faust segelte auf den Mann nieder. Hazen atmete schwer. Zu viele Erinnerungen. Viel zu viele Erinnerungen. Er hatte ihn zum Schweigen bringen müssen. Lang-

14

sam richtete sich sein Gegenüber wieder auf. Er hielt sich das Kinn. Der zuvor noch gewitzte Ausdruck in seinem Gesicht wich etwas Dunklerem, Gefährlicherem. Etwas Bösem. Aus den Augenwinkeln nahm Hazen wahr, wie einer der anderen Männer seine Ärmel hochkrempelte. Sie rückten näher. Ihr Grinsen wurde breiter.

„Das war keine gute Idee, Donagan. Dabei wollte ich dir nur helfen, die Erinnerungen an deine…"

Wieder donnerte er ihm seine Faust ins Gesicht. Der Mann spuckte Blut zu Boden und wandte sich ihm dann wieder zu. Seine Kumpanen traten ebenfalls näher. Die Schlinge zog sich zu. Womöglich sollte er etwas tun, um das Unausweichliche abzuwenden. Doch er war wie gelähmt. Und ein gebrochener, gequälter Teil in ihm, wollte es nicht abwenden.

Keine Minute später lag Hazen auf dem Boden. Selbst wenn er sich stärker zur Wehr gesetzt hätte, hätte er keine Chance gehabt. Als sie auf ihn eintraten, fühlte er – nichts. Sein leerer Blick starrte die Straße entlang in der Hoffnung auf eine Spur von ihr.

Catherine.

Zerfleddert

Die Dampflock fuhr gemächlich dahin. Das rhythmische Ruckeln hatte eine einschläfernde Wirkung, doch die wenigsten Passagiere gaben sich einem Nickerchen hin. Kaum einer von ihnen fuhr regelmäßig Zug und wenn es schon nicht die unbekannte Landschaft war, die ihre Aufmerksamkeit fesselte, dann sicher die Gedanken an ihr Ziel – Familie, Freunde, Hoffnung auf eine neue Arbeit, ein neues Leben. Niemand begab sich ohne guten Grund auf Reisen, setzte man sich doch allerhand Gefahren aus: Überfällen, Naturgewalten, Unfällen und weiß Gott, was der Westen noch so an Überraschungen bereithielt.

Ambers Finger schlossen sich unmerklich fester um ihren Fächer. Es war sengend heiß. Die Lok fuhr unter der gleisenden Sonne dahin, ein längliches schwarzes Monstrum, das seinem Weg auf den Gleisen pflichtbewusst folgte. Auch die geöffneten Fenster brachten auf Grund des geringen Tempos kaum Linderung. Stattdessen drang der Gestank des Dampfes, der nach hinten geweht wurde und ins Innere der Wagons eintrat, langsam durch jede Nervenzelle der jungen Frau.

Doch es war nicht allein die Hitze, die sie zum Schwitzen brachte und ihr die Röte ins Gesicht trieb. Vielmehr lag es an dem fein gekleideten Mann in ihrer Sitzreihe auf der anderen Seite des Ganges, der keine Gelegenheit verstreichen ließ, um ihr zuzulächeln. Amber zwang sich, ihm keine solchen Gelegenheiten zu

bieten, doch es glich einem Unfall: Man wusste, dass man nicht hinstarren sollte, und doch tat man es immer wieder. Es war zum Verzweifeln!

Es fiel ihr schwer, sich zu konzentrieren und ihre Nervosität im Griff zu haben. Sie wünschte sich nichts sehnlicher als einen anderen Sitzplatz! Zu Anfang ihrer Fahrt war sie noch froh gewesen, dass der Platz neben ihr freigeblieben war, doch mittlerweile sehnte sie sich den größten und dicksten Mann herbei, den sie sich nur vorstellen konnte, Hauptsache, er würde das Sichtfenster zwischen dem Fremden und ihr schließen. Als der Lokführer Dampf abließ und das typische, pfeifende Geräusch erklang, wäre sie vor Schreck beinah von ihrer Sitzbank gerutscht. Dabei hatte sie dies seit Beginn ihrer Reise bereits Dutzende Male gehört!

„Ich bin sehr froh, dass Annie uns bei sich aufnimmt. Bei diesen Mietpreisen wären wir trotz unseres Ersparten schon sehr bald auf der Straße gelandet."

Amber versuchte sich auf das Gespräch eines älteren Ehepaars in der Bank vor ihr zu konzentrieren. Ihr kam sofort der Gedanke, dass die beiden sich besser nicht laut über ihr Erspartes unterhalten sollten. Tom hatte ihr sehr deutlich erklärt, wie sie sich auf ihrer Reise und an ihrem Zielort verhalten sollte. Hier wimmelte es laut ihm von Halunken und Banditen. Kein guter Ort um hinauszuposaunen, wie viel Geld man in der Tasche mit sich trug.

„Leise, Martha, sprich nicht zu laut. Es könnte in die falschen Ohren gelangen", tadelte der alte Mann seine Frau sogleich auf eine behäbige, gutmütige Art und

Weise. „Ich hoffe nur, die Umstellung wird für dich nicht zu groß. Ich habe meine Kindheit auf einer Farm verbracht, aber du kennst nichts anderes als die Stadt. In der Einöde könntest du dich schnell einsam oder gelangweilt fühlen."

Puh, da war Amber den beiden wirklich nicht neidisch. Sie könnte sich nie auf einer Farm oder Ranch wohlfühlen mit all den Tieren, der harten Arbeit und dem vielen Schmutz. Aus diesem Grund war sie auch sehr froh, auf einer wohlhabenden Ranch unterzukommen, die so groß war, dass sie die Tiere nicht einmal sehen würde, wenn sie es nicht wollte.

Einem festen Rhythmus folgend ruckelte der Wagon in gewissen Abständen immer wieder etwas mehr als gewöhnlich und so driftete Ambers Aufmerksamkeit langsam vom Gespräch des grauhaarigen Paares ab. Abermals entkam ihr ein kurzer Seitenblick auf ihren offensichtlichen Verehrer und sie bereute es sogleich, da er ihr lächelnd zuzwinkerte. Sie richtete den Blick starr geradeaus und tat so, als hätte sie es nicht gesehen. Lediglich ihr Verstärktes Wedeln mit dem Fächer und die rosafarbene Farbe, die in ihre Wangen zurückkehrte, verrieten sie.

In der Hoffnung, sich damit erfolgreicher ablenken zu können, versuchte sie über das Ziel ihrer Reise nachzudenken. Sie hatte sich die Ranch schon Tausende Male ausgemalt in den vergangenen Stunden und Tagen, die sie auf Reisen war, und sie war schon sehr auf ihre reelle Imposanz gespannt.

Zuerst war sie der Idee ihres zukünftigen Mannes, sie

18

ohne ihn vorauszuschicken, sehr kritisch gegenübergestanden. Erst als er ihr vergewissert hatte, dass das Anwesen seines Bruders einer Lady wie ihr gerecht werden würde, hatte sie zugestimmt. Thomas wusste ohnehin meist, was gut für sie war und so hatte sie ihm auch in dieser Sache wieder vertraut. Und da er ein ausgezeichneter und angesehener Mann war, gab es für sie auch überhaupt keinen Zweifel daran, dass sein Bruder ebenso galant und zuvorkommend sein würde.

Ihr Mann - wie sie ihn zumeist nannte, obwohl sie nur verlobt waren - hatte in der nächsten Zeit geschäftlich noch viele wichtige Dinge zu erledigen. Da sie währenddessen die meiste Zeit alleine gewesen wäre, was ihm überhaupt nicht gefiel, hatte er die Entscheidung getroffen, sie bereits vorab zu seinem Bruder zu schicken und selbst nachzukommen, wenn er so weit war. Das war besser für sie und sie konnte sich bereits einleben, anstatt sich in ihrer alten Heimat zu langweilen, hatte er ihr erklärt.

Im Augenblick hätte sie viel darum gegeben, bereits einen Ehering am Finger zu haben, vielleicht hätte das ihren Verehrer abgehalten. Ihren Verlobungsring, ebenso wie allen weiteren Schmuck, hatte sie in ihrer Tasche verstaut. Auch ein Tipp von Tom, keinen teuren Schmuck offen zur Schau tragen. Das locke nur das Gesindel an.

Um ein Haar hätte sie wieder hinübergesehen, doch diesmal ertappte sie sich früh genug und zwang sich, stattdessen das Gespräch hinter sich zu belauschen. Dort saßen zwei Männer mittleren Alters in lederner Trapper-

Klamotten.

„War verdammt lange nicht mehr hier. Hast du auch von der Portman-Bande gehört?"

Der andere hustete und Ambers Nackenhaare stellten sich auf. Sie hoffte, dass er sich die Hand vorhielt. Anschließend sog er geräuschvoll eine Portion Schleim ein, die sich wohl in seiner Nase befand, und Ambers Ekelgefühl stieg. Sie rutschte ein wenig zur anderen Seite, um nicht mehr direkt vor ihm zu sitzen. Womöglich musste er am Ende noch niesen…

„Hab ich gehört, Mann", gab er schließlich zurück und räusperte sich anschließend geräuschvoll, ehe er fortfuhr, „schlimme Geschichte. Da hat sich der ganze Abschaum der Gegend zusammengerottet wie die Ratten, wenn's was zu fressen gibt."

Portman-Bande? Eine Bande? Ambers Augen weiteten sich unweigerlich. Sie wollte an keinen Ort, wo eine Bande ihr Unwesen trieb!

„Na, zumindest haben sie uns einen neuen Sheriff beschert!"

„Pah, der Geschichte trau ich noch nicht über den Weg. Es ist eine Frechheit, wie das vonstattenging. Das Volk wählt normalerweise seinen Sheriff, aber in Johnstown haben sie immer schon getan, was sie wollten, da kann auch der alte Sheriff noch während er verreckt seinem Auserwählten den Stern in die Pranke drücken. Ach, was reg ich mich auf, wenn er nichts taugt, landet er eh bald mit einer Kugel im Kopf unter der Erde."

„So is' es", stimmte der zu, der nicht verschnupft zu

20

sein schien, „nur die Harten überleben hier. Das zarte Gemüse beißt hier schon ins Gras, bevor es genießbar wird."

Anschließend verloren sie sich in Gelächter und Gerotze darüber, dass Gemüse ins Gras biss... Amber war völlig klar, dass sie es hier nicht mit zwei sonderlich intelligenten Mitgliedern ihrer Spezies zu tun hatte. Trotzdem beunruhigte sie das Gehörte. Eine Bande, ein neuer Sheriff... Johnstown war nicht wahnsinnig weit von Whitecourt, ihrem Reiseziel, entfernt. Sie hoffte nur, dass der Ruf der Stadt hielt, was er versprach und sie sich somit sehr, sehr weit vom Level von Johnstown abhob.

Und so tuckerte die Dampflok mit ihren Wagons weiter dahin. Wälder und Wiesen zogen auf der anderen Seite des Fensters an Amber vorbei und ihr stockte bei so manchem Tunnelschacht und so mancher Brücke, die sie überquerten, der Atem. Bald wurde die Landschaft jedoch karger und der Boden wurde stellenweise sogar wüstenähnlich. *Das muss die Prärie sein*, dachte sie hingerissen angesichts der weiten Ebenen, die sich schon bald auftaten.

Nach langen Stunden, die durch das etwaige Zwinkern ihres offensichtlichen Verehrers und die wenig ermutigenden Gespräche ihrer Mitfahrgäste nur umso länger schienen, erklang endlich das langersehnte Läuten des Lokführers. Das hieß, sie waren an ihrem Ziel! Amber hätte das pfeifende Geräusch, das die Lok beim Dampfablassen machte, am liebsten nachgeahmt vor

lauter Freude! Nervös wartete sie auf ihrem Platz, ehe sie endlich gebeten wurden auszusteigen. Flink wie ein Wiesel packte sie ihren Koffer und schoss nach vorne Richtung Ausstieg, vorbei an dem älteren Paar, das vor ihr gesessen hatte, um dem interessierten Mann nur ja keine Chance zu geben sie anzusprechen.

Schnell überprüfte sie den Sitz ihres Kleides und glättete den Stoff ihres Rockes – sie wollte beim Bruder ihres Mannes, der sie höchstpersönlich vom Bahnhof abholen wollte, einen erstklassigen Eindruck machen. Ein junger, unsicherer Mann in zerknitterter Uniform öffnete endlich die Tür und das Licht des Tages fiel in den dunklen Raum. Amber hielt sich die Hand mit ihren feinen Lederhandschuhen vors Gesicht um nicht geblendet zu werden, ehe sich ihre Augen an die Helligkeit gewöhnten.

Etliche Menschen verließen den Zug. Nachdem der junge Mann ihr mit fahrigen Griffen geholfen hatte, ihren Koffer die steile, kurze Treppe hinabzutragen und sie mehrmals daran erinnert hatte, dass sie unbedingt den Handlauf benutzen sollte, um nur ja nicht zu stürzen, fand sich auch Amber auf dem hölzernen Boden des Bahnhofs von Whitecourt wieder. Sie zog ihren Koffer ein wenig zur Seite, um die anderen Gäste nicht am Aussteigen zu hindern, und sah sich um. Der Ort schien regelrecht zu strahlen! Die Gebäude waren weiß gestrichen und in einwandfreiem Zustand. Überall schwirrten Leute umher und es ging geschäftig zu. Sie seufzte zufrieden – genau so hatte sie sich ihre neue Heimat vorgestellt!

Die Menschen drängten an ihr vorbei, während sie langsam versuchte, sich eine Orientierung zu verschaffen. Tom hatte gesagt, sein Bruder sähe aus wie er - nur mit dunkelbraunem, statt dunkelblondem Haar. Sie sollte ihn leicht identifizieren können, sobald sich das Getümmel ein wenig lichtete.

In ihrer Begeisterung und während der Suche nach einem halbwegs bekannten Gesicht, bemerkte sie nicht, wie sich ein ungewöhnliches Trio auf sie zubewegte. Zwei Männer, die eine Frau eskortierten, bahnten sich ihren Weg durch die Menge. Erst als die Frau auf Ambers Höhe zu Toben anfing, zogen sie ihre Aufmerksamkeit auf sich. Erschrocken trat Amber einen Schritt zurück. Die Frau wollte sich losreißen, hatte jedoch keine Chance gegen die beiden Männer, an deren Hemden metallene Sterne schimmerten, wie Amber erleichtert feststellte. *Eine Verrückte*, dachte sie erschrocken, beinah schon angewidert.

Durch den heftigen Widerstand der rothaarigen Frau stieß der Mann zu ihrer Rechten gegen Ambers Koffer. Dieser fiel daraufhin um und zu allem Übel stieg der Mann auch noch mit seinen großen, schweren Stiefeln darauf. Ambers Herz begann zu rasen und ihre Empörung überwältigte sie regelrecht. Sie kam gerade hier an, an diesem schönen, neuen Ort, in ihrer neuen Heimat und würde so einen Empfang nicht dulden!

„Sie ungehobelter Klotz, sowas nennt sich Gesetzeshüter! Was glauben Sie eigentlich, wer Sie sind? *Mein Name* ist *Amber Marshall* und…"

Niemand, außer ein paar der Passanten, schenkte ihr

großartige Beachtung. Sie war irritiert und fühlte sich plötzlich kindischerweise den Tränen nahe. Erst jetzt wurde ihr bewusst, dass ihr Name hier wohl niemandem etwas sagte, niemand hier wusste wahrscheinlich, dass sie die Verlobte von Thomas Donagan war. Missmutig beschloss sie, Whitecourt diesen Fauxpas noch einmal zu verzeihen.

Gerade, als sie nach ihrem Koffer greifen wollte, tauchte eine Gestalt neben ihr auf.

„Darf ich Ihnen helfen, Miss?" Der Mann aus dem Zug, der stundenlang versucht hatte, ihre Aufmerksamkeit zu erhaschen, lächelte sie arglos an. Sie glaubte ihm die Erleichterung darüber, dass er nun endlich einen geeigneten Vorwand gefunden hatte, sie doch noch anzusprechen, beinah anzusehen.

„Nein, danke!", sagte sie bestimmt und kümmerte sich in ihrer Aufregung nicht darum, dass sie wohl etwas unwirscher war als nötig gewesen wäre.

Sie riss dem Mann den Koffer, den er bereits aufgehoben hatte, regelrecht aus der Hand und marschierte damit blind drauf los, in die Menge hinein. Sie ließ sich ein wenig treiben, wusste nicht, wohin sie überhaupt laufen sollte und suchte sich schließlich ein stilles Plätzchen in einer Ecke. Hier beschloss sie zu warten, bis das Treiben ruhiger wurde und sie einen besseren Überblick haben würde. Mit einem Tuch entfernte sie den Fußabdruck des tölpelhaften Gesetzeshüters von ihrem Koffer und während sie anschließend darauf saß und die Passanten beobachtete, hob sich ihre Laune nach und nach wieder. Außer ein paar wilden Männern in Lederhosen

und –jacken, die es sich offensichtlich zur Aufgabe gemacht hatten, Felle in der Wildnis zu erjagen, kamen ihr sehr viele feine Leute unter. Sie sah viele schöne Kleider, feine Damen und elegante Herren. Whitecourt schien seinem Namen alle Ehre zu machen. Das vorhin war sicher nur ein sehr seltener Zwischenfall gewesen. Anhand der Leute schloss sie, dass in dieser Stadt alles seinen geregelten Gang ging und auch eine Portman-Bande, von der sie im Zug gehört hatte, würde diese Ordnung nicht ins Wanken bringen können.

Der Vormittag wich dem Nachmittag und der Nachmittag dem Abend. Kein Hazen, wie Toms Bruder hieß, in Sicht. Und jetzt, da sie seit Stunden beinah allein am Bahnhof war, konnte sie auch absolut ausschließen, dass sie sich übersehen hätten. Er hatte sie nicht abgeholt. Er würde sie nicht abholen. „Er holt mich nicht", sagte sie zu sich selbst, um den Satz, der sich ebenso bereits seit Stunden in ihrem Kopf wiederholte, endlich glauben zu können. Wie konnte das sein? Sie glaubte nicht, dass er sie vergessen hatte, das würde einem Donagan nicht passieren. Ob ihm etwas zugestoßen war? Vielleicht war er auf dem Weg hierher der Portman-Bande in die Finger geraten? Oder war er plötzlich krank geworden? Irgendetwas musste jedenfalls passiert sein, sonst konnte sie sich das nicht erklären.

Niedergeschlagen und besorgt packte sie ihren Koffer und machte sich auf den Weg vom Bahnhof in die Stadt. Jetzt würde sie wohl kaum mehr eine Kutsche finden, die sie zur Ranch bringen würde – und sie konn-

te nur hoffen, dass die Zimmer nicht alle bereits von den Leuten belegt waren, die mit ihr im Zug angekommen waren. Mühselig zerrte sie den schweren Koffer hinter sich her und hätte sich wohl über den sauberen und fortschrittlichen Eindruck von Whitecourt gefreut, wäre sie in einer anderen Lage gewesen.

Sie folgte einem Schild, auf dem „Stage Coach" stand, in der Hoffnung, noch jemanden bei den Postkutschen anzutreffen. Wie sie jedoch bereits befürchtet hatte, waren die Ställe mit sich ausruhenden Pferden gefüllt und die Kutschen verlassen. Nun gab es nur noch einen Ort, der ihr an diesem Abend weiterhelfen konnte: der Saloon. Dort würde sie entweder ein Zimmer kriegen, oder, wie sie hoffte, einen Kutscher finden, der sie gegen einen gewissen Aufpreis zur Ranch bringen würde. Beides war womöglich recht unwahrscheinlich und was sie dann tun sollte, wusste sie selbst nicht.

So mühte sie sich abermals ab, ihren Koffer zurück, die Straße entlang und in den Saloon zu zerren. Es empfing sie ausgelassene Musik, Rufe und Gläserklirren. Männer saßen an Spieltischen und waren entweder todernst und still als föchten sie ein Schießduell aus, oder stritten sich darüber, wer betrogen oder verloren hatte. Wieder andere aßen an ihren Tischen oder tranken an der Bar. Auch einige wenige Frauen mit offensichtlichen Absichten hatten sich unter die Gäste gemischt. Saloons waren schon immer ein Ort der Sünde gewesen – also kein Ort für eine Frau wie Amber.

Sie bahnte sich ihren Weg bis zur Bar hindurch und ärgerte sich bei jedem Schritt darüber, dass sie hier sein

musste. Dort angekommen, strich sie sich das Haar aus der Stirn und atmete durch. Dieser Koffer war wirklich verdammt schwer!

„Wie kann ich Ihnen helfen, Miss?", fragte ein glatzköpfiger Mann mit dickem Bauch.

„Haben Sie noch ein Zimmer frei?"

Der Mann musterte sie von oben bis unten, ehe er antwortete: „Nein, Miss, tut mir leid. Die Zimmer sind alle bereits belegt."

„Gibt es in dieser Stadt ein Hotel, in das ich gehen kann?"

„Nein."

„Es gibt hier kein Hotel? In ganz Whitecourt?"

„Doch."

Amber stieß hörbar die Luft aus: „Aber?"

„Aber was?"

„Wieso kann ich dort nicht hingehen?"

„Es ist noch nicht fertig."

Ein ausgebuchter Saloon und ein Hotel, das noch in der Bauphase war. Na herrlich. Langsam wurde ihr diese Stadt doch wieder unsympathischer.

„Was soll ich tun? Ich kann ja nicht auf der Straße schlafen!", jammerte sie und spürte, wie sich Verzweiflung in ihr ausbreitete.

Der Mann lächelte: „Suchen Sie sich doch eine andere Übernachtungsmöglichkeit. Das Angebot ist hier sicher reichlich." Er nickte in Richtung seiner Gäste. Amber stieg die Röte ins Gesicht, ehe ihr eine Idee kam.

„Ein Kutscher. Ist unter ihren Gästen ein Kutscher?", fragte sie aufgeregt.

27

„Nein, Miss.“

„Jemand, der einen Wagen besitzt…?“, ihre Euphorie nahm bereits wieder ab.

„Nein“, erwiderte er abermals.

Amber seufzte. „Ich würde alles dafür geben, heute Nacht noch eine Kutsche zu bekommen.“ Sie ließ den Kopf hängen und fühlte sich bereits zum zweiten Mal den Tränen nahe – was war das nur für ein Start in ihr neues Leben! Die Strapazen zehrten zusehends an ihren Nerven.

„Wie viel denn?“

„Wie bitte?“

„Wie viel würden sie zahlen?“

Amber erkannte, dass sich hier vielleicht doch noch eine Möglichkeit auftat.

„Alles! Also, nein, ähm… einiges. Also, was stellen Sie sich denn vor?“

„Nun, mein Angestellter Brandon könnte sie hinbringen, wo auch immer sie hinmöchten, gleich morgen früh.“

Amber schüttelte den Kopf. „Wie sie vielleicht bemerkt haben, habe ich keine Unterkunft für diese Nacht. Er müsste mich heute Nacht noch wo hinbringen.“

„Heute Nacht?“

„Jawohl.“

„Hm, wohin denn?“

„Zur Donagan Ranch.“

„Wohin?“

Ambers Geduld näherte sich ihrem Ende. „Zur Dona-

gan Ranch!" Herrgott – Saloonbetreiber und er kannte nicht mal die Donagan Ranch?

„Wem gehört diese Ranch denn, Miss?"

„Mister Hazen Donagan." Allmählich fragte sie sich, ob er sie auf den Arm nahm?

„So, Mister Hazen Donagan. Und da möchten sie wirklich heute Nacht noch hin?"

„Ja…"

„Brandon", rief er und ein großer, breiter und ebenso dicker Mann mit jungenhaftem Gesicht kam herbeigeeilt.

„Die Dame möchte heute noch zu Mister Hazen Donagan gebracht werden. Schirr schon einmal die Pferde an."

Der Junge machte große Augen, sah von Amber zu dem Salooonbetreiber und zurück, ehe er nickte und verschwand: „Okay, Boss."

Der Mann wandte sich abermals Amber zu, diesmal mit deutlich wacheren Augen als zuvor. „Nun kommen wir zur Bezahlung…"

Den Titel „Kutsche" hatte dieses Gefährt wahrlich nicht verdient. Es war ein einfacher Transportwagen mit *einem* Fahrersitz und einer länglichen Ladefläche. Schüchtern – und vielleicht auch ein bisschen beschämt, da war sie sich nicht ganz sicher – half ihr der Junge, auf die Ladefläche zu klettern und hob dann ihren Koffer hinein. Sie setzte sich entgegen der Fahrtrichtung hin und strich ihre Röcke auf ihren ausgestreckten Beinen glatt so gut sie konnte.

Ihr Fahrer stieg auf und nach einem kurzen „Sind Sie bereit, Miss?" knallte er mit der Peitsche. Ein Ruck ging durch das Gespann und sie setzten sich in Bewegung. Bereits nach wenigen Metern wurde Amber klar, dass diese Fahrt nichts als eine Strapaze werden würde. Die ungefederten, hölzernen Reifen übertrugen jedes Steinchen und jedes Schlagloch eins zu eins in ihre Knochen. Nicht nur einmal hüpfte der Wagen so stark, dass sie mit ihrem Po unsanft auf den Planken landete. Da half auch jegliches Festhalten nichts. Ohne einige blaue Flecken würde sie diese Fahrt sicher nicht beenden.

Irgendwann, als die wenigen Lichter der Stadt schon fast nicht mehr in der Schwärze auszumachen waren, gab sie es auf, ihren Koffer festzuhalten. Er rutschte und hüpfte am anderen Ende der Ladefläche umher – was sie sicher auch getan hätte, würde sie sich nicht an den Rand klammern. Die Fahrweise des Jungen wurde mit jeder Meile unbekümmerter und somit schneller und gewagter. Doch sie wollte ihn nicht einbremsen, denn je schneller sie fuhren, desto schneller war diese Tortur vorbei.

Es vergingen Stunden und Amber beendete ihre Versuche nach und nach, ihren Körper durch Festhalten daran zu hindern, wie ein loses Gepäckstück zu hüpfen. Es ließ sich ohnehin kaum vermeiden, wozu also die Kraft, die ihr allmählich ausging, verschwenden. Immer wieder fielen ihr halb die Augen zu, doch bei diesem Gerumpel war an Schlaf weiß Gott nicht zu denken.

So fuhren sie die ganze Nacht hindurch und so blieb sie auch die ganze Nacht wach. Als die Sonne endlich

langsam über den Horizont emporkroch, fragte sie sich, ob es eine schlimmere Folter auf dieser Welt gab als das, was sie in den letzten Stunden durchlitten hatte. Sie konnte es sich kaum vorstellen!

„Sind wir bald da?"

„Nicht mehr lange Miss, nicht mehr lange."

Was auch immer das heißen mochte…

Es zogen weitere gefühlte Ewigkeiten ins Land, ehe ihr Fahrer den Wagen endlich anhielt.

„Wir sind da, Miss."

Amber stützte sich am Rand ab und spähte nach vorne.

„Wie meinen Sie das, wir sind da? Hier ist doch nichts", widersprach sie irritiert.

„Doch, Miss. Sehen Sie, der Planwagen dort vorne, dort wohnt Hazen, äh, Mr Donagan."

„Nein, nein", sagte sie und konnte einen leichten Anflug von Panik in ihrer Stimme nicht vermeiden, „das kann nicht sein. Hören Sie, ich muss zu dem Bruder meines Mannes, Hazen Donagan, der eine riesige Rinderfarm nähe Whitecourt besitzt. Sie müssen sich irren."

„Miss", sagte der Junge plötzlich bestimmt, ehe er etwas mitfühlender fortfuhr, „ich bin in dieser Stadt aufgewachsen. Ich verspreche Ihnen, dass es im gesamten County keinen weiteren Hazen Donagan gibt. Der Mann, den sie suchen, schnarcht dort vorne unter seiner Wagenplane." Er sah auf seine Zügel hinab. „Und wenn Sie verzeihen, ich würde mich gerne auf den Heimweg machen. Ich habe Sie hergebracht und noch einen weiten Weg zurück, das verstehen Sie doch sicher."

Amber konnte noch nicht sagen, in welchem Albtraum sie sich gerade befand und wann die Blase endlich
platzen würde, denn irgendetwas lief hier gerade gewaltig schief.

„Helfen Sie mir noch, meinen Koffer hinabzuheben?",
fragte sie etwas schnippischer, als sie eigentlich wollte.

„Natürlich", meinte der Junge und beeilte sich, ihr zur
Hand zu gehen.

Ehe sie unten angekommen war, verfing sich der Stoff
ihres Ärmels in einem Splitter und riss mit einem un-
missverständlichen Geräusch. Auch das noch! Ihr Kleid
war ruiniert! Als sie festen Boden unter den Füßen hatte,
spürte sie nach und nach, was ihr alles schmerzte. Ihr
Fahrer hatte es eilig, wieder auf den Bock zu springen
und sah sie einen kurzen Moment an. „Miss?"

„Ja?", murrte sie.

„Es gibt keine Donagan Ranch. Nie davon gehört." Er
tippte sich an die Krempe seines Hutes und trieb sein
Gespann wieder an. Amber sah ihm nach und fragte
sich, in welche Misere sie sich da hineinmanövriert hatte. Sie kam sich völlig dämlich vor, wie sie hier stand,
mit ihrem riesigen, schweren Koffer, allein mit einem
angeblich bewohnten Planwagen mitten in der Prärie.
Dass dieser Mann, der da wohnen sollte, definitiv nicht
Hazen Donagan, der Bruder ihres Mannes war, war
klar. Doch die Worte des Jungen gaben ihr sehr zu denken. Was lief hier falsch? Eine klügere Frau wäre sicher
nicht hiergeblieben, doch Amber war viel zu unbedarft
und naiv, um sich Gedanken über mögliche Risiken zu
machen.

Amber sah an sich hinunter. Ihr Kleid war zerknittert, der Ärmel eingerissen und alles schmutzig vom Staub ihrer nächtlichen Reise. Ihre Frisur konnte längst nicht mehr als solche bezeichnet werden. Ihr teurer Koffer und ihre Stiefel waren auch weit entfernt von penibel sauber. Während ihr jeder Knochen wehtat wollte sie gar nicht erst wissen, wie ausgeprägt ihre Augenringe nach dieser schlaflosen Tortur waren. So hatte sie sich das alles definitiv nicht vorgestellt! Nur gut, dass sie dem wahren Hazen Donagan so nicht gegenübertreten musste, das wäre ja eine absolute Peinlichkeit gewesen!

Amber zerrte ihren Koffer ein paar Meter mit sich. Durch das hohe Gras verfing sich der Stoff ihres Rockes mit dem Koffer. Sie war weder wach, noch kräftig genug, um einen Sturz abzuwenden. Einen Augenblick lang blieb sie sitzen und hätte am liebsten wie ein kleines Kind auf den Boden getrommelt, doch sie riss sich zusammen. Mit dem Rest an Würde, der ihr geblieben war, richtete sie sich auf und ließ ihren Koffer stehen. Den konnte sie auch später noch holen. Nun zierten auch noch wunderschöne, grüne Grasflecken ihren Rock und ihre Hände, wie sie kopfschüttelnd feststellte.

Als sie sich dem Planwagen näherte, sah sie sich um. Auf dessen anderer Seite lag ein provisorischer Feuerplatz und noch ein Stück weiter entfernt erblickte sie etwas, das aussah wie das Fundament eines Hauses. Überall lagen diverse Utensilien herum, Werkzeuge, Haushaltsgegenstände und Gerümpel. Wer auch immer hier kampierte, tat das schon eine ganze Weile.

„Hallo?", rief sie vorsichtig und wiederholte es lauter,

als ihr niemand antwortete, „*hallo!*"

Sie strich sich die Strähnen aus der Stirn und hob das Kinn, ehe sie auf die Wände des Planwagens klopfte.

„Hallo, ist hier jemand?", fragte sie noch einmal.

Dumpfe Geräusche aus dem Inneren waren zu hören. *Schön, es ist also jemand zu Hause.* Amber tippte ungeduldig mit dem Fuß auf und ab. Das dauerte ja eine Ewigkeit! Was konnte man so lange da drinnen machen?

Schließlich lugte ein Kopf vorne aus dem Planwagen. Tiefschwarze Augen blickten ihr entgegen. Der Mann, wer auch immer er war, hatte langes, tiefbraunes Haar und sah offensichtlich nicht nur kurz nach dem Aufstehen so zerzaust aus.

„Wer sind Sie denn?", fragte er anstelle einer Begrüßung.

„Mein Name ist Amber Marshall. Die Frage ist – wer sind sie?"

„Donagan." Seine Stimme war tief und etwas Dunkles schwang darin mit.

„Nun, das bezweifle ich", erwiderte Amber möglichst gefasst und erklärte mit einer ausholenden Armbewegung, „der Name meines Verlobten lautet Thomas Donagan und ich bin auf der Suche nach seinem Bruder – Hazen Donagan. Sie können mir nicht zufällig sagen, wo dieser zu finden ist?"

Anstelle einer Antwort starrte der Mann sie nur an. Irgendwann runzelte Amber bedeutungsvoll die Stirn und während er sich offensichtlich auf die Lippen biss, kletterte er aus dem Planwagen und sprang vor ihr auf den Boden.

34

„Ich, ähm…"

Der Fremde war groß. Und breit. Und schien… wirklich stark zu sein. Seine Augen waren so schwarz, dass sie dabei unweigerlich an den Teufel denken musste. Diesen Eindruck widerlegte auch sein restliches Aussehen nicht. Seine Haare waren lang und verfilzt, seine Klamotten schmutzig und allem Anschein nach die einzigen, die er besaß, so zerschlissen waren sie. Alles in allem fehlte seinem Anblick eigentlich nichts zu einem Bettler und da kam ihr plötzlich ein Gedanke: Was, wenn er den echten Donagan umgebracht und seine Identität angenommen hatte? Bevor sie über die Plausibilität dieses Gedankens nachdenken konnte, machte er einen Schritt auf sie zu.

„Bleiben Sie, wo Sie sind!", sagte sie bestimmt und streckte die Hand abwehrend in seine Richtung.

Er runzelte die Stirn, ehe er stehenblieb und verstohlen an sich hinunterblickte.

„Ich, ähm…", setzte er zum zweiten Mal an.

Amber verschränkte die Arme.

„Wer sind sie?", fragte sie skeptisch.

„Donagan", presste er hervor und es schien ihm wirklich Mühe zu bereiten, die Worte über die Lippen zu bekommen.

„Herrgott", schimpfte sie, „sind denn hier alle so schwer von Begriff?" Plötzlich kam ihr ein Gedanke und das schlechte Gewissen packte sie: „Oh Gott, entschuldigen Sie, sind Sie etwa… behindert?" Vielleicht konnte er nicht sprechen? Womöglich stotterte er ganz schrecklich oder hatte keine Zunge mehr!

Jetzt klappte ihm der Mund auf. „Ich… behindert… Teufel, nein, ich… *Ich* bin Hazen Donagan. Ich bin der Bruder von Thomas Donagan."

Sie konnte nicht anders als in Gelächter auszubrechen. „Doch, ich denke sie sind in irgendeiner Weise eingeschränkt, Mister, denn der Bruder meines Verlobten Thomas Donagans ist der Besitzer einer großartigen Ranch. So großartig, dass sie es sich überhaupt nicht vorstellen können, wie großartig sie ist!" Sie konnte nicht vermeiden etwas hysterisch zu werden.

Plötzlich wirkte der Mann als wäre er am liebsten im Erdboden verschwunden. „Nun ja", meinte er, „bis auf das fehlende Haus, die fehlenden Pferche und die fehlenden Rinder… ist sie das ja auch."

Amber gluckste. Sie konnte nicht anders. Das hier war zu verrückt!

„Ja, wirklich, dort drüben, da, wo das Fundament ist, kann ich mir das Haus genau vorstellen. Und da, dort müssten dann die Pferche sein und oh – was für prächtige Rinder! Wahrlich eine großartige…"

„Zum Himmel…", rief er erschrocken und griff ihr unter die Arme, ehe sie zusammensackte.

Erträumt

Hazen betrachtete die Frau, die noch immer weggetreten auf einem Trapperstuhl saß. Sie war hübsch. Eine Schönheit, um genau zu sein. Wie sie da lag, sah sie aus wie ein dunkelblonder, erschöpfter Engel. Er fragte sich, warum sie wohl so aussah, wie sie aussah? Als hätte sie eine Weltreise hinter sich! Ebenso fragte er sich, wie sie überhaupt hierhergekommen war? Seine „Ranch" war mehr als nur ein wenig abgelegen.

Eigentlich hätte er die Zeit mehr dafür nutzen sollen, darüber nachzudenken, wie er sich gleich rechtfertigen würde, wenn sie aufwachte, anstatt sie nur zu betrachten. Zugegeben, war eine Weile her seit er das letzte Mal eine solch ansehnliche Frau gesehen hatte. Es war nicht zu verleugnen, dass sie einen gewissen Stil pflegte und Wert auf ihr Äußeres legte. Und er… nun ja, er war eine ganze Weile nicht mehr wirklich unter Menschen gekommen. Tatsächlich wünschte er sich, dass es ihm gleichgültiger wäre, doch ihr Auftauchen hier setzte ihn unvorbereitet auf ein Spielfeld, das er eigentlich nicht hatte betreten wollen.

Ihre Lider begannen schließlich zu zittern und sie stöhnte, als sie langsam ihren Arm hob. Beinah hätte er es verpasst, sie aufzufangen, als sie gefährlich auf dem Stuhl zur Seite zu kippen drohte. Gerade noch hielt er sie an der Schulter aufrecht, während sie träge blinzelte und versuchte, ihre Besinnung zurückzuerlangen.

„Was…", fragte sie mit rauer Stimme.

Hazen hielt ihr ein Glas Wasser hin, das er bereits für sie vorbereitet hatte. „Sie sind ohnmächtig geworden", erklärte er knapp.

Wortlos nahm sie das Glas und trank es ohne abzusetzen leer. Hazen runzelte die Stirn, sagte jedoch nichts. Er füllte das Glas abermals und machte große Augen, als sie auch dieses sofort leerte. Irritiert brachte er ihr noch eines und als sie es wieder leertrank, runzelte er die Stirn.

„Haben Sie die Prärie zu Fuß durchquert?"

Sie setzte das halbleere Glas ab und starrte ihn an. Er konnte zusehen, wie sich ihr Gesichtsausdruck regelrecht in Zeitlupe verdüsterte. Ihr Blick wechselte von dem eines durstigen und dankbaren Menschen zu etwas Eiskaltem. Unbewusst machte Hazen einen Schritt zurück, in Erwartung eines Donnerwetters.

„Zu Fuß nicht, mein Herr, zu Fuß nicht! Aber ich bin die ganze Nacht durch auf der Ladefläche dieses vermaledeiten Lastenwagens gefahren! Mein Hintern wird spätestens heute Abend leuchten von all den blauen Flecken! Und das alles nur, weil in Whitecourt kein bezugsfertiges Hotel ist und der Saloon ausgebucht war, verflucht! Und *das* alles *nur*, weil Mister Hazen Donagan mich nicht wie vereinbart vom Bahnhof abgeholt hat, zum Teufel und zur Hölle und Herrgott nochmal!"

Obwohl er einen Ausbruch dieser Art erwartet hatte, war er nun doch perplex.

„Sie sind bezaubernd, wenn sie fluchen."

Ihr Mund klappte ungläubig auf: „Wie bitte?"

„Also, ich meine… tut er weh?"

„Wer?"

„Ihr Hintern."

Wenn sie vorher wütend ausgesehen hatte, dann gab es keine Bezeichnung mehr für das, was sich nun in ihrer Mimik abspielte. Ihr Kopf war hochrot und er hätte schwören können, dass er Dampf aus ihren Ohren steigen sah. Er hatte jedoch nichts anderes zu sagen gewusst und überhaupt – er konnte nicht behaupten, dass er nicht tatsächlich ein gewisses Interesse für ihren Hintern hegte…

„Sie ungehobelter Klotz!", rief sie, „was tue ich hier eigentlich? Ich muss dringend zu Hazen Donagan, ihm ist sicherlich etwas zugestoßen, sonst hätte er mich nicht dort stehenlassen, ich…"

„Miss", unterbrach er sie, „ich sage es Ihnen nochmal. Ich *bin* Hazen Donagan."

„*Neiiiin*, das sind Sie *nicht*!", widersprach sie bestimmt, „*Hazen Donagan* hätte mich gestern Früh nicht am Bahnhof vergessen. Selbst wenn er todkrank gewesen wäre, hätte er jemanden von seiner Ranch geschickt, um mich abzuholen. Er hätte…"

„Das war gestern?", sprach Hazen mehr zu sich selbst als zu ihr, ehe er hinzufügte, „sagen Sie mal, woher kennen Sie diesen Hazen Donagan so gut?"

Das schien sie aus der Rolle zu bringen. „Ich, ähm, also… ich *kenne* ihn nicht", erklärte sie und verzog kurz die Nase – was unfassbar niedlich aussah. „Aber er ist der Bruder meines Mannes, Thomas, und deshalb ist eindeutig zu erwarten, dass er sich – da er ja Leiter einer riesigen Rinderranch ist, wie ich nun schon mehrfach

betont habe – einem Donagan angemessen verhält."

„Ist das so."

„Jawohl, und jetzt würde ich Sie bitten, mir zu sagen, wie ich zurück nach Whitecourt komme von diesem verlassenen Fleckchen Erde aus."

„Ich denke nicht, dass Sie hier wegwollen."

„Oh doch, das will ich."

„Nein, Miss, ich denke nicht. Nicht, wenn Sie zu dem Hazen Donagan wollen, von dem Sie die ganze Zeit sprechen. Er steht nämlich vor Ihnen."

„Ja, klar – und wo ist dann bitte die Ranch?"

„Sie… entsteht… gerade."

„Sie entsteht gerade, so so. Ich denke, Sie sind froh über die Gesellschaft einer Dame und wollen mich aufhalten. Aber ich bitte Sie jetzt ein letztes Mal: Sagen Sie mir, wie ich zurück in die Stadt kommen kann."

„Sonst was?"

„Sonst…", schnaubte sie, „Herrgott verflucht, sonst gehe ich zu Fuß!"

Er konnte nicht anders als zu lachen. Man merkte ihr an, dass sie das Fluchen nicht gewohnt war. Er stellte fest, dass es ihm durchaus ein gewisses Maß an Freude bereitete, sie aus der Reserve zu locken.

„Tun Sie sich keinen Zwang an. Sie werden nur ungefähr zwei Tage zu Fuß dafür brauchen. Vorausgesetzt sie werden vorher nicht von einem Coyoten, einem Wolf oder einem Bären gefressen und keiner der Banditen und Herumtreiber sammelt Sie auf."

„Nun, bei Ihnen zu bleiben ist auch keine Option", stellte sie unmissverständlich klar, erhob sich und mar-

schierte an ihm vorbei.

Er sah ihr nach, wie sie über die Wiese stapfte und einen Koffer aufgriff, den sie wohl dort zurückgelassen hatte. Abermals kam er nicht umhin zu schmunzeln, als er zusah, wie sie sich mit dem offensichtlich recht schweren Gepäckstück abmühte.

Mit großen Schritten schloss er gemächlich zu ihr auf. Er ging eine Weile neben ihr her, ließ sie ihren Koffer entnervt neben sich herzerren, ehe er möglichst beherrscht sagte: „Nun gut, den Koffer hatte ich nicht einberechnet. Ich denke damit werden sie eher drei bis dreieinhalb Tage brauchen. Falls sie das überhaupt durchhalten."

„Das kann Ihnen ja egal sein."

Sie schien wirklich stur zu sein. Ihm fiel nichts ein, womit er sie am Weitergehen hätte hindern können, also zögerte er nicht lange. Kurzerhand packte er sie, warf sie sich über die Schulter und fixierte sie dort mit seinem Arm. Mit der anderen Hand nahm er den Koffer und trat den Rückweg an. Sie zappelte und protestierte und drohte ihm mit allem, was ihr in den Sinn zu kommen schien, doch er ließ sich nicht beirren.

Zurück bei seinem Planwagen setzte er sie wieder auf den Trapperstuhl und stellte ihren Koffer neben sie. Drohend erhob er den Zeigefinger, als sie nicht stillhielt.

„Sie bleiben jetzt dort sitzen, verdammt nochmal", warnte er sie mehr als deutlich genug.

Er sah, wie sie schluckte und ihren Blick senkte. Offensichtlich hatte er sie etwas eingeschüchtert. Still setzte er sich auf seinen angestammten Platz ihr gegenüber

und betrachtete sie abermals eine Weile.

Irgendwann schien die Neugier sie zu übermannen: „Sind sie ein Verrückter? Oder ein Vergewaltiger? Oder sogar ein Mörder?"

Wie sie so da saß, mit ihren großen, erschrockenen Augen, fiel es ihm wirklich schwer, seine unbewegte Miene aufrechtzuerhalten. Seit sie hier angekommen war, hatte sie mehr als deutlich gezeigt, dass sie keine Prärieblume war, sondern eine Frau aus der Stadt. Sie war naiv, gutgläubig und unvorsichtig – und er würde definitiv nicht zulassen, dass ihr etwas passierte.

Er stieß hörbar die Luft aus: „Ich sagte Ihnen doch schon, ich bin Hazen Donagan. Und Ihrer glorreichen Beschreibung zufolge ist dieser Mann weder ein Verrückter, noch ein Vergewaltiger oder Mörder."

Sie sagte nichts und nach einer Weile fügte er weitaus kleinlauter hinzu: „Rancher ist er aber auch *noch* keiner."

„Nun", meinte sie nach einer Pause und verschränkte die Arme, „dann erzählen Sie mir doch mal, wer er stattdessen ist."

Hazen räusperte sich unbehaglich.

„Er ist... nun ja... er hat vor, eine große Ranch aufzubauen und alles, was er dazu tun muss... nun ja, das ist, ein kleines bisschen Gold zu finden..."

„Ich verstehe nicht das Geringste von dem, was Sie da sagen."

Er seufzte.

Sie fuhr fort: „Mein Mann hat gesagt, sein Bruder – Hazen Donagan – führe eine riesige Ranch mit Hunder-

ten Rindern und Land, so weit das Auge reiche und…"

„Ja", unterbrach er sie, „das hat Hazen Donagan ihrem Mann auch so gesagt."

Plötzlich machte sie große Augen: „Sie meinen – er hat *gelogen*?"

Er wiegte den Kopf hin und her, ehe er erwiderte: „Nun ja, ganz so würde ich es nicht ausdrücken. Er hat lediglich die Zukunft etwas… vorgezogen."

„Die Zukunft vorgezogen."

Hazen presste die Lippen aufeinander, denn er hatte das Gefühl, dass sie sich erneut einer Hysterie näherte.

„Sozusagen", bestätigte er und wusste, dass sein entschuldigender Gesichtsausdruck ihre Missachtung nicht mindern würde.

Sie begann zu lachen. Und es klang nicht so, als fände sie es wirklich lustig. Spätestens als es in Schluchzen endete, war dies gewiss.

„Ich", schniefte sie während ihr Lachen verebbte, „bin Tausende Kilometer gereist, alleine, ohne meinen Mann, und musste mich die gesamte Zeit im Zug mit einem aufdringlichen Mann abärgern. Ich habe einen Tag lang am Bahnhof darauf gewartet, dass mich jemand abholt, habe schließlich meinen Koffer durch die halbe Stadt gezerrt und mich vom Saloonbetreiber – der nebenbei bemerkt wirklich nicht ganz helle ist, außer er sieht Münzen glitzern – ausnehmen lassen. Ich bin die ganze Nacht durch auf diesem Wagen gefahren, mir tut alles weh, ich habe kein Auge zugetan und jetzt sitze ich hier mit einem Mann, der aussieht, als hätte er seit Monaten keine Seife mehr gesehen?"

Er machte große Augen. Zugegeben, tatsächlich schämte er sich plötzlich ein wenig. Nicht nur wegen seines Erscheinungsbildes, sondern auch, weil er ein ungehobelter Klotz ohne Manieren war. Geworden war…

Er räusperte sich: „Wann hat Thomas vor nachzureisen?"

„In zwei, drei Monaten."

Das war nicht viel Zeit. Wirklich nicht. Aber vielleicht konnte er bis dahin zumindest das Haus fertigstellen und die Pferche aufbauen und die ersten paar Rinder kaufen. Wenn er nur…

Versunken in seinen Gedanken hatte er nicht bemerkt, wie sich sein Gegenüber langsam wieder zu fassen begann. Als hätte er es gespürt, nahm er plötzlich wahr, dass ihre Augen, die ihn anvisierten, sich langsam verengten.

„So, mein Freundchen", begann sie, „Sie sagen mir jetzt, was hier läuft. Auf der Stelle."

Hazen schluckte: „Was… was möchten Sie denn wissen?"

Ihr strenger Blick milderte sich nicht, als sie überlegte und ohne wegzusehen fragte: „*Warum* hat Hazen Donagan gelogen?"

Oh, nein, nicht diese Frage…, dachte er und holte tief Luft. Er fühlte sich wie ein in die Enge getriebenes Tier und er mochte dieses Gefühl ganz und gar nicht. Wären sie in einem Gebäude und er hätte das Zimmer wechseln und die Tür schließen können, so hätte er es getan. Hier draußen jedoch würde er ihr nicht entkommen.

Zum ersten Mal verfluchte er das wilde, weite Land, dem er sich verschrieben hatte.

„Er… nun ja, er ist ein Idiot, befürchte ich."

Sie nickte: „Ja, das weiß ich bereits. Das erklärt jedoch nicht, wieso er gelogen hat."

„Nun, das muss er auch nicht."

„Das muss er nicht", wiederholte sie sichtlich gereizt.

„Nein."

„Nun, wenn das so ist, dann muss ich auch nicht hier sitzen bleiben und mir diesen Mist…"

Sie stand auf, packte ihren Koffer und rannte beinah in ihn hinein. Er war aufgesprungen, um sie aufzuhalten. Kaum eine Revolverlänge stand sie von ihm entfernt und funkelte ihn an. Ehe er bemerkte, was passierte, verlor er sich in ihren Augen. Die tanzenden blauen Farben und Schattierungen schienen ihn regelrecht in ihren Bann zu schlagen. Es war, als tauche er in einen unergründlich tiefen Ozean, ein Meer, das ihn nicht so schnell wieder freigeben würde…

Er stolperte. Sie hatte ihn zur Seite gedrängt und sich mit ihrem Koffer an ihm vorbeigezwängt. Hazen blinzelte irritiert. Was war in ihn gefahren? Er sah ihr nach, ehe er den Kopf schüttelte: Wieso sah er ihr nach! Hastig lief er ihr hinterher.

„Miss, sie können freiwillig mit mir zurückkommen oder ich…"

„Oder was? Schmeißen Sie mich wieder wie ein Saloonflittchen über ihre Schulter?"

„Yep."

Sie blieb stehen und funkelte ihn an. *Gott sei Dank…*

Doch es war nur eine Sekunde des Innehaltens, ehe sie weitermarschierte.

„Sie wissen, dass ich nicht bluffe."

Sie sagte nichts. Er seufzte. Ob er an ihre Vernunft appellieren konnte?

„Dort draußen lauern wirklich mehr Gefahren auf Sie, als hier bei mir. Die Prärie wimmelt von wilden Tieren und dieses Land ist nicht annähernd so zivilisiert wie die hübsche, kleine Stadt, aus der Sie kommen. Hier gibt es Männer, die nicht zögern."

Seine Worte schienen ihr Ziel zu verfehlen und gerade, als er sich überlegte, wie er sie, nachdem er sie gleich zurücktragen würde, daran hindern sollte, wieder loszumarschieren, hielt sie abermals an. Sie sah ihn an. Sie musterte ihn. *Gott, hätte er sich doch in letzter Zeit nur ein klitzekleines Bisschen um sein Äußeres gekümmert…*

„Ich… ich weiß nicht, was ich tun soll", sagte sie und zuckte mit den Schultern. Ihre Verzweiflung war ihr wirklich anzusehen und ja, zum Teufel, er schämte sich schon wieder!

„Bleiben Sie hier. Amber, richtig? Warten Sie ein paar Tage ab, dann können Sie immer noch die Rückreise antreten. Was haben Sie schon zu verlieren? Und Thomas wird so oder so irgendwann hier aufschlagen. Es wäre Wahnsinn, die gesamte Rückreise in Kauf zu nehmen…"

„Wie stellen Sie sich das vor?"

Hazen sah sie fragend an.

„Wenn Thomas hier aufkreuzt? Wollen Sie ihm auch erzählen, dass Sie *die Zukunft vorgezogen* haben bei Ihrer

hübschen kleinen Geschichte von der überwältigenden Ranch?"

„Das… weiß ich noch nicht", gab er wahrheitsgemäß zu.

Sie sah ihn mit einem unergründlichen Blick an. Schließlich schloss sie die Augen und schüttelte den Kopf, ehe sie tief Luft holte und ihn wieder ansah.

„Gut, was soll's. Ich bleibe ein paar Tage hier und erhole mich von den Strapazen. Dann werde ich die Rückreise antreten."

Er hatte ihr ein paar Stücke Brot, Schinken und Käse gereicht und sich wieder gesetzt. Jetzt, wo sie nicht mehr so aufgebracht war, nahm sie ihre Umgebung langsam klarer war. Um den Planwagen herum lagen alle möglichen Utensilien verstreut. Viele der Dinge konnte sie nicht einmal identifizieren. Als sie ihren Blick über die Umgebung schweifen ließ, nahm sie in der Nähe des Flusses auch Pferde und einen Zaun wahr, den sie zuvor noch nicht gesehen hatte.

Doch nicht nur diese Dinge besah sie sich genauer, auch ihren Gastgeber musterte sie verstohlen. Unter den langen Haaren, dem Bart und dem Schmutz konnte sie tatsächlich Ähnlichkeit zu Thomas ausmachen. Er wäre vermutlich ein stattlicher Mann, würde er etwas aus seinem Äußeren machen. Sie ertappte sich dabei, wie sie sich plötzlich fragte, warum er wohl so heruntergekommen war? Doch sie tat es schnell damit ab, dass er eben nicht wie Thomas war. Er trug zwar vielleicht den selben Nachnamen, doch er war schlichtweg kein Edel-

mann.

Was ihr jedoch keine Ruhe ließ, war der Blick, den sie ausgetauscht hatten, als sie das letzte Mal aufgesprungen war, um sich davonzumachen. Plötzlich war er vor ihr gestanden, sie hatte seine Nähe deutlich gespürt. Und seine Augen… Sie waren so schwarz wie der Nachthimmel, viel dunkler als die von Thomas. Wie tief der Abgrund wohl war, der sich hinter ihnen verbarg?

Erschrocken schallt sie sich für ihre Gedanken. Was war mit ihr los, worüber zerbrach sie sich bitte den Kopf? Sie saß hier fest mit diesem ungehobelten Klotz und konnte sich schon bald darauf freuen, ihre unendlich lange Rückreise anzutreten.

Da fiel ihr plötzlich etwas ein: „Wo schlafe ich eigentlich?"

„Im Planwagen natürlich", sagte er.

„Und Sie?"

Er runzelte die Stirn. „Auch in meinem Planwagen natürlich."

Sie lachte: „Das denke ich nicht."

„Das denke ich schon", entgegnete er, „es ist *mein* Planwagen."

Sie schüttelte nahezu amüsiert den Kopf: „Sie wollen nicht wissen, was Thomas mit Ihnen macht, wenn er erfährt, dass Sie mit mir in diesem Planwagen geschlafen haben."

Seinem Gesichtsausdruck nach lag ihm etwas völlig anderes auf der Zunge, als er sagte. „Dann werde ich hier draußen schlafen."

Sie nickte.

Eine Weile saßen sie schweigend da, während Amber aß. Sie fragte sich, was Thomas zu all dem wohl sagen würde. Er hatte nicht oft von seinem Bruder Hazen gesprochen, war jedoch ganz euphorisch gewesen, als er ihr erzählte, dass er sie zu sich auf die Ranch eingeladen hatte. Es gab wohl viel bebaubares Land hier und schon hatte Thomas die Entscheidung gefällt, dass sie in ein neues Leben starten würden. Wenn sie sich hier jedoch so umsah, vermisste sie den Trubel und die Gepflegtheit der Stadt.

Ehe die Sonne mit ihrem abendlichen Spektakel beginnen konnte, spürte Amber bereits ganz klar, wie müde sie war. Es war jetzt nicht die Zeit, sich über die Beziehung der beiden Männer oder ihr neues Leben Gedanken zu machen.

„Ich bin müde", sagte sie.

Er erwiderte nichts. Das bedeutete wohl, dass er nicht vorhatte, ihr ihre Gemächer zu zeigen. Mit einem Schnauben erhob sie sich und zerrte ihren Koffer zum Planwagen. Wie sie den da raufbekommen sollte, würde sie später überlegen. Zuerst einmal wollte sie sich ein Bild der Lage verschaffen. Sie stieg über den Kutschbock hinauf, schlug die Plane zurück und kletterte ins Innere. Es war dämmrig, jedoch nicht dämmrig genug, um das Chaos zu verbergen.

„Um Himmels Willen", entfuhr es ihr.

Wie konnte man so leben? Es war schwer auszumachen, wo der Schlafbereich begann und wo er endete und was der Rest überhaupt sein sollte! Überall lagen Decken und Klamotten verstreut, vermischt mit etwai-

49

gen Behältnissen, Schüsseln und Eimern. An den Streben der Plane und Schnüren, die zwischen ihnen gespannt waren, hingen noch mehr Tücher und Kleidungsstücke. Es wirkte alles wie eine einzige, große Klamotten- und Stoffhöhle, bestückt mit Gerümpel.

Sie hatte nicht bemerkt, wie Hazen hinter ihr ins Innere geklettert war und zuckte zusammen, als er sagte: „Ich kann das morgen aufräumen…"

Er begann, wahllos Klamotten von den Wänden zu ziehen und sie riss erschrocken die Hände hoch. „Hören Sie bloß damit auf! Lassen Sie das alles so, wie es ist. Sie machen es ja nur noch schlimmer!"

Betreten sah er sie an und legte die Klamotten schließlich mit einem knappen Lächeln zur Seite.

„Sie haben hier jede Menge Kleidungsstücke. Hätte es sich da nicht einmal angeboten, ihre schmutzigen Lumpen auszuziehen und gegen etwas Neues einzutauschen?"

Er blinzelte. „Ich, also, die Klamotten…"

Sie sah zur Seite und schloss in Anbetracht dessen, was sie sah, die Augen. All diese Klamotten waren nicht minder verdreckt als das, was er trug. Sie verstand.

„Okay, gut, das… können Sie mir meinen Koffer bringen?"

Er nickte und verschwand. Oh, wie sollte sie das nur aushalten! Noch nie hatte sie eine Nacht an einem solch schäbigen Ort verbracht! Sie räumte sich notdürftig eine Stelle frei, die sie für zum Schlafen geeignet fand, und nahm schließlich ihren Koffer entgegen.

„Brauchen Sie noch etwas?"

„Nein, danke. Gute Nacht."

Amber ging auf die Pferdeweide zu. Am Zaun ange-kommen, stieg sie auf die unterste Latte und lehnte ihren Oberkörper über die oberste. Eine Weile verharrte sie so und genoss die Sonnenstrahlen, während sie ei-nem Appaloosa, einem Fuchs und zwei Kaltblütern beim friedlichen Grasen zusah. Ihr sanfter, zufriedener Anblick hatte etwas Beruhigendes an sich und so stand sie dort vermutlich länger, als sie vorgehabt hatte. Die Felle der Tiere schimmerten golden im Sonnenlicht und ab und an schüttelte eines von ihnen den Kopf oder schlug mit dem Schweif, wenn ein lästiges Insekt zu penetrant wurde.

Eines der schwereren Tiere machte sich gemächlich auf den Weg zum Fluss und trank dort. Anschließend hob es den Kopf mit tropfendem Maul und blickte in die Ferne. Was für ein schönes, sorgenfreies Leben das sein musste, dachte sich Amber. Sie mussten sich keine Gedanken über Wohnort, lange Reisen und Hinter-wäldler machen. Sie waren glücklich mit einem Stück Wiese, genügend Gras und etwas Wasser. Das Tier schüttelte schließlich den Kopf und trat den Rückweg an, um weiterzufressen.

Eine ganze Weile verharrte sie und verlor sich im Moment und in ihren Gedanken. Sie hatte den sanft-mütigen Tieren schon immer gerne zugesehen, wenn sie frei auf einer Weide standen und grasten oder dösten. Manchmal ließ es sogar ihr Herz schneller schlagen und eine ungekannte Leidenschaft für etwas, das sie selbst

nicht zu benennen wusste, in ihr aufsteigen. Es war wie ihr kleines Stückchen Wildnis in all ihrem zivilisierten Leben.

Amber stieg vom Zaun hinab und ging zu Hazen hinauf, der sich mittlerweile bereits wieder beim Planwagen befand. Er hantierte mit den Fischen.

Amber verschränkte die Arme. „Ich würde gerne ein Bad nehmen."

Hazen blickte nur halbherzig zu ihr auf: „Da unten ist ein Fluss."

Ihr klappte der Mund auf. Sie sah von Hazen zum Fluss und wieder zurück und war sich wirklich nicht sicher, ob er das ernst gemeint hatte. In jedem Fall wäre sie wütend auf ihn!

„Ich werde mich ganz sicher nicht dort unten im Fluss mitten in der Prärie waschen."

„Dann nicht", meinte er schulterzuckend und Amber wandte angewidert den Blick ab, als die Innereien des Fisches mit einem dumpfen Geräusch in einer Schüssel landeten.

„Ich muss aber baden", sagte sie nachdrücklich. So schmutzig wie jetzt, mit all dem Staub ihrer Reise, hatte sie sich noch nie gefühlt!

„Falls Sie was Besseres finden als den Fluss, lassen Sie es mich wissen."

„Sagen Sie", fragte sie nahezu atemlos, „bin ich die erste Dame, zu der Sie je Kontakt gehabt haben?"

Jetzt sah er sie endlich an. Sein Blick war unergründlich, wirkte, wie eine Vermischung vieler Gefühle, die er selbst nicht so recht zu ordnen wusste.

„Ich…", meinte er und runzelte die Stirn, ehe sein Blick umherschweifte, „also, wir könnten eines der Fässer hinunterrollen, wenn Sie sich die Zeit nehmen wollen, um es zu befüllen…" Entschuldigend sah er sie an, was Amber verwirrte – sie hatte wirklich Mühe, seine Stimmungswechsel zu verstehen.

„Das wäre ein Anfang."

Er lächelte knapp: „Ich mache das hier noch fertig, dann…"

So wandte er sich wieder seiner Tätigkeit zu und Amber versuchte nicht hinzusehen.

„Wart ihr nie gemeinsam Fischen?", fragte er plötzlich und holte Amber aus ihren bereits abschweifenden Gedanken zurück.

Sie räusperte sich: „Doch, waren wir ein-, vielleicht zweimal. Warum?"

„Warum sind Sie dann so schockiert?"

„Ich bin nicht schockiert", entgegnete sie.

Hazen runzelte die Stirn.

„Ich mag es nicht sonderlich."

„Was?"

„Das Töten. Und das… Vorbereiten."

Hazen machte ein abschätzendes Geräusch: „So ist es aber nun mal. Nur weil ihr in euren feinen Restaurants das Essen fix und fertig serviert bekommt, heißt das nicht, dass niemand das Tier töten, ausnehmen und…"

„Hören Sie auf", unterbrach sie ihn und kniff die Augen angewidert zusammen, ehe sie sich sammelte und ihn fragend ansah, „was ist denn eigentlich Ihr Problem?"

Hazen starrte sie mit unergründlichem Blick an, ehe er den Kopf schüttelte: „Nichts, ich… ich rolle jetzt das Fass runter."

Ohne ein weiteres Wort wandte er sich ab, nachdem er sich die Hände an einem Tuch abgewischt hatte. Amber blieb zurück, während er bereits ein großes Fass umwarf und zum Fluss hinabzurollen begann. Was war nur mit diesem Mann los? In einem Moment schien er nahezu schüchtern, dann war er wieder so seltsam abweisend und abschätzig. Sie wurde nicht schlau daraus.

Nachdenklich folgte sie Hazen, nachdem sie sich einen Kübel gegriffen hatte, und beobachtete ihn, wie er im Sonnenschein das Fass über die Wiese rollte. Das schwere Fass drückte das lange Gras platt und hinterließ eine breite Spur, in der sie entlangging. Unten angekommen bremste er es ab und hievte es mit einer beeindruckenden Leichtigkeit, die nur Männer, die in der Natur arbeiteten oder lebten, hatten, hoch.

Er lächelte sie knapp an, dann marschierte er die hinterlassene Spur zurück hinauf zu seinem Planwagen. Sie sah ihm nach und runzelte ratlos die Stirn, ehe sie begann, das Wasser aus dem Fluss zu schöpfen und in das Fass zu füllen. Ungefähr ab der Hälfte kam sie ins Schwitzen und krempelte ihre Ärmel hoch.

Als sie schließlich fertig war, stellte sie den Eimer ab, stützte die Hände in die Hüften und holte etwas Luft. Jetzt, wo ihr so warm war, freute sie sich beinah auf das kalte Wasser, vor dem ihr zuvor noch gegraut hatte. Sie sah zum Planwagen hinauf. Hazen schien beschäftigt. Sie hoffte, dass das auch so blieb und er zumindest einen

Hauch Höflichkeit hatte und ihre Privatsphäre respektierte.

Möglichst ohne ihn aus den Augen zu lassen, entkleidete sie sich Stück für Stück und wollte schließlich in das Fass steigen. Aber wie? Wenn sie kletterte, würde sie sich womöglich an einer der Kanten aufschlagen, oder das Fass könnte möglicherweise umkippen. Sie sah sich um, doch in der näheren Umgebung war nichts, worauf sie hätte steigen können, um leichter hineinzukommen.

Resigniert duckte sie sich hinter das Fass und rief: „Mr Donagan! Mr Donagan, ich brauche Ihre Hilfe!"

Hazen blickte auf: „Ja?"

„Können Sie mir eine Kiste oder einen Stuhl bringen, damit ich ins Fass steigen kann?"

Lächelte er? Sie war sich auf die Entfernung nicht sicher, griff sich hastig ihr Kleid und bedeckte sich, als er einen Stuhl packte und sich auf den Weg zu ihr machte.

Bei ihr angekommen, musterte er sie für ihren Geschmack etwas zu genau und sie meinte, ein Schmunzeln auf seinen Lippen ausmachen zu können. Wortlos stellte er den Stuhl hin und verschränkte die Arme.

„Danke", meinte sie.

Er machte keine Anstalten, sich zu entfernen.

„Sie dürfen jetzt wieder gehen", erklärte sie mit hochgezogenen Augenbrauen.

Hazen verneigte sich, nun mit einem offensichtlichen Grinsen, und trat abermals den Rückweg an. Gott Allmächtiger, wie sehr sehnte sie sich nach ein paar echten Gentlemen, die ihr Türen aufhielten und sie auf den Handrücken küssten. Hazen war so unendlich weit

davon entfernt, dass sie sich wirklich fragte, was seine Eltern bei seiner Erziehung verpasst hatten.

Noch während er nach oben marschierte, ließ sie ihr Kleid fallen, stieg auf den Stuhl und kletterte in das Fass. Es war eiskalt, aber sie tauchte sofort komplett ein, schließlich könnte Hazen sich jeden Moment umdrehen. Da fiel ihr plötzlich noch etwas ein und am liebsten hätte sie sich dafür geohrfeigt!

„Mr Donagan!", rief sie abermals.

„Was wünscht die Dame diesmal?" Der sarkastische Unterton in seiner Stimme war nicht zu überhören.

„Ich habe vergessen, mir ein Stück Seife mitzunehmen. Könnten Sie mir bitte eines bringen?"

Sie drehte sich in dem Fass herum, sodass er lediglich ihren Kopf herausragen sah. Hazen zuckte die Schultern.

„Das würde ich, liebend gerne sogar, Miss Marshall, jedoch muss ich Ihnen leider mitteilen, dass die Seife derzeit vergriffen ist."

„Was soll das heißen?", fragte sie unwirsch, ohne auf seinen übertrieben höflichen Tonfall einzugehen.

„Es gibt keine."

„Sie haben keine Seife?", rief sie ungläubig und konnte nicht vermeiden, dass ihre Stimmlage ein paar Oktaven höher wanderte. Allmählich kam sie sich auch doof bei diesem Rumgerufe vor.

„Leider nein, Miss. Die ist mir vor... kurzem ausgegangen." Das „vor kurzem" nahm sie ihm auf Grund seines Zögerns – und seines Aussehens – nicht ab. Doch es tat auch nichts zur Sache, viel erschütternder war,

dass sie jetzt hier saß und nicht, wie sie es gewohnt war, gut duftend aus ihrem Bad steigen würde. Es war frustrierend, doch sie hob das Kinn, atmete tief die frische Sommerluft ein, lehnte sich zurück und versuchte, den Moment dennoch zu genießen. Wasser – besser als nichts. Trotzdem konnte sie es kaum erwarten, ein ausgiebiges, warmes Bad zu nehmen, sobald sie zurück in der Stadt sein würde.

„Mister Donagan!", abermals riss sie ihn aus seinen Vorbereitungen zum Abendessen, mit denen er heute, wie so oft, bereits recht früh begann. Er konnte nicht verleugnen, dass ihre fordernde Art ihn bereits jetzt nervte. Er antwortete nicht, was ihm jedoch lediglich ein weiteres, diesmal nachdrücklicheres „Mister Donagan!" einbrachte.

„Was wünscht die Dame diesmal?", fragte er wie schon zuvor und konnte nicht verhindern, dass seine Stimme vor Ironie regelrecht triefte. Zugegeben, er hatte einige Zeit seine Ruhe gehabt, während sie gebadet hatte, es war jedoch nicht lange genug gewesen, um einen erneuten Befehl – anders konnte er es nicht nennen – gelassener hinzunehmen.

„Ich habe nichts, um mich abzutrocknen."

Er stöhnte. Was sie alles brauchte! Ein Fass und einen Stuhl, Seife, ein Handtuch – Frauen waren wirklich kompliziert! Er selbst sprang nackt in den Fluss und lief dann so lange herum, bis er eben wieder trocken war. Er musste grinsen. Ja doch, zugegeben, er hätte nichts dagegen, wenn sie nackt herumliefe…

„Mr Donagan!", riss sie ihn aus seinen unerlaubten Gedanken.

Er schnappte sich ein möglichst sauberes Tuch und machte sich, zum dritten Mal, auf den Weg zu ihr. Bei ihr angekommen, reichte er es ihr und während er den Weg wieder zurückstapfte, versuchte er nicht loszulachen. Sie saß wirklich dort unten in einem Fass!

Noch immer schmunzelnd begann er, Feuer anhand zweier Feuersteine und mit vertrocknetem Präriegras zu machen. Als einer der Funken endlich fruchtete, fiel ihm das Büschel plötzlich aus der Hand. Amber hatte wild zu kreischen begonnen. Er konnte jedoch keine Gefahr sehen: Sie kniete am Boden neben dem umgelegten, leeren Fass. Zugegeben, er sollte wohl nachsehen, warum sie so hysterisch war, doch er tat es nicht. Sie war eindeutig nicht verletzt und er hatte im Moment keine Nerven mehr für ihr Gezeter übrig.

Etwas entnervt hob er das Büschel wieder auf und konnte die kleine Glut zum Glück wieder zum Leben erwecken. Vorsichtig bettete er es anschließend unter das aufgeschichtete Holz, das er bereits vorbereitet hatte, und fächerte mit einem dünnen Holzbrett Luft hinzu. Nach einer Weile züngelte die erste Flamme an einem Holzscheit empor und er wandte sich zufrieden seinen Fischen zu. Er spießte sie der Länge nach auf entrindete Stecken auf und lehnte sie daraufhin an einen der Stühle an. Sobald das Feuer heiß genug war, würde er sie auf das Gestell darüber legen.

„Oh Gott, Mister Donagan, mein Ring! Ich habe meinen Ring verloren!"

Amber tauchte hinter ihm auf und schien den Tränen nahe zu sein. Oh Himmel, hatte man mit dieser Frau je seine Ruhe? Verging keine Minute ohne Gezeter, Dramen und Weltuntergängen?

„Welchen Ring?"

Sie sah ihn an, als hätte er sie gerade gefragt, warum die Erde keine Scheibe war. „Unsere Verlobungsringe natürlich!", sie schniefte, „es war der Ring seiner Großmutter! Herrgott nochmal, und ich dumme Kuh verliere ihn!"

Kaulder lächelte: „Es steht Ihnen, wenn Sie fluchen."

Entrüstet sah sie ihn an. „Ich sage ihnen gerade, dass ich den Ring von Thomas' Großmutter verloren habe und Sie stellen fest, dass es mir steht, wenn ich fluche?"

„Ja", sagte er mit einem Schulterzucken, „es bekommt Ihnen gut, etwas außer sich zu sein."

Sie sah aus als würde sie ihn am liebsten ohrfeigen. Zugegeben, er war ein Arsch. Aber er konnte einfach nicht anders. Sie war herrlich leicht aus der Fassung zu bringen und es bereitete ihm allergrößte Freude.

Sie seufzte schwer und schien sich nicht weiter über sein Verhalten empören zu wollen. „Was tue ich denn jetzt nur. Wenn er erfährt…"

„Kaufen Sie einen neuen", schlug er mit einem Schulterzucken vor und kniete sich zu seinem Feuer, um ihm abermals etwas Luft zuzufächeln.

Als ihn ungewohnte Stille einhüllte, hob er irritiert den Kopf. Kurz darauf machte sie große Augen. „Das ist es! Das ist die Lösung! Ich… ich werde einen neuen machen lassen. Einen, der genauso aussieht. Er… er

wird nichts merken. Können Sie mich in die Stadt bringen?"

Jetzt war er es, der große Augen machte.

„Ich koche gerade."

Verständnislos sah sie ihn an: „Ja, aber ich habe soeben meinen Ring verloren. Ich brauche einen neuen."

„Ich denke, Sie brauchen jetzt vor allem etwas zu essen."

„Nein", widersprach sie vehement, „ich brauche meinen Ring!"

„Wie konnten Sie den denn überhaupt verlieren?"

„Er muss mir beim Baden vom Finger gerutscht sein. Ich habe es erst bemerkt, als ich das Fass bereits - mühevoll, wie ich bemerken möchte – umgekippt hatte."

„Haben Sie das Gras durchsucht?"

Sie verdrehte die Augen: „Ja! Und der Großteil des Fassinhalts ist direkt im Fluss gelandet!"

„Hm", meinte er nur und holte die beiden Fische, ehe er sie sorgfältig auf das Gestell über dem Feuer legte.

„Was heißt das, hm?"

„Nichts."

Amber warf die Arme in die Luft. „Himmel verflucht nochmal, Sie sind ja zäher als Kautabak!"

„Ich kann Sie morgen in die Stadt bringen", kapitulierte er schließlich.

Sie atmete zur Antwort nur hörbar aus und ein.

„Haben Sie überhaupt genügend Geld? Scheint ein großer Klunker gewesen zu sein."

„Oh verflucht! Sie haben recht! Daran habe ich über-

haupt nicht gedacht. Mein Geld wird nie ausreichen…"

Sie stürmte in den Planwagen und kam nach kurzer Zeit völlig aufgelöst wieder. „Das reicht nicht. Das wird nie für den neuen Ring reichen. Oh Gott, wahrscheinlich schickt er mich direkt zurück in die Stadt und sagt die Hochzeit ab, wenn er erfährt…"

Hazen sagte nichts, dachte sich jedoch seinen Teil. Womöglich war dies keine gute Entscheidung, doch irgendeinem inneren Impuls folgend bot er ihr an: „Ich kann Ihnen den fehlenden Betrag leihen."

„Das würden Sie tun?", fragte sie ungläubig, „natürlich zahle ich es Ihnen zurück, sobald Thomas…"

„Mit seinem ganzen Geld da ist", beendete er ihren Satz nicht ohne eine Spur Abfälligkeit.

Ihr Schweigen war Antwort genug. Bis die Fische fertig waren, sprachen sie nichts und er spürte, dass sie sich unwohl fühlte. Auch während sie aßen, sprachen sie zu Anfang nicht viel.

„Denken Sie wirklich, er würde Sie verlassen, nur, weil Sie den Ring seiner Großmutter verloren haben?"

Amber sah ihn nicht an. „Möglich", meinte sie nur.

Er musterte sie, doch sie mied seinen Blick immer noch. Auch, wenn ihm nicht danach war, verbot er sich, noch etwas zu sagen. Es ging ihn nichts an und er hatte sich nicht einzumischen.

Verwandelt

Die Sonne stand hellgelb am Himmel und strahlte auf die weiten Wiesen hinab. Der Fluss, in dem Hazen stand, glitzerte als förderte er Milliarden Diamanten. Ein sanfter Wind strich durch das satte, grüne Gras und wiegte es gemächlich hin und her und das Rauschen des Wassers vermittelte eine friedliche Stimmung.

Hazen war in seinem Element. Er stand mit hochgekrempelten Hosen knietief im dahinströmenden Fluss. Die Steine unter seinen Füßen waren kalt und hart und das Wasser kühl und ein angenehmer Kontrast zu der wärmer werdenden Sonne.

Systematisch durchkämmte er das Flussbett mit seiner Eisenpfanne, wie er es schon so viele Male zuvor getan hatte. Er stach mit dem Rand in den kiesigen Boden und beförderte ein wenig Kiesel zutage. Vorsichtig und sorgsam begann er, den Inhalt der Pfanne kreisen zu lassen und zu rütteln und das leichtere, unbrauchbare Material über den Rand hinweg zurück in den Fluss zu kippen. Vielversprechenden Schlamm sammelte er in einigen Eimern, die er am Ufer aufgereiht hatte.

Aus den Augenwinkeln nahm er wahr, dass Amber wohl mittlerweile aufgewacht war und sich jetzt dem Fluss vom Planwagen aus näherte. Er bekam den Gedanken nicht aus dem Kopf, weshalb eine Frau wie Amber sich einem Mann wie seinem Bruder versprach. Hazen kannte ihn und er wusste, wie aufbrausend er sein konnte – wegen Nichtigkeiten. Und wie engstirnig

und unerbittlich er in vielen seiner Ansichten war. Sein Gefühl sagte ihm, dass Amber zu klug war, um sich so eine Behandlung gefallen zu lassen. Was ihn wiederum zu der Frage führte, was sie an ihm fand?

Kurz bevor Amber bei ihm eintraf, schalt er sich für seine Gedanken. Weder hatte er sich um die Beziehung seines Bruders und seiner Verlobten Gedanken zu machen, noch sollte es ihn kümmern. Es war nicht zu verleugnen, dass er sich zu ihr hingezogen fühlte. Schon alleine, *dass* er sich wieder zu einer Frau hingezogen fühlte, machte ihm genug zu schaffen – warum musste es auch noch ausgerechnet eine sein, die er nie haben können würde?

„Was machen Sie da?"

Er seufzte. Vielleicht irrte er sich ja. Vielleicht war *sie* es, die seinen Bruder im Zaum hielt und nicht umgekehrt. Vielleicht war sie sein passendes Gegenstück…

Er zwang sich, aufzuhören, darüber nachzudenken. Was war nur mit ihm los?

„Guten Morgen", sagte er und ließ sich nicht bei seiner Arbeit beirren.

Da er ihre Frage nicht beantwortete, fragte sie erneut: „Guten Morgen – was machen Sie da?"

„Goldwaschen."

„Können Sie das denn?"

Er wandte sich zu ihr um und sah sie mit hochgezogenen Augenbrauen an. Das war für ihn Antwort genug.

Es herrschte abermals Stille, in der er sich auf seine Arbeit konzentrierte, ehe sie ihn wieder herausriss.

„Können Sie mich dann nach Whitecourt fahren?"

„Später."

„Ich würde es sehr begrüßen, wenn Sie mich *jetzt* dorthin bringen würden."

„Und ich", erwiderte er, während er eine Portion voll Schlamm und Kiesel zu einem der Eimer am Ufer brachte, „würde es sehr begrüßen, wenn Sie mich meine Arbeit machen lassen."

„Das nennen Sie Arbeit?"

„In der Tat."

„Wäre es nicht sinnvoller, wenn Sie sich diesem Fundament dort hinten widmen oder den nicht vorhandenen Zäunen für die nichtvorhandenen Rinder? Statt hier im Flussbett zu buddeln?"

Mit einem Brummen fuhr er zu ihr herum: „Was wollen Sie eigentlich von mir?"

Sie lächelte: „Dass Sie mich nach Whitecourt bringen. Das sagte ich doch schon."

Er seufzte – und er resignierte, und er fragte sich, ob es seinem Bruder wohl genauso ging mit ihr. Tatsächlich verspürte er einen Hauch von Eifersucht bei diesem Gedanken. Ihm gefiel die Richtung, in die das Ganze hier für ihn lief, überhaupt nicht.

„Helfen Sie mir, die Eimer nach oben zu tragen?"

Nicht ohne die Augenbrauen hochzuziehen, was wohl ihre Geringschätzung ausdrückte – was ihn in der Tat provozierte, auch wenn er es nicht wollte – griff sie die Henkel von zwei der Eimer und folgte ihm hinauf zum Planwagen.

So schirrte Hazen schließlich eines der kräftigen Pferde vor seinen kleinen, heruntergekommenen Wagen

und sie machten sich auf den Weg nach Whitecourt. Auf der Fahrt dorthin sprachen sie nicht viel. Hazen versuchte sich möglichst auf das Pferd zu konzentrieren, doch seine Gedanken drifteten immer wieder ab, da die Aufgabe als Fahrer in der offenen Prärie und mit einem Tier, das wusste, wo die Reise hinging, nicht sonderlich anspruchsvoll war.

Es gab einen verdammten Grund, weshalb es keine Seife auf seiner nicht vorhandenen Ranch gab. So wie auch viel anderes, das ihm ausging, sehr lange nicht aufgefüllt wurde. Tatsächlich erinnerte er sich noch an zivilisiertere Zeiten seinerseits und je länger Amber bei ihm war, desto mehr kam er darüber ins Grübeln, was aus ihm geworden war. Zugegeben, so mancher Bettler in Whitecourt sah wahrscheinlich vornehmer aus als er. Und roch eventuell auch besser.

Catherine, dachte er wehmütig, doch er wusste, dass sie ihm nicht helfen können würde. Er hatte nicht nur sie, sondern auch sich selbst verloren. Mit jeder Stunde, die diese Stadtdame, die sein Bruder ehelichen wollte, ihm auf den Keks ging, wurde er sich dieser Tatsache bewusster. Vielleicht war es an der Zeit, dass er seinen Weg ins zivilisierte Leben zurückfand, doch schon allein der Gedanke, Whitecourt zu betreten, bereitete ihm Übelkeit.

Nach einigen Stunden Fahrt auf holprigem Boden und unter den Strahlen der Sonne waren die Umrisse von Whitecourt schließlich am Horizont zu sehen. Die Stadt schien wie ein gleisender, weißer Fleck mitten in

der Prärie. Nicht weit von ihnen schlängelte sich ein Fluss zu ihrer Rechten dahin, der in einiger Entfernung nah am Rand der Stadt vorbei verlief. Schon von Weitem unterschied sich dieser Ort so sehr von Städten wie zum Beispiel Johnstown, die zum Großteil aus unbehandeltem und provisorischem Holz erbaut war. Whitecourt war schillernd, beinah alle Gebäude waren weiß, pompös und einige von ihnen sogar recht prunkvoll. Nun, gegen solche Städte wie denen, aus der Amber kam, fehlte es Whitecourt noch etwas an Größe, doch an Flair war es wahrscheinlich nicht zu übertreffen.

So rollten sie schließlich durch die Straßen und Hazen merkte schon bald, dass sie jetzt auf Ambers Territorium waren – hier war sie definitiv mehr zu Hause, als er. Während sie die Fahrt über nicht viel gesagt hatte, kam jetzt Leben in sie. Unberührt von seinem mangelnden Interesse erzählte sie ihm begeistert, in welchen Details Whitecourt ihrer Heimatstadt glich, was hier oder dort besser war, welchen Laden sie unbedingt einmal besuchen wollte, und so weiter und so fort. Alles Begeisterung für Dinge, die er nicht nachvollziehen konnte.

Er war froh, als sie endlich beim Goldschmied ankamen und er vom Kutschbock springen konnte. Er band das Pferd an einem Pfosten an und lehnte sich anschließend gegen selbigen, um auf Amber zu warten.

„Kommen Sie nicht mit?"

„Nein, wieso sollte ich?"

Ihr Gesicht bekam einen besorgten Ausdruck: „Sie… Sie müssen mitkommen. Was, wenn er mich über den Tisch zieht?"

Hazen runzelte die Stirn: „Und was, wenn er *mich* über den Tisch zieht?"

Sie wedelte mit den Armen: „Sie sind ein Mann. Sie würde er nie über den Tisch ziehen."

Er nickte mit noch immer gerunzelter Stirn: „Wenn er Sie über den Tisch ziehen will, hauen Sie ihm einfach eine rein."

Er nahm eine Zigarillo aus seiner mitgebrachten Schachtel und nahm nicht wahr, dass Amber sich nicht vom Fleck gerührt hatte.

„Bitte."

Irritiert wandte er sich wieder ihr zu.

„Kommen Sie mit", sagte sie und wirkte beinah schüchtern, was ihm untypisch erschien, so hatte er sie bisher nicht kennengelernt.

Irritiert dadurch stieß er sich vom Balken ab und steckte seine Zigarillo wehmütig wieder ein. Es wäre die erste seit langer, langer Zeit gewesen. Er hätte sie definitiv genossen. *Aber was soll's…*

Er hielt ihr die Tür auf und ignorierte ihren überraschten Blick. Für sie war er mit Sicherheit der absolute Hinterwäldler und er konnte es ihr nicht verübeln. Doch an ein paar seiner früheren Eigenschaften und Regeln der zivilisierten Leute erinnerte er sich doch noch. Sofort hastete ein schmaler, großer Mann im Anzug auf sie zu, der offensichtlich für den Verkauf zuständig war.

„Oh, guten Tag, guten Tag! Wie kann ich Ihnen helfen?"

Er strahlte Amber regelrecht an, was Hazens Blut-

druck unterschwellig ansteigen ließ. Er räusperte sich lautstark und trat näher hinter sie, wodurch der Mann zu ihm aufblickte und schluckte. *Gut*, dachte er und war in diesem Moment nicht gewillt, sich zu fragen, was er hier eigentlich tat. Und warum. Und…

„Ich habe meinen Verlobungsring verloren", erklärte sie und während sie weitersprach, hörte der Mann ihr aufmerksam zu, warf jedoch immer wieder unsichere Blicke zu Hazen. „Ich kann Ihnen aufzeichnen, wie er ausgesehen hat, und Sie müssen mir genau so einen machen. Er muss ganz genau so aussehen und nicht anders. Das ist ganz wichtig, ich… es war der Ring der Großmutter meines Mannes und er darf nicht erfahren, dass ich ihn verloren habe, wenn er in ein paar Wochen oder Monaten kommt. Verstehen Sie?"

Als liefe die Zeit langsamer ab, sah Hazen ganz klar, wie die Erkenntnis im Gesicht des Mannes aufflackerte und er war sich sicher, dass er ihn kurz ansah und wissend – um nicht zu sagen verschlagen – lächelte. Ihm war jetzt klar, dass Hazen nicht zu Amber gehörte. Womit er selbst dastand wie ein Idiot. Und spätestens jetzt begann er wirklich, sich zu fragen, was in ihn gefahren war. Wie kam er dazu, sie zu beanspruchen? Er musste aus dieser Situation verschwinden, bevor er sich noch mehr zum Affen machte – oder sonstige Dummheiten beging. Also wandte er sich um und alles, was Amber sein Verschwinden signalisierte, war das Geräusch seiner schweren Stiefel, als er über den Holzboden des kleinen Ladens marschierte und schließlich die Tür hinter ihm zuschlug.

Er wartete beim Wagen, bis Amber mit dem Hampelmann in dem Schmuckladen fertig war. Jetzt hatte er endlich Zeit, seine Zigarillo zu rauchen, doch jetzt konnte er sie nicht mehr genießen. Allein, wenn er daran dachte, wie es sich angefühlt hatte, so dicht hinter ihr zu stehen – ihr Duft, ihre Haare – ließ ihn das schaudern. Vergeblich versuchte er sich einzureden, dass er sie nur vor dem Goldschmied für sich beansprucht hatte, weil sie die Frau seines Bruders war und sein Bruder war nicht hier, um es zu tun, also... *Blödsinn*. Er wusste ganz genau, dass es Blödsinn war. Er war drauf und dran dieser Frau unerklärlicherweise zu verfallen und die Seile, mit denen er sich noch am Rand der Klippe gehalten hatte, entglitten ihm offensichtlich langsam.

Die Tür flog auf und Amber trat heraus. Der Mann hielt ihr die Tür auf und verabschiedete sich ausgiebig. Das Lächeln, das er Hazen zuwerfen wollte, gefror in seinem Gesicht, als er auf dessen Blick traf, ehe er schließlich wieder in seinen Laden verschwand. Oh, er würde ihn am liebsten...

„Warum sind Sie gegangen?"

„Wollte eine 'Rillo rauchen."

Sie musterte ihn – und es ging ihm durch Mark und Bein. Er rechnete damit, dass sie ihn, wie schon so oft, für sein Fehlverhalten zurechtwies, doch sie sagte nichts, wandte sich um und kletterte auf den Kutschbock.

„In drei Wochen kann ich den Ring abholen", sagte sie knapp.

Drei Wochen! Das gibt mir ganze drei Wochen mit ihr!, dachte er, ehe eine andere Stimme in ihm laut wurde, *Hör auf, du Idiot! Drei Wochen, wie willst du das schaffen?*

Entgegen seiner inneren Streitigkeiten nickte er nur knapp.

„Können wir noch Seife kaufen, ehe wir nach Hause fahren?"

Nach Hause, wiederholte er, *das klingt schön aus ihrem Mund.* Gottverdammt – er musste sie loswerden. Schleunigst. Er wusste nicht, was heute in ihn gefahren war, doch er konnte es nicht bremsen. Und das musste er verdammt nochmal!

„Wir fahren nicht nach Hause", entgegnete er.

Irritiert sah sie ihn an, mit ihren schönen blauen Augen. „W… wir fahren nicht nach Hause? Wo fahren wir denn dann hin?"

"Zum Saloon."

"Ohhhh nein", widersprach sie vehement, "da setze ich keinen Fuß mehr rein!"

„Da haben Sie wohl keine andere Wahl."

„Wieso fahren wir denn nicht nach Hause?", fragte sie verzweifelt, während er den Wagen rückwärts lenkte und auf die Straße brachte.

„Wird dunkel." *Und ich halte es keine Minute länger neben dir aus*, hätte er am liebsten noch hinzugefügt.

Das schien ihr Erklärung genug, denn sie seufzte resigniert. „Na mal sehen, ob diesmal ein Zimmer frei ist."

Er brachte sie zu dem Saloon Nähe des Bahnhofs, der auch Zimmer zu vermieten hatte, nicht zu dem Saloon

in den Randgebieten, den er selbst nur zu gut kannte. Dann schickte er sie voraus – trotz ihres Protestes, dass der Saloonbetreiber sie doch nur wieder um viel zu viel Geld erleichtern würde – und brachte das Pferd und den Wagen im Mietstall unter. Er ließ sich Zeit damit, zum Saloon zurückzulaufen und hoffte, sie dort nicht anzutreffen. Das Glück schien auf seiner Seite, denn nachdem er sich ein Zimmer reserviert hatte, trank er ein Glas Whiskey an der Bar und versuchte, alle Gedanken an Amber zu verdrängen.

Vergeblich.

„Gut, dann sind wir ja jetzt abreisebereit", sagte Hazen, nachdem er rauchend auf Amber vor dem Saloon gewartet hatte, während sie gefrühstückt hatte. Ganz gentlemanlike hatte er schon vor ihr gegessen und war fertig, als sie kam.

„Sind wir nicht", entgegnete sie.

Er sah sie fragend an: „Sind wir nicht?"

„Nein, *ich* werde jetzt Einkaufen gehen, um Ihre Phantom-Ranch ein wenig zivilisierter zu gestalten. Sie können sich ja derweilen um Baumaterial kümmern – oder was sie sonst so benötigen könnten." Natürlich sagte sie den letzten Zusatz nicht, ohne ihn nachdrücklich von oben bis unten zu mustern.

Nun, da konnte er ihr wohl nicht widersprechen und das war vermutlich der Grund, weshalb er ihrem Vorschlag – der nicht wirklich einer war – mit einem „Okay" zustimmte. Vergnügt ließ sie ihn dort stehen und trat auf die Straße hinaus. So lief sie den ganzen

Tag lang durch die Stadt, besorgte dies und jenes – allem voran Seife – und lud immer wieder etwas davon auf ihren Wagen auf, der beim Mietstall untergebracht war, da sie nicht alles tragen konnte. Der Inhaber versicherte ihr, dass er ein Auge darauf haben würde, dass ihre Errungenschaften nicht auf seltsame Weise wieder verschwanden. Gutgläubig wie sie war, traute sie ihm natürlich.

Am Abend, es war bereits dunkel geworden, war sie redlich erschöpft von ihrer Shoppingtour. Sie hatte sich ausgiebig in ihrem Zimmer gebadet und da sie sich alleine im Saloon – auch wenn er recht nobel war – nicht sonderlich gut fühlte, war sie vor die Tür gegangen. Nachdenklich blickte sie, auf die hölzerne Brüstung gelehnt, auf die Straße hinaus. Der Mond leuchtete recht hell am tiefdunkelblauen Himmel, doch statt gespenstisch zu wirken, hatte er etwas Beruhigendes an sich. Es tummelten sich nur noch sehr vereinzelt Leute auf der Straße und Amber genoss die Ruhe im Gegensatz zum Lärm des Saloons.

Erst als der Mann schon recht nah war, bemerkte Amber ihn. Er schlenderte lässig die Straße hinab, die Hände in den Hosentaschen. Vor den drei Stufen zum hölzernen Vorbau des Saloons hinauf blieb er stehen und sah sie mit einem schiefen, nonchalanten Lächeln an. Amber stand der Mund offen und, was sehr selten der Fall war, es fehlten ihr die Worte.

Der Mann, der soeben die Straße herabgekommen war – das war Hazen. Doch er war nicht wiederzuerkennen. Er trug saubere, neue Hosen, ein frisches, wei-

ßes Hemd, beige Hosenträger und war auch sonst völlig verändert. Jemand hatte sich seiner verzottelten, langen Haare angenommen, wodurch es ihr vorkam, als würde sie sein Gesicht zum ersten Mal richtig sehen. Es wies markante Züge auf und selbst in der Dunkelheit strahlten seine schwarzen Augen wie zwei unergründlich, ruhig daliegende, tiefdunkle Seen, in deren Oberfläche sich der Sternenhimmel spiegelte. Ob sie wollte oder nicht, sie wusste, dass sie ihn viel zu lange anstarrte – und, dass sie dabei an seinen Augen hängengeblieben war wie eine am Ufer stehende Träumerin.

Sie räusperte sich, es half jedoch nicht, die unangenehme Situation für sie zu lockern, ehe sie mit krächzender Stimme sagte: „Sie… sehen *anders* aus."

„Nun", er lächelte, „das hoffe ich doch. Und ich hoffe, es ist besser, als vorher."

Amber machte große Augen und verschluckte sich beinah beim Reden durch ihr zustimmendes Nicken: „O-h-oh ja!"

Er kam zu ihr hinauf, jeder seiner Schritte auf den Holzdielen ließ sie gefühlt ein Stück weit kleiner werden, ehe er, einem Riesen gleich, neben ihr aufragte und sie immer noch anlächelte.

„Darf ich Sie auf einen Drink einladen?", fragte er und hielt ihr den Arm wie ein waschechter Edelmann entgegen.

„M-hm", nickte sie und versuchte ein Lächeln, als sie sich bei ihm einhakte, mit der Angst, gar nicht groß genug zu sein, um hinaufzureichen.

Sie war völlig perplex. Sie hätte nie gedacht, dass *so* ein

Mann unter all den Haaren und dem Schmutz verborgen läge. *Jetzt* sah er aus wie ein Donagan. Durch seine ruhige, unbeeindruckte Art wirkte er sogar noch viel vertrauenswürdiger als Thomas. Äh... was? Nein! Was dachte sie da? Seine Nähe machte ihr das Denken nicht gerade einfacher. Sofort dachte sie daran, wie er in dem kleinen Schmuckladen hinter ihr gestanden hatte. Sie erinnerte sich noch genau, wie sein Atem über ihre Schultern gestrichen und ihr ein Prickeln den Rücken hinuntergesandt hatte. Ein Prickeln, das dort nicht hätte sein dürfen...

Wie sie an den Tischen vorbei zum Tresen gingen, bekam sie gar nicht mit, so sehr war sie in Gedanken. Irritiert nahm sie auf einem der Barhocker Platz und sah in den großen Spiegel vor ihr an der Wand. Er gab das Geschehen hinter ihr wieder und zeigte einen gut gefüllten Saloon, in dem vergnügt und teilweise lautstark an den diversen Tischen Glücksspiele und Unterhaltungen vonstattengingen.

„Warst du erfolgreich?"

Seine Stimme riss sie aus ihren Gedanken und sie sah ihn irritiert an: „Womit?"

Er runzelte die Stirn: „Na, mit deinen Besorgungen."

„Ach, damit. Ja, da... da war ich erfolgreich, m-hm. Wir haben jetzt jede Menge Seife, die sollte vor dem nächsten Besuch hier nicht wieder ausgehen."

„Das heißt, ich muss also mein derzeitiges Erscheinungsbild weiterhin aufrechterhalten?" Er schmunzelte.

Amber konnte nicht anders als verlegen zu Boden zu sehen. Oh ja, das wäre ihr nur allzu recht! Sie riss sich

zusammen, um eine halbwegs vernünftige Antwort hervorzubringen: „Zumindest die Benutzung von Seife würde ich Ihnen nahelegen."

„Ich bin Hazen", sagte er, „kein Grund, mich immer noch förmlich anzusprechen."

„Hazen", wiederholte sie mit einem Lächeln und hatte Mühe, nicht schon wieder in seinen Augen zu versinken, jetzt, wo sie ihr noch so viel näher waren als zuvor. Jetzt konnte sie die Sterne darin beinah zählen…

„Ich bin Amber", sagte sie hastig – vielleicht etwas zu hastig – und streckte ihm die Hand entgegen.

„Freut mich, deine Bekanntschaft zu machen. Wie ich gehört habe, bist du auf der Donagan Ranch untergekommen?" Abermals umspielte ein Schmunzeln seine Lippen.

„Oh ja, imposantes Anwesen."

Er grinste.

„Mal ehrlich, *Hazen*", sagte sie, „wie soll das weitergehen?"

Überrascht sah er sie an: „Was weitergehen?"

„Mit dieser Ranch."

Er schüttelte beinah resigniert den Kopf und dankte dem Saloonbetreiber, der ihnen soeben zwei Getränke hingestellt hatte. Überrascht stellte Amber fest, dass sie nicht einmal mitbekommen hatte, dass Hazen offensichtlich etwas bestellt hatte. Ein verführerisch roter Wein stand vor ihr auf dem Tresen.

„Hab ich richtig geraten?"

Sie zog die Augenbrauen hoch. „Womit?"

„Na, mit dem Wein!"

„Achso, ja, der Wein, ja, ich… trinke gerne Wein", stotterte sie.

„Dachte ich mir", meinte er mit einem zufriedenen Lächeln.

„Also?", hakte sie nach

„Also was?"

Himmel, das war doch das holprigste Gespräch, das sie je geführt hatten, oder? Was war nur los?

„Die Ranch."

„Was ist damit?"

„Wie ist dein Plan? Wieso baust du sie nicht fertig?"

„Ich muss erst das verdammte Gold finden."

„Das in dem Fluss sein soll?"

„Es *ist* in dem Fluss. Ich weiß es."

Sie sah ihn nachdenklich an: „Und von dem Gold willst du die Ranch bauen?"

Er nahm einen Schluck von seinem Glas – sie vermutete es war Whiskey, tranken ja schließlich alle Männer, oder? – und verzog die Lippen zu einem Strich. „So ist der Plan."

„M-hm", stellte sie fest, „und wann wirst du das Gold finden?"

„Vielleicht morgen", sagte er mit einem Lächeln, „vielleicht in einem Monat, oder mehr. Gold ist wählerisch. Es springt nicht auf Jedermann's Pfanne."

„Warum soll es denn auch in die Pfanne springen?", fragte sie verständnislos.

Er lächelte sie an als wäre sie ein Kind, das nicht verstand, und sie fühlte, wie es warm um ihr Herz wurde. „Die Metallschüssel, mit der man das Gold sucht, nennt

sich Pfanne."

„Oh", sagte sie, „verstehe. Ich habe aber von Frauen in Europa gehört, die sich das Gold schmelzen und auf die Haut schmieren. Man soll dadurch jünger aussehen."

Er lachte: „Du bist wohl der einzige Mensch, den ich kenne, der für so etwas eine plausible Erklärung auf Lager hat."

Sie zog die Schultern entschuldigend hoch.

„Und was ist mit dir?", fragte er.

„Ich habe weder vor, eine Ranch zu bauen, noch Gold zu suchen", sagte sie mit einem Grinsen.

„Das hätte mich auch gewundert", sagte er, „was sind sonst deine Pläne?"

„Nun, Thomas und ich werden heiraten und uns etwas aufbauen…"

„Und du?"

„Ich, nun ja, ich werde wahrscheinlich Kinder bekommen…" Sie dachte einen Moment über ihr Leben nach. Ja, sie würde Kinder bekommen und ihre Zeit damit verbringen, sie großzuziehen.

Hazen sah sie nachdenklich an. Sie nippte verlegen – weshalb, wusste sie nicht – an ihrem Wein und entging so seinem Blick.

„Amber, eins verstehe ich nicht. Ich möchte dir nicht zu nahe treten, aber mir scheint als wären Thomas' Träume, deine Träume. Hast du denn gar keine eigenen Vorstellungen?"

„Wir wollen uns ein gemeinsames Leben aufbauen, da ist es doch gut, wenn wir die selben Träume haben." Sie konnte nicht ausmachen, woran es lag, denn was sie

sagte, dachte sie auch wirklich, doch irgendwie fühlte es sich wie eine Lüge an.

„Natürlich", sagte er mit einer entschuldigenden Geste, „ich habe dich nur noch nie sagen hören, *ich* will."

„Thomas weiß schon, was gut für mich ist. Was für *uns* gut ist." Allmählich fühlte sie sich in die Enge gedrängt – doch wovon?

„Tut mir leid", sagte Hazen, „ich sollte mich da raushalten. Sicher verläuft dein Leben genau *so*, wie du es willst. Ich sollte mir wirklich kein Urteil erlauben."

„Ist okay", sagte sie mit einem merkwürdigen Gefühl im Magen. Sie kannte ihn doch noch kaum und trotzdem war es für sie völlig okay, dass er diese Dinge mit ihr besprach. Am Wein konnte es noch nicht liegen, doch wenn dieses Gespräch weiterhin solch durcheinandergewirbelte, undefinierbare Gefühle in ihr heraufbeschwor, würde das nicht ihr letztes Glas Wein sein.

„Noch ein Glas?", fragte Hazen mit einem amüsierten Grinsen.

Amber nickte: „Gerne."

Er bestellte für sie und sich selbst nach und der Abend nahm seinen Lauf. Nach ein paar Gläschen mehr verschwand die Holprigkeit ihrer Konversation und sie verloren sich immer mehr in Gelächter als wären sie alte Freunde.

„Wie du am ersten Tag mit deinem Koffer angedampft bist", lachte Hazen, „stinksauer und gewillt, sofort wieder abzureisen!"

„So witzig war das nicht", lachte sie, „ich war mehr als nur stinksauer! Tagelange Anreise und dann das... ge-

nau genommen nehme ich dir das immer noch übel."

„Oh", grinste er und kam allmählich wieder zu Atem, „das tut mir aber wirklich leid!"

„Sollte es auch, mein Lieber, sollte es auch!", sagte sie mit verwarnendem Finger.

Eine Pause entstand, in der sie beide in ihre Gläser starrten und vor sich hingrinsten. Amber wurde, obwohl sie leicht angeheitert war, klar, dass sie schon lange nicht mehr so viel gelacht hatte. Vermutlich war das zuletzt in ihrer Kindheit gewesen, dass sie so sehr aus ganzem Herzen hatte lachen müssen. Ihr tat der Bauch weh und noch immer grinste sie vor sich hin, als Hazen die flache Hand auf den Tresen legte und sich erhob.

„Mylady", sagte er mit einem extrabreiten Grinsen, „darf ich Sie zu Ihren Gemächern geleiten? Einer Dame wie Ihnen gebühren solch spätnächtliche Ausgelassenheiten nicht."

Sie lachte und stand ebenfalls auf: „Wie gepflogen er sich doch ausdrücken kann! Ich bin entzückt!"

Beschwingt hakte sie sich bei ihm ein und so schritten sie gemeinsam die hölzerne, dunkle Treppe hinauf zu den Schlafräumen. Auf dem länglichen Gang an den Zimmertüren entlang stolperte Amber über Hazens, oder ihre eigenen, Füße – so genau wusste sie das in diesem Moment nicht. Hazen griff nach ihrem zweiten Arm und half ihr, sich wieder aufzurichten.

„Ihr habt mich vor einem Sturz bewahrt", sagte sie noch immer mit ihrer spaßigen Förmlichkeit.

„In der Tat", stimmte er zu.

Und er ließ sie nicht los. Sein Griff wurde lockerer,

doch er hielt sie immer noch fest und schien nicht vorzuhaben, das zu ändern. Amber fühlte die Hitze seines Körpers und sie schien auf sie überzuspringen. Ihr Atem beschleunigte sich und der leichte Rausch, in dem sie sich befand, ließ zu, dass sie sich erlaubte, seine Nähe für diesen einen Moment lang zu genießen. Es war schön, beinah in seinen großen, starken Armen zu liegen und seiner breiten Brust so nahe zu sein, dass sie mit Leichtigkeit ihren Kopf daran hätte lehnen können. Und wie gern hätte sie das in diesem Moment getan! Sie würde sein Herz schlagen hören, seine Haut durch das halb geöffnete Hemd fühlen… Ihr Blick blieb an seinem hängen. Die dunkel leuchtenden Sterne in seinen tiefschwarzen Augen zogen sie in ihren Bann und woben ein Band zwischen ihnen, das viel zu tief reichte.

Hazen kam ihr noch näher. Ganz langsam drängte er sie Schritt um Schritt rückwärts, bis sie im Schatten des Gangendes untertauchten. Ihr Rücken berührte die Wand und Hazens Hand legte sich an ihr Gesicht. Seine Lippen waren auf ihren, noch bevor sie ein weiteres Mal ein- oder ausatmen konnte. Sein Kuss war wild und verwegen – wie er. Seine Zunge war fordernd und drängend und ihre Frisur war längst zur Spielwiese seiner Hände geworden. Amber konnte sich nicht zurückhalten. Sie umfasste sein Kinn, fuhr über die kräftigen Muskeln an seinem Hals, spürte seine breite, kräftige Brust, die sich heftig hob und senkte. Sie fühlte sich als würde sie langsam, aber sicher, dahinschmelzen in den Armen eines Mannes, in die sie nicht gehörte.

Die Zimmertür neben ihnen flog auf. Hazen zog sich

eine Sekunde lang abgelenkt zurück und Amber ergriff die Flucht.

Begehrt

Die Räder des Wagens bahnten sich unermüdlich ihren Weg auf dem steinigen, ausgetrockneten Prärieboden. Es war eine unbequeme Fahrt, doch Amber war klar, dass das nicht primär mit dem ungefederten, hölzernen Wagen zu tun hatte. Vielmehr lag es daran, was letzten Abend zwischen Hazen und ihr geschehen war. Seit dem Kuss hatten sie kein einziges Wort gesprochen, beim Frühstück war er ihr wie schon am Tag zuvor aus dem Weg gegangen.

Doch was sollte sie ihm auch sagen? Sie fragte sich noch immer, was in sie gefahren war! Sie war verlobt, sie liebte Tom und sie hatte ein sorgloses Leben vor sich. Warum setzte sie das alles so leichtfertig aufs Spiel? Hazen so herausgeputzt zu sehen – beziehungsweise zumindest nicht mehr so schmuddelig wie zuvor – hatte sie ihn in einem völlig anderen Licht betrachten lassen. Als wäre er plötzlich ein anderer Mann gewesen – doch hatte sie deshalb gleich zu einer anderen Frau werden müssen? Es war nicht ihre Art, kopflos zu sein. Überhaupt nicht.

Während sie auf die Weite der Prärie hinausblickte, nahm sie nicht viel von der Schönheit dieses Landes wahr. Hazen saß neben ihr und das war es, was es ihr unmöglich machte, den gestrigen Ausrutscher als solchen abzutun. Wäre er jetzt weit weg von ihr, würde sie es vielleicht herunterspielen können. Doch so lange sie seine Nähe so intensiv fühlte, war ihr das unmöglich.

Stattdessen wurde ihr immer deutlicher klar, dass ihre Gefühle verrückt spielten. Sie lugte verstohlen zu ihm hinüber. Er hatte den Blick stoisch geradeaus gerichtet und hielt die Zügel locker in der Hand. Seine Lippen waren angespannt und sie hätte nur zu gerne gewusst, was er im Augenblick dachte. Ja, sie hatte tatsächlich den Eindruck, dass sie Gefühle für ihn hatte.

Doch woher kamen die so plötzlich? Sie hatte ihn zuvor überhaupt nicht wahrgenommen, so heruntergekommen, wie er gewesen war. Oder lag es nur daran, dass sie Tom vermisste? Sie blickte auf ihren ringlosen Finger hinab und stellte ernüchtert fest, dass ihre Gedanken momentan voll und ganz *einem* Mann gehörten – und das war nicht ihr Verlobter.

„Ich möchte wissen, weshalb du zugestimmmt hast, dass Tom mich zu dir schickt."

„Das frage ich mich allmählich auch…", sagte er und wandte den Blick ab.

„Nein, wirklich, ich habe noch keine richtige Antwort von dir auf diese Frage bekommen, und ich hätte jetzt gerne eine."

Er antwortete so lange nicht, dass sie den Eindruck gewann, er würde es gar nicht mehr tun, doch dann seufzte er. „Tom hat mir ein Telegramm geschickt. Er hat gefragt, wie es mir geht. Ich wollte, dass er sich keine Gedanken um seinen jüngeren Bruder macht und vermutlich hab ich mich ein Stück weit geschämt. Mein Leben verlief in letzter Zeit nicht sehr… *geradlinig*. Deshalb habe ich ihm zurückgeschrieben, dass es mir gut ginge und meine Ranch sich prächtig entwickelt."

„Und dann kam er wohl auf die Idee, dass wir hier herziehen", schlussfolgerte sie.

Hazen nickte: „Genau. Und dann war es natürlich zu spät, einen Rückzieher zu machen. Also hab ich zugestimmt, dass er dich zu mir schickt und er selbst später nachkommt, damit er seine Geschäfte noch in Ruhe abwickeln kann."

„Aber so hast du das Unvermeidliche doch nur hinausgeschoben. Wäre es nicht besser gewesen, es ihm per Telegramm mitzuteilen, statt ihn – und mich – den ganzen weiten Weg hierher machen zu lassen?"

„Wahrscheinlich wäre das klüger gewesen. Aber irgendein naiver und sturer Teil in mir hat wohl gedacht, es bestünde die Chance, dass ich die Ranch bis dahin fertigbekomme."

„Das wäre unmöglich zu schaffen gewesen."

„Ja, das wäre es…", seufzte er, „kurzum: Ich war ein Idiot." Er schenkte ihr ein knappes Lächeln, sah ihr jedoch nicht wirklich in die Augen.

Amber blickte nachdenklich auf die vorbeiziehende Landschaft. Das alles war eine riesengroße Katastrophe!

„Ich sollte es Tom sagen", meinte sie.

Hazen reagierte nicht.

„Er kann sich den Weg hierher sparen und ich trete den Rückweg an, sobald der Ring fertiggestellt ist. So kürzen wir diese ganze Misere ab."

Der Wagen hielt so abrupt an, dass Amber sich an der Sitzbank festhielt. Verdutzt sah sie Hazen an, der sich in diesem Moment zu ihr umwandte.

„Untersteh dich", sagte er mit nachdrücklich erhobe-

nem Finger. Amber machte große Augen, er schien richtig wütend zu sein und sie hatte ihn bisher noch nicht so erlebt. Zugegeben, es schüchterte sie ein.

„Nach dem, was gestern Abend passiert ist, lasse ich nicht zu, dass du mich hier so stehenlässt. So einfach kommst du mir nicht davon."

Amber hatte das Gefühl, vor ihm zu schrumpfen und alles, was sie hervorbrachte, war ein krächzendes „Okay".

Hazen senkte den Blick und sie sah, wie sich seine Kiefernmuskeln immer wieder verbissen anspannten.

„Du bist nicht meine Gefangene, Amber", sagte er, „aber wenn du zurückgehst, zahle ich keinen Cent für diesen verfluchten Ring!"

Mist! Damit setzte er sie schachmatt! Tom wäre außer sich – wirklich außer sich – wenn sie ohne diesen Ring aufkreuzte. Er würde allein schon wegen Tatsache, dass seine Pläne, hierher zu siedeln, zerbrochen waren, wütend sein. Wenn er dann noch von dem Ring – oder Schlimmerem – erfuhr, würde ein Gewitter über sie hereinbrechen, das sie nicht überstehen würde.

„Somit bin ich deine Gefangene", schnauzte sie und verschränkte die Arme, ehe sie den Blick abwandte. Sollte er sie doch erpressen und festhalten – wenn Tom hier in einigen Wochen auftauchte, würde er sich wünschen, er hätte sie dieses Telegramm schreiben lassen. Oh ja!

Hazen schnalzte mit der Zunge und der Wagen setzte sich ruckartig wieder in Bewegung. Sie hatten nicht über den Kuss gesprochen. Und Amber wollte auch nicht

darüber reden, schließlich wusste sie beim besten Willen nicht, was sie ihm sagen wollte. Doch eine Frage war für sie offen geblieben: Warum wollte er nicht, dass sie zu Tom in die Stadt zurückkehrte?

„Komm mit."

Amber sah Hazen an: „Ich bin vielleicht deine Gefangene, aber nicht deine Bedienstete!"

Hazen seufzte: „Du bist nicht..."

Amber verschränkte die Arme auf dem Trapperstuhl, auf dem sie saß, und von dem sie seit einer Ewigkeit dem Fluss und dem Wind, der durch die Wiesen strich, zusah. Es war nicht so, dass sie etwas zu tun hätte – genau genommen wurde ihr allmählich langweilig. Nachdem sie zurückgekommen waren, hatten sie kaum miteinander gesprochen, am Abend und den gestrigen Tag hatte es nicht anders ausgesehen. Das Gespräch, das soeben stattfand, war also das längste seit zwei Tagen.

„Ich möchte zum Wasserfall reiten und dort nach Gold schürfen."

„Und? Ich werde mich sicher nicht knietief ins Wasser stellen und mit dir im Dreck buddeln." Ja, sie war sauer auf ihn, weil er sie hier festhielt!

Hazen schüttelte resigniert den Kopf: „Das sollst du auch nicht. Aber ich werde dich hier nicht alleine lassen. Weiß Gott, wer hier zufällig vorbeikommt."

„Ich kann gut alleine sein, mach dir keine Sorgen."

Er runzelte die Stirn: „Kannst du denn schießen?"

Amber schluckte.

„Messerwerfen?"

Sie verzog die Lippen.

„Chinesische Kampfkunst?"

„Okay, okay!", rief sie, „ich komme mit, Herrgott…"

War da ein Lächeln über seine Lippen gehuscht? Sie zog die Stirn in wütende Falten, ehe Hazen ihr ein Halfter in die Hand drückte. Sie lief ihm widerwillig hinterher auf dem Weg zu den Pferden.

„Nimm Sammy, die Fuchsstute dort hinten."

Sie stieß hörbar die Luft aus und machte sich auf den Weg zu dem Pferd, halfterte es und folgte Hazen schließlich aus der Koppel hinaus. Er band seinen Appaloosa an einem der Pfosten an und sie tat es ihm gleich. Kurz darauf begann er, sein Pferd zu striegeln. Dann hielt er inne.

„Na, wie wär`s?"

„Wie wäre was?", fragte sie.

„Wie wär's, wenn du dein Pferd putzt?"

„Ja, und satteln werde ich auch noch selbst", lachte sie und ihre Stimme triefte vor Ironie.

„Ganz genau so sieht's aus", sagte er mit hochgezogenen Augenbrauen.

Sie konnte nicht anders, als ihn überrascht anzusehen: „Du meinst das ernst?"

„Natürlich meine ich das ernst!"

„Ich soll dieses Pferd putzen und satteln", stellte sie fest und sah das rotbraune Tier skeptisch an. Nicht überzeugt von der Idee, aber folgsam, hob sie eine Bürste auf und begann zu striegeln.

„Sag mal", unterbrach Hazen sie nach einer Weile, „hast du noch nie ein Pferd gebürstet?"

„Doch, natürlich. Also… naja, nicht wirklich."

„Aber reiten kannst du, oder?", fragte er mit gerunzelter Stirn.

„Natürlich."

Er schüttelte den Kopf und putzte weiter. „Man fährt immer in Fellrichtung, nicht entgegen…"

Amber tat wie geheißen und fühlte sich fehl am Platz. Er wusste genau, was er tat, und sie hatte bisher immer jedes Pferd gesattelt und zum Reiten parat vorgeführt bekommen. Es war lächerlich, aber sie kam sich vor wie ein verwöhntes Gör. Doch zu soetwas hatten ihre Eltern sie nicht erzogen! Sie hatten ihr immer gesagt, dass sie selbstständig sein müsste und sich nicht scheuen sollte, Arbeiten zu verrichten, bei denen man sich schmutzig machte. Zugegeben, das Stadtleben an Toms Seite hatte sie in der Tat bequem werden lassen, doch umso mehr würde sie jetzt ihre Chance nutzen, um sich selbst zu zeigen, dass sie etwas eben nicht war – verwöhnt.

Mit Feuereifer striegelte sie das Pferd und konnte sich ein Grinsen nicht verkneifen, als sie fertig war. „Und jetzt?"

„Hufe auskratzen."

Mit großen Augen sah sie die Beine der Stute an. *Okay, das kann ich auch*, redete sie sich zu und schnappte sich einen eisernen Hufauskratzer. Sie griff um eines der Vorderbeine und zog daran, doch das Pferd schien sie gar nicht wahrzunehmen. Ein paar Mal wiederholte sie ihre Versuche, ehe sie es aufgab.

„Sie will nicht."

„Wer?"

„Das Pferd. Es gibt mir den Fuß nicht. Schau", erklärte sie und versuchte es nochmal vergebens.

„Uff", stöhnte Hazen und kam zu ihr, „du stehst verkehrt herum. Stell dich seitlich zu ihr. Nein – so!" Er hatte sie bei den Schultern gepackt und seitlich zum Pferd dirigiert.

„Wird sie mich nicht in den Po beißen?", fragte sie und meinte das durchaus ernst.

Sein Blick sah aus als dachte er, sie käme von einem anderen Stern. „Wird sie nicht", beruhigte er sie angesichts ihres ernsthaft besorgten Gesichtsausdruckes, „und jetzt greif um das Bein. Nicht so…" Er nahm ihre Hände und zeigte ihr, wie sie um den Fuß der Stute greifen musste. Seine Finger verweilten auf ihren Händen und plötzlich blickten sie sich gegenseitig in die Augen. Amber wurde es heiß und kalt zugleich und sie wäre im nächsten Moment sicher zurückgetreten, hätte er die Berührung nicht aufgelöst. Hazen richtete sich hastig auf und trat einen Schritt zurück.

Um den Moment nicht zu einem unangenehmen zu machen, tat sie als wäre nichts gewesen. Sie zog am Fuß der Stute, jedoch wieder erfolglos.

„Drück dich gegen ihre Schulter. Dadurch nimmt sie das Gewicht von diesem Bein und – ja, genau so."

Endlich hatte sie es geschafft, den Huf aufzuheben. Doch wo hatte sie den Hufauskratzer hingelegt?

„Oh", sagte sie und blickte um sich. Kurz darauf hielt ihr Hazen das gesuchte Stück entgegen und ging anschließend mit einem Räuspern zurück zu seinem Pferd.

Was ist hier nur los?, fragte sie sich, zwang sich jedoch,

vorerst nicht weiter darüber nachzudenken. Sobald sie die Hufe gesäubert hatte, kam Hazen auch schon mit ihrem Sattel.

„Das ist mein Sattel?"

„Ja, was ist verkehrt daran?"

„Ich bin bisher nur im Damensattel geritten."

„Du musstest bisher auch nicht wirklich querfeldein, vermute ich. Dafür brauchst du ein Horn und einen absolut sicheren Sitz."

„Na gut, wenn du das sagst."

Amber stellte einen Fuß in den Steigbügel und schwang ihr anderes Bein über den Pferderücken. Zum Glück stellte sie sich beim Aufsitzen nicht an wie ein Reitanfänger! Sie zupfte ihren Rock zurecht, während Hazen ebenfalls auf sein gesatteltes Pferd aufsaß. Anschließend ritt er an ihr vorbei und sie folgte ihm.

Wenig später schon bewegten sie sich über endlose, grüne Wiesen fort, die nicht weniger melancholisch stimmten als die weiten Ebenen der Prärie, die mit ihren trockenen Gräsern und dem harten, staubigen Boden in starkem Kontrast zu diesem Bild stand. Sie verschreckten eine Herde Rehe, die am Waldrand grasten und zwischen den Bäumen verschwanden, als sie die beiden Reiter erblickten.

Einmal hielt Hazen plötzlich an und bedeutete ihr ganz ruhig zu sein. Mit dem Finger zeigte er auf ein Waldstück und im Schatten der Bäume machte sie die Umrisse einer Elchkuh und ihres Jungen aus. Sie hatte noch nie einen Elch gesehen, kannte lediglich Geschichten über ihre Größe und die Angriffslust der Mütter.

Ihrer Faszination war der Angst gewichen, denn sie war sich sicher, dass die Elchkuh sie gesehen hatte und diverse Gruselgeschichten kamen ihr wieder in den Sinn. Doch Hazen hatte nur ruhig gelächelt, ehe sie schließlich gemächlich weitergeritten waren. Seine Gelassenheit faszinierte sie. Es war nicht zu übersehen, dass er hier in der Natur völlig in seinem Element war. Sicher würde er einen guten Trapper abgeben, hätte er sich nicht entschieden, Rancher zu werden. Sie selbst wäre hier draußen völlig verloren. Ihm jedoch vertraute sie voll und ganz und sie genoss es, sich in Sicherheit zu wissen.

Sie durchstreiften Wälder, durchquerten Flüsse und wagten sogar einen Galopp auf einer der zahlreichen Wiesen. Jede Minute fühlte sich an wie Balsam für die Seele und Amber stellte fest, dass sie gerne mehr Zeit in der Natur verbringen würde. Es fühlte sich alles so selbstverständlich und richtig an, so, als gehörte sie hierher. Aber ob Tom das gefallen würde? Sie war sich sicher, es würde ihn nicht sonderlich begeistern, wenn sie durch die Wälder und Wiesen streifte. Vermutlich, weil er fand, dass sich das für eine Frau nicht gehörte. Schon gar nicht seine. Aber warum? Was gab ihm das Recht dazu? Ihr Blick fiel auf Hazen, der vor ihr durch das hohe Gras ritt. Ihn würde das sicher nicht kümmern. Warum konnte Tom ihr nicht diese Freiheiten geben?

„Halt dich genau hinter mir, das hier ist ein Moor", riss Hazen sie aus ihren Gedanken, „es ist nicht sehr tief – soweit ich weiß, jedenfalls."

Na super, dachte sie sich. Sie nahm die Zügel enger und konzentrierte sich darauf, dass Sammy sich genau

hinter Hazens Appaloosa hielt. Links und rechts von ihr häuften sich kleine Wasserpfützen und Matschlöcher, durchsetzt von langen Grasbüscheln. Sicher wäre ihr das Hinterherreiten auch ganz hervorragend gelungen, wäre die Stute nicht vor einem riesigen Vogel erschrocken, der plötzlich nicht weit von ihnen entfernt aufflatterte. Sie machte einen riesigen Sprung zur Seite. Wasser spritzte auf, als sie mit ihren Hufen im Wasser landete. Amber rutschte zur Seite. Sie krallte sich mit einem Aufschrei am Horn fest.

„Halt dich fest!", rief Hazen ihr zu, doch es war zu spät. Die Stute sank bis zu den Sprunggelenken im Morast ein und kämpfte sich mit einem kräftigen Sprung frei. Sie brachte sich zurück auf den Pfad in Sicherheit – doch ohne ihre Reiterin. Amber landete im Matsch. Nach dem ersten Schock durch den Aufprall ergriff sie Panik. Sie würde versinken! Wie wild strampelte sie um sich und versuchte, ihren Körper vorm Versinken zu bewahren.

„Amber! Amber, hör doch auf!", rief Hazen. Es dauerte ein wenig, bis sie sein Gelächter wahrnahm. Sie hielt inne. Ihr wurde klar, dass sie nicht versank. Entweder war sie zu leicht oder das Moor hier noch nicht wirklich tief, denn sie lag lediglich in Matsch- und Wasserpfützen, die nicht vorhatten, sie zu verschlingen. Hazen drohte währenddessen vor Lachen vom Pferd zu kippen.

Amber ließ die Erdklumpen in ihren Händen fallen, die sie beim verzweifelten Versuch, sich an den Grasbüscheln festzuhalten, ausgerissen hatte. Sie konnte ein Grinsen nicht unterdrücken, während sie Hazen be-

92

trachtete, der langsam wieder zu Atem kam.

„Tut mir leid", sagte er, „aber du sahst aus wie ein Fisch auf dem Trockenen!" Er lachte abermals, beherrschter als zuvor.

„Wenn du fertig bist, dich über mich lustig zu machen, wärst du dann bitte ein Gentleman und hilfst einer Dame in Nöten auf die Beine?" Sie musste selbst immer noch grinsen.

Hazen schien schuldbewusst und stieg von seinem Pferd. Mit einem unterdrückten Schmunzeln streckte er ihr die Hand hin. Amber ergriff sie und zog so fest sie konnte daran. Sie hatte nicht vor, sich aufhelfen zu lassen, sie würde ihn mit sich in die Tiefe ziehen! Mit einem kräftigen Ruck brachte sie Hazen aus dem Gleichgewicht. Er stolperte und landete auf den Knien neben ihr in einer Wasserpfütze.

„Was zur…!", entfuhr es ihm.

Sie zögerte nicht lange und warf sich mit einer frischen Ladung Matsch in ihren Händen auf ihn. Sie versuchte sein Gesicht zu beschmieren, hatte jedoch nur mäßigen Erfolg. Er war einfach viel stärker. Schon nach wenigen Sekunden hatte er sie außer Gefecht gesetzt, indem er ihre Hände festhielt.

Langsam kamen sie beide wieder zu Atem und ihr Lachen verebbte. Doch Hazen ließ ihre Hände noch immer nicht los. Es wurde still um sie, selbst das gleichmäßige, rupfende Geräusch der Pferde beim Grasfressen verschwand. Die Vögel hörten auf zu zwitschern und selbst der sanfte Wind schien nicht mehr zu wehen. Alles, was Amber sah und wahrnahm, waren Hazens

Lippen. Es fühlte sich an, als strömte eine tiefgehende Wärme ausgehend von seiner Berührung über ihre Hände, ihre Arme hinauf und floss direkt in ihr Herz.

Sie erlaubte sich, seine Hände zu fühlen: Sie waren groß, rau und rissig. Ihre eigenen Finger kamen ihr regelrecht zerbrechlich vor, wie sie da so in seinen Händen lagen. Zögerlich strich sie mit ihren Fingern über seine Handflächen, fuhr nacheinander über seine großen Fingerknöchel und wagte es nicht, den Blick zu heben.

Was tat sie hier? *Schon wieder?* Ihr Kopf sagte ihr, dass sie aufstehen und davonrennen sollte, doch sie tat es nicht. Ihr Kopf sagte ihr, dass das hier falsch war. Vollkommen falsch. Doch sie hörte nicht auf ihn. Denn ihr Herz und ihr Körper fühlten sich wie magisch zu ihm hingezogen, wollten mehr, wollten… ihn.

Nun war Hazen es, der über ihre vergleichsweise kleinen Hände strich und dessen Fingerspitzen ihren Arm hinaufwanderten. All ihre Härchen stellten sich auf und ein Schaudern erschütterte sie im Inneren. Verunsichert sah sie auf – in Hazens Augen – und sofort war sie wieder in seinen Bann geschlagen. Es war, als ergriffe sie eine tiefe, innere Gelassenheit, jedes Mal, sobald sie im Farbenspiel seiner Iris versank. Als wäre das tiefschwarze Meer seiner Augen der Anker, der das Schiff ihrer Seele zur Ruhe brachte.

Ihre Gesichter näherten sich einander und alles in Amber verzehrte sich nach einem seiner wilden, begierigen Küsse. Bei Tom hatte sie solche Gefühle noch nie gehabt. Auf Tom hatte sie auch noch nie so reagiert. Bei Tom… *Tom!*, schoss es ihr durch den Kopf. Was, zur

gottverdammten Hölle, tat sie hier? War ein Fehltritt nicht genug? War sie vollkommen übergeschnappt? Konnte sie sich denn nicht im Zaum halten?

Amber durchbrach den Bann. Sie stoppte, was auch immer sich gerade entwickeln wollte. Abrupt entzog sie ihm ihre Hände und erhob sich. Das durfte nicht passieren. Nicht schon wieder!

„Herrgott", schimpfte sie, „ich bin völlig verdreckt! Ich hoffe, wir sind rechtzeitig für ein Bad zurück. Wenn die Sonne weg ist, ist es zu kalt und…"

Sie hätte gerne weitergesprochen, nur, um keine Stille zuzulassen, doch ihr Kopf war wie leergefegt. Hazen war ebenfalls aufgestanden und klopfte sich den Dreck so gut es ging von der Hose und dem Hemd. Sie zwang sich, ihn nicht anzusehen. Sie würde von nun an nie, nie wieder in seine Augen sehen – dann konnte er sie auch nicht mehr gegen ihren Willen verzaubern! Jawohl!

„Ich fürchte, wir werden erst abends zurück sein", sagte Hazen, nachdem er sich geräuspert hatte, „aber bei dem Wasserfall, zu dem wir reiten, gibt es einen kleinen, nicht sehr tiefen See. Da können wir uns waschen."

Amber wusste nicht, was sie darauf antworten sollte. Die Situation überforderte sie. Sie war schmutzig und wollte sich waschen, doch wie sollte sie das anstellen, wenn *er* da war? Und wie zum Himmel sollte sie gegen den Gedanken, mit ihm nackt durch den See zu plantschen, ankämpfen? Warum wollte sie gleichzeitig nackt mit ihm sein und sich aber doch nicht nackt vor ihm zeigen? Ihr Kopf fuhr Karussell! Sie antwortete nichts, stieg wieder auf Sammy und wartete, bis Hazen auf

seinem Appaloosa saß und sie ihren Weg schließlich –
von nun an schweigend – fortsetzten.

War Hazen in Whitecourt noch verwirrt gewesen, so
hatte sich diese Unsicherheit nun gelegt. Ja, sie im Saloon zu küssen, war nicht klug gewesen. Seine Gefühle
hatten ihn übermannt, doch noch viel mehr als das hatte
er herausfinden wollen, wie echt es war. Das, was er
fühlte, was sein Herz ihm sagte. Und seine Sinne hatten
ihn an diesem Abend auch nicht getäuscht – Amber
vertuschte es geschickt, doch er war sich sicher gewesen,
dass sie sich ebenfalls zu ihm hingezogen fühlte. Also
hatte er alles auf eine Karte gesetzt und sie geküsst und
genau das bestätigt bekommen, was er vermutet hatte:
Sie empfand etwas für ihn.

Jetzt, wenn er zurückdachte und ehrlich zu sich war,
war ihm völlig klar, dass er ihr schon verfallen gewesen
war, als sie das erste Mal vor seinem Planwagen gestanden hatte. Mit zerknittertem, zerrissenem und verdreck-
tem Kleid, zerzausten Haaren und dem Staub der Prärie
im Gesicht. Auch wenn sie sich seiner Meinung nie
anschließen würde – für ihn war sie so wunderschön
gewesen. Perfekt.

Nun, er war ein einfacher Mann, er dachte nicht viel
auf Umwegen. Es hatte eine Weile gedauert, sich darüber klar zu werden, dass er Gefühle für sie hatte, doch
jetzt, wo er sich dessen sicher war, gab es für ihn nur
eine Richtung, in die das Ganze laufen könnte. Entweder sie wollte ihn, oder sie wollte ihn nicht.

Und Tom – er war zwar sein Bruder, doch tatsächlich

kümmerte er sich redlich wenig um dessen Belange – oder gar Gefühle. Um ihn selbst hatte sich schließlich auch niemand gekümmert, als er damals Hilfe gebraucht hätte. Warum sollte er sich also um etwas so Nichtiges wie Verwandtschaft scheren?

Das Geräusch von plätscherndem Wasser wurde immer lauter, was bedeutete, dass sie sich dem Wasserfall langsam, aber sicher, näherten. Die Pferde bahnten sich ihren Weg über den trockenen Waldboden und an den zahlreichen Nadelbäumen vorbei. Amber folgte ihm, hüllte sich jedoch in Stille. Außer einem kurzen „Danke", als er einen Ast, der ihren Weg blockierte, für sie zur Seite gehalten hatte, war kein weiteres Wort gefallen.

Endlich tauchte ihr Ziel vor ihnen auf. Der Wald lichtete sich nicht wirklich, sondern umschloss das Gewässer nahezu bis zum Ufer. Der Wasserfall war recht breit, jedoch nicht sehr schnellfließend, und plätscherte unermüdlich über die drei Mann hohe Felswand herab. Das kühle Nass fiel in ein kleines Becken, das an den meisten Stellen nicht mehr als hüfttief war, ehe es über mehrere Stufen und an einigen Gesteinsformationen vorbei zu einem Bach geformt wurde und weiter seiner Wege zog.

Sie saßen ab und ließen die Tiere trinken, ehe sie sie an den Bäumen festbanden. Auch wenn er schon imposantere Wasserfälle gesehen hatte, so hatte dieser Ort schlichtweg etwas Ruhiges, Idyllisches an sich. Hazen ging zurück zum Wasser und trank, indem er mit der Hand eine kleine Schale formte. Als er sich erhob, wischte er sich die Wassertropfen von seinem Bart.

„Du kannst als Erstes baden", sagte er und ging durch die Bäume davon.

Während er durch das Unterholz streifte, hatte er längst einen Entschluss gefasst.

Hazen tauchte unter. Das kalte Wasser umschloss seinen nackten Körper und fühlte sich herrlich erfrischend und reinigend an. Er glitt geräuschlos unter der Oberfläche dahin, wie ein Raubfisch, der zielstrebig auf seine Beute zusteuerte.

Vor Amber tauchte er auf. Er ignorierte ihren erschrockenen Blick, der sicherlich in der nächsten Sekunde zu einem empörten geworden wäre. Doch er gab ihr keine Zeit nachzudenken, zog sie an sich und presste seine Lippen auf die ihren. Er fühlte nicht nur ihren nassen, weiblichen Körper an seinem, sondern auch ihren Widerstand. Doch der war nicht wirklich nennenswert und er hatte nicht vor, sich davon beirren zu lassen. Mit einer kühnen Bewegung seiner Zunge öffnete er ihren Mund und nahm sie vollends in Besitz.

Ihr Widerstand schwand.

Nach und nach schlang sie ihre Arme um ihn und ihre Hände begannen, seinen Körper zu erkunden. Er ließ sie gewähren, ließ ihr den Vortritt, ehe er zum ersten Mal berühren würde, wonach er sich verzehrte. Sie war vorsichtig und für seinen Geschmack noch viel zu zurückhaltend.

Doch das ließ sich ändern.

Sie verkrallte sich in seinem Rücken, als er mit seinen Händen die Seiten ihres Körpers hinaufstrich. Er be-

gann bei ihren Hüften und glitt, einen Schwall Wasser mit sich nehmend, über ihre Taille hinauf. Eine Hand griff in ihr Haar. Er zog sie nach hinten, wodurch sie ihren Rücken wölbte und Hazen konnte nicht anders als sich Zeit zu nehmen. Sie war ihm ohnehin völlig ausgeliefert.

Ganz langsam strich er mit den Fingern seiner anderen Hand von ihrem Hals abwärts, zwischen ihren Brüsten hindurch und schließlich ihren Bauch hinab. Seine Hand verschwand unter der Wasseroberfläche, strich ihren Oberschenkel hinauf und hinab, ehe er sie in Besitz nahm. Ambers Aufstöhnen wurde unterbrochen, als sich seine Lippen um eine ihrer Brustwarzen schlossen. Er ließ ihr Haar los und sofort griff sie in das seine, fast so, als würde sie sonst ertrinken. Doch das Wasser, in dem sie standen, war nicht der reißende Fluss, der sie hinwegzuspülen drohte…

Hazen riss sie mit sich. Er hob sie hoch, wodurch sie reflexartig die Beine um ihn schlang, ehe er sie beide bis zum Hals unter Wasser tauchte. Begierig suchte sie seine Lippen, zog ihn zu sich, presste sich an ihn, als könnte sie nicht genug von ihm bekommen. Er war sich ziemlich sicher, dass sie allmählich endlich die Beherrschung verlor. Fast wie im Tanz näherten sie sich mit kreisenden Bewegungen dem Wasserfall.

Hazen zog Amber durch das herabprasselnde Wasser und dahinter mit sich zurück auf ihre Beine. Mit einer gekonnten Bewegung wirbelte er sie herum und drückte sie mit dem Rücken gegen die Felswand. Hazen hielt inne. In der Stille schien es als hörte man nur ihrer bei-

der Herzschläge und das rauschende Wasser. Er nahm seine Hände von ihr und stützte sie neben ihrem Kopf an der Wand ab. Er zwang sich dazu, wünschte sich, sie würden für einen Moment dort festwachsen, damit er sie nur ja dort lassen würde!

„Sag mir, dass du es willst", keuchte er und konnte weder die Begierde, noch die Atemlosigkeit aus der Tiefe seiner Stimme verbannen.

Amber sah ihn nicht an. Stattdessen strich sie mit ihrer Hand über seine Wange und sein Kinn, ließ sie tiefer wandern über seinen Brustkorb…

„Amber", sagte er nachdrücklicher, beinah schon gequält.

Sie hörte nicht auf und er wusste, dass er sich im nächsten Augenblick womöglich nicht mehr im Griff haben würde.

„Amber!", knurrte er und schlug mit der Hand gegen die Felswand neben ihrem Kopf. Erschrocken zog sie ihre Hand zurück.

„Sie mich an", sagte er und packte ihr Kinn, sodass sie keine andere Wahl hatte, als ihm in die Augen zu sehen, „sieh mich an", wiederholte er, „und sag mir, dass du es willst."

Ihre Blicke verflossen ineinander. Die Lust, die sich in ihren Augen spiegelte, kostete ihn beinah den letzten Rest seiner Beherrschung.

Doch er zwang sich, seiner Aufforderung noch etwas hinzuzufügen: „Ich ziehe mich sonst sofort zurück."

Er hatte ihr mehr als deutlich klar gemacht, dass er sie wollte. Wie *sehr* er sie wollte. Jetzt war es an ihr, ihm zu

sagen, ob sie diesen Schritt gehen wollte. Wenn sie ihn jetzt zurückwies, würde er sich von ihr fernhalten, ein für alle Mal.

Amber nickte, mit vor Begierde getrübtem Blick. „Bitte", sagte sie, „ich will es. Ich will *dich*."

Damit fiel jegliche Zurückhaltung von ihm ab. Hiermit war sie sein und wie ein wildes Tier nahm er seine Beute in Beschlag. Der Wasserfall dämpfte ihr Stöhnen, doch er war sich sicher, dass man es noch durch die Bäume hindurch hörte.

Wild

Sie wusste, dass er sie ansah. Sie spürte seinen brennenden Blick in ihrem Rücken, während sie sich langsam wieder bekleidete. Damit ließ sie sich Zeit, sie hatte keine Eile. Es gab keinen Grund mehr sich zu verstecken. Was geschehen war, war folgenschwer und jede Sekunde, die verstrich, während sie ein Kleidungsstück nach dem anderen anlegte, gab ihr mehr Zeit, ihre Gefühle zu ordnen. Schließlich schloss sie die letzten Knöpfe ihres hochgeschlossenen Kleides und wusste, dass der Zeitpunkt gekommen war. Er wartete auf sie. Sie ließ die Arme sinken und holte tief Luft. Noch ein, zwei Sekunden.

Schließlich wandte sie sich zu Hazen um. Wie sie erwartet hatte, stand er lässig an einen Baum gelehnt da und sah sie mit unbewegter Miene an. Ob er innerlich so ruhig war, wie er sich gab? Wenn ja, so hätte sie ihn am liebsten verwünscht! Doch seine Gelassenheit sprang ein Stück weit auf sie über und so begegnete sie seinem Blick.

„Was war das für dich?" Sie konnte nicht verhindern, dass ihre Stimme leicht zitterte, zu viel Angst hatte sie vor der Antwort. Doch ihren Blick hielt sie aufrecht, las jede Regung in seinen Zügen.

„Was möchtest du hören?", fragte er und sah sie an.

Amber suchte nach den richtigen Worten für die richtigen Fragen, doch es waren viel zu viele, als dass sie sie hätte ordnen können. „Ich... Also..."

„Möchtest du hören, dass mich mein Bruder einen Dreck schert?", sagte er und stieß sich von dem Baumstamm ab, „so ist es."

Er machte einen Schritt auf sie zu.

„Möchtest du hören, dass du mich in deinen Bann gezogen hast, bereits als du das erste Mal vor meinem Planwagen standest? Zerzaust, verdreckt und mit zerrissenem Kleid?"

Er kam einen weiteren Schritt auf sie zu. „So ist es."

„Und vielleicht möchtest du hören, dass das eben ein egoistischer Akt meinerseits war, der lediglich meinem Vergnügen diente und den ich des Friedens willen gerne totschweigen werde."

Er stand eine Armlänge von ihr entfernt und forschte nach einer Reaktion ihrerseits. Sie sah ihn an wie erstarrt, die Augen weit aufgerissen, die Stirn sorgenvoll in Falten gelegt. Ja, war es das, was sie hören wollte? Mit Sicherheit war es das, worauf sie hoffen sollte. Ihr Herz jedoch ließ sich nicht verleugnen und das sprach eine völlig andere Sprache. Was geschah hier nur? Wo war sie da reingerutscht?

Hazen schien sich diese letzte Frage nicht selbst beantworten zu wollen, denn er sagte nichts und sah sie nach wie vor musternd an. Sein Blick war so unerbittlich – sie wusste, dass er keine Ausflüchte akzeptieren würde. Er wollte die Wahrheit.

„Es ist zumindest das, was ich hören wollen *sollte*." Sie sah auf, in seine klaren, schwarzen Augen und fühlte wieder diese Ruhe, die sich in ihr ausbreitete.

„Und was *möchtest* du hören?", hakte er nach. Er

wahrte seinen Abstand zu ihr und dafür war sie ihm dankbar. Doch allein seine Nähe verhinderte, dass ihre Lippen etwas anderes als die Wahrheit hervorbrachten.

Amber verknotete ihre Finger und entknotete sie wieder, nur um sie erneut zu verhaken und etwas zu haben, worauf sie ihren Blick konzentrieren konnte. Um etwas zu haben, damit sie *ihn* nicht ansehen musste. Sie hatte keine Ahnung, wie seine Reaktion ausfallen würde und sie würde einen Ausdruck von Belustigung, Gleichgültigkeit oder gar Spott in seinem Gesicht nicht ertragen können.

„Ich möchte hören, dass es mehr für dich war. Ich möchte nicht hören, dass es etwas mit Egoismus oder reinem Vergnügen zu tun hatte. Ich möchte hören, dass du mehr in mir siehst…"

Sie kam nicht bis zum Ende. Hazen zog sie an sich und bedeckte ihre Lippen mit den seinen. Leidenschaft packte sie und riss sie abermals mit sich fort. Ihr Herz drohte ihr aus der Brust zu springen, um nur ja dem seinen nah sein zu können. Wie hatte er in so kurzer Zeit solch tiefe Gefühle in ihr wecken können?

Es schien wie eine Ewigkeit, nach der sie sich voneinander lösten, doch es fühlte sich nicht an, als wäre es genug. Schwer atmend legte Hazen seine Stirn an die ihre, hatte seinen Griff noch immer nicht aus ihrem Haar gelöst.

„Alles, nur eines kann ich dir nicht bestätigen", flüsterte er mit tiefer Stimme, die in seinem Brustkorb vibrierte.

Sie sah in seine Augen, Unsicherheit machte sich in

ihr breit.

Er erwiderte ihren Blick, als er sagte: „Es tut mir leid, aber ich bin ein egoistischer Mistkerl. All das hier ist reiner Egoismus! Ich will dich. Ich will dich für mich ganz alleine. Und dabei ist es mir vollkommen egal, was irgendjemand darüber denkt – oder wie sich irgendjemand deshalb fühlt. Ich will dich…"

Ihre Lippen fanden abermals zueinander, diesmal war er besitzergreifender, fordernder. Amber ließ zu, dass seine Zunge ihren Mund eroberte, wie er selbst bereits ihr Herz erobert hatte.

Hazen wusste, dass er sich auf einem Weg befand, der nicht richtig war. Jedoch brauchte er sich darüber mittlerweile keine Gedanken mehr zu machen, denn er *war* bereits zu weit gegangen. Alles, was jetzt noch passierte, würde die Sache nicht mehr schlimmer machen.

Er betrachtete Amber, die ihr Frühstück zu sich nahm, während er seinen Teller bereits beiseite gestellt hatte. Seit dem Vorkommnis am Wasserfall war sie sehr still und nachdenklich geworden. Sie kämpfte wohl noch mit sich, war einerseits zurückhaltend, andererseits jedoch wusste er genau, dass sie sich zu ihm hingezogen fühlte. Weitaus mehr als ihr lieb war. Offensichtlich sogar so sehr, dass sie ihr ganzes Leben für ihn riskierte – dessen war er sich bewusst. Doch nach und nach dämmerte Hazen immer mehr, was das alles nach sich ziehen würde.

Tom würde irgendwann hier aufkreuzen. Und abgesehen von dem Unwetter, das mit seiner Ankunft her-

aufziehen würde, war er sich sicher, dass Tom Amber nicht zurücknehmen würde, selbst wenn sie es wollte. Das rief ihn auf den Plan, und zwar voll und ganz. Denn das hieß, dass er nun für sie verantwortlich war. Und wenn er sich auf seinem naturbelassenen Stück Land so umsah, dann musste er sich mächtig ins Zeug legen, um ihr etwas bieten zu können. Und genau das hatte er vor.

„Ich geh runter zum Fluss", sagte er, stand auf und streckte sich.

Amber entwischte ein knappes Lächeln: „Ich komme mit, das Geschirr wäscht sich nicht von alleine."

Das war es, was ihm Gewissheit gab - diese kurzen Sekunden, in denen sie ihre wahren Gefühle nicht verbarg. Ein Lächeln, das ihr entwischte, ein Blick, der ihr entkam. Und er spürte genau, dass sie innerlich vor Glück platzen wollte, doch da war dieser herannahende Sturm, der sie stets verfolgte und dessen große Wolken alles überschatteten.

Hazen suchte seine Goldwaschutensilien zusammen und Amber richtete das benutzte Geschirr in einem Korb zusammen, ehe sie sich über die Wiese hinweg auf den Weg hinab zum Fluss machten. Unten angekommen baute er sich seine Eimer am Flussufer auf und begann mit seiner Arbeit. Auch Amber begann still das Geschirr zu waschen. Ihr selbst fiel es womöglich gar nicht so sehr auf, doch wie sie da stand, mit hochgebundenem Rock und barfuß im Fluss, schien sie ihm im Gegensatz zu ihrer Ankunft hier eine völlig andere Frau geworden zu sein. Und das Verrückte war, dass es so

natürlich wirkte – als hätte sie nie etwas anderes getan. Ja, er wagte den Gedanken noch nicht auszuformulieren, doch es war als gehörte sie hierher.

„Was ist?"

Amber riss Hazen aus seinen Gedanken. Sie sah irritiert an sich hinab. Offensichtlich hatte sie seinen nachdenklichen Blick bemerkt.

„Ich hab mich gefragt, wie du dich wohl als Goldwäscherin machen würdest", log er.

„Welche Eigenschaften müsste ich dafür mitbringen?" Wieder entkam ihr ein knappes Grinsen.

„Nun, Zielstrebigkeit, Beharrlichkeit, eine Portion Glück und jede Menge Verrücktheit auf jeden Fall."

Amber machte ein nachdenkliches Gesicht, ehe sie lachte: „Tja, außer Letzterem scheint mir momentan keine dieser Eigenschaften zu eigen sein."

Hazen lächelte und hielt ihr die eiserne Pfanne hin: „Versuch es."

Amber ergriff die Pfanne mit einem Schmunzeln. „Wie genau funktioniert das, im Flussbett zu wühlen?" Er erinnerte sich noch genau, wann sie dies zuletzt zu ihm gesagt hatte – damals, als sie noch eine richtig hochnäsige Nervensäge gewesen war, die unbedingt in ihr feines Städtchen Whitecourt gebracht werden wollte.

„Stich nicht zu tief ins Flussbett und nimm nicht zu viel Erde auf. Füll die Pfanne dreiviertel mit Material. Ja, genau so, du wirst das richtige Maß noch herausfinden. Durchsuch den Inhalt mit deinen Fingern. Die großen Steine und Brocken kannst du zurück ins Wasser werfen. Jetzt schlag mit der Hand auf den Rand der

Pfanne, lass sie jedoch unter Wasser. So sinkt das Gold weiter nach unten. Und jetzt lass den Kiesel ganz sanft kreisen, indem du die Pfanne drehst wie ein Rad und wenn du ein gutes Gefühl hast, dann lass immer wieder kleine Portionen über den Rand der Pfanne zurück in den Fluss fallen. Gold ist schwerer als Gestein, Erde und anderes Material und wird deshalb in der Pfanne zurückbleiben", erklärte er.

Amber studierte konzentriert den Inhalt der Pfanne. „Woher weiß ich, dass ich etwas über den Rand kippen soll?"

„Das sagt dir dein Gefühl. Wenn du genug gekreiselt hast, weißt du, dass sich die unterschiedlich schweren Schichten aufgeteilt haben."

„Aha", sie klang wenig überzeugt, ließ jedoch ein wenig Schlamm und Gestein zurück ins Wasser fallen.

Hazen konnte nicht anders als zu lächeln, während er ihr zusah, wie sie so konzentriert in die Pfanne starrte, als könnte sie das Gold mit ihrem Blick heraufbeschwören.

„Da!", rief sie plötzlich und griff in die Pfanne hinein, „Gold! Da ist Gold! Oh mein Gott, ich hab Gold gefunden!"

Vor lauter Euphorie ließ sie die Pfanne fallen. Sie landete mit dem Boden auf dem Wasser und schipperte sofort davon.

„Die Pfanne!", rief er erschrocken und hechtete ihr hinterher.

„Oh nein! Die Pfanne! Das Gold!", rief sie und während Hazen die Pfanne zu fassen bekam, strauchelte

Amber offensichtlich hinter ihm. Da er selbst aus dem Gleichgewicht war, riss Amber ihn mit sich zu Boden und sie landeten beide im knietiefen Wasser. Hazen schnappte nach Luft und kämpfte sich lachend zurück an die Oberfläche. Er half Amber, die jedoch nur Augen für ihre verschlossene Hand hatte, sich wieder aufzurichten.

„Das Gold", jammerte sie besorgt und öffnete ganz langsam ihre Hand. Darin befand sich eine große Portion Schlamm und ein blassgelb schimmerndes Gesteinsteil.

„Es ist noch da! Ich hab's nicht verloren Hazen, das Gold ist noch da!", rief sie entzückt und hob es auf.

Als er nicht reagierte, sah sie ihn irritiert an: „Findest du hier etwa jedes Mal Gold?"

„Ich habe hier noch kein einziges Stück Gold gefunden."

Die Falten auf ihrer Stirn vertieften sich: „Wieso freust du dich dann nicht?"

„Das, meine Liebe", sagte er und nahm ihr das schimmernde Stück aus der Hand, „ist Pyrit. Sieht sehr ähnlich wie Gold aus, ist jedoch keines. Der Fluss ist voll davon, was es schwieriger macht, das echte Gold herauszufischen."

„Oh", sagte sie niedergeschlagen und betrachtete das falsche Gold missmutig.

„Aber es ist ein gutes Zeichen."

„Wie meinst du das?"

„Dieses Metall kommt meist in Gewässern vor, in denen auch Gold zu finden ist. Es ist der Grund, warum

109

ich hier überhaupt schürfe."

„Ich fühle mich wie der schlechteste Goldwäscher, der je geboren wurde."

Hazen lachte: „Oh nein, glaub mir…"

„Doch, doch", unterbrach sie ihn, „schau uns an, wir sitzen komplett durchnässt in einem Fluss mit einem wertlosen Stück Metall und beinah wäre uns auch noch die Pfanne davongeschwommen."

Plötzlich verdunkelte sich ihr Gesichtsausdruck. Ehe Hazen sich versah, kullerte eine Träne ihre Wange hinab. Sie fuhr sich durch das nasse Haar.

„Oh Gott Hazen, was hab ich bloß getan."

Er wusste, dass sie nicht vom Goldwaschen sprach. Es gab auch nichts, das er sagen konnte, fand er, also zog er sie einfach nur an sich. Sie begann zu schluchzen und er ließ sie nicht los, ehe auch die letzte Träne versiegt war.

„Wie fühlt es sich denn an?", fragte er und suchte ihren Blick.

„Wie Verrat."

„An Tom?"

Sie nickte, brachte das „Ja" offensichtlich nicht über die Lippen.

„Und wenn du zu ihm zurückgehen würdest und ich für immer aus deinem Leben verschwinden würde, wäre dir das lieber?"

Sie antwortete nicht sofort. „Nein, selbst, wenn es dich nicht gäbe, könnte ich nicht zu ihm zurück."

„Warum?"

„Ich habe mich verändert. Und es gibt noch so viel, das ich entdecken will in meiner neuen Welt…"

„Also wäre es Verrat an dir selbst, wenn du zu ihm zurückkehren würdest."

Sie starrte in das dahinfließende Wasser, nachdenklich. „Du hast Recht", sagte sie nach einer Weile, „du hast Recht…"

Plötzlich sah sie in seine Augen, ihr Blick war intensiv und er hatte schlagartig das Gefühl, dass sie bis auf den Grund seiner schwarzen Seele hinabblicken konnte. Sie suchte nach etwas, durchforstete sein Innerstes, so schien es ihm. Schließlich fasste sie mit ihrer Hand in seinen Nacken und zog ihn zu sich.

„Und es wäre Verrat an meinem Herzen", flüsterte sie, ehe sie ihre Lippen mit den seinen vereinte. Ihr Kuss war verzweifelt, leidenschaftlich. Und es fühlte sich für ihn an wie ihr erster Kuss. Weil er von ihr ausging, weil sie den Tanz anführte. Ihre Zunge erforschte seinen Mund wie ein Pionier, der Neuland entdeckt hatte. Sie presste ihren Körper an seinen. Ihre Lippen und ihre Haut waren kalt vom kühlen Wasser, das sie noch immer umspielte. Hazen öffnete ihr Kleid und schob den schweren, nassen Stoff ihres Rockes nach oben…

Am nächsten Morgen erwachte Amber mit einem Gefühl der Scham. Die mittlerweile so vertrauten Konturen des Planwagens umfingen sie wie ein schützender Kokon. Es fühlte sich an wie… ja, wie Zuhause. Und genau dafür schämte sie sich. Sie fühlte sich wohl, sie fühlte sich geborgen – und sie hatte kein Recht dazu. Sie *sollte* keine solchen Gefühle verspüren.

Als sie ein Scheppern vernahm, erinnerte sie sich wie-

der, weshalb sie wach geworden war. Sie erlaubte sich nicht, Hazens Nähe, der seinen Arm um sie geschlungen hatte, zu genießen und war froh um die Ablenkung. Nachdrücklich rüttelte sie an seinem Arm.

„Hazen, da draußen ist jemand!", flüsterte sie.

Es drang nicht sehr viel Sonnenschein durch die festen Planen ins Innere und so waren Hazens Züge in fahles Licht getaucht. Er sah friedlicher aus als sonst. Es war das erste Mal gewesen, dass sie gemeinsam im Planwagen geschlafen hatten – wobei sie vermutlich nicht sehr viel Zeit mit Schlafen verbracht hatten. Es war eine wundervolle Nacht gewesen, doch waren die Gefühlsstürme von Glück und Beschämung nun zu viel für einen zarten Morgen.

Hazen murmelte.

„Hazen!", wiederholte sie nachdrücklicher, „da ist jemand vor dem Planwagen!"

„Waschbär…", nuschelte er und streckte sich anschließend genüsslich, wobei er nicht den Anschein machte aufwachen zu wollen.

Amber hörte noch einmal genau hin und auch wenn sie keine Ahnung von Waschbären hatte, so erschienen ihr die Geräusche zu laut für ein kleines Tier. Als es abermals laut schepperte, sprang sie auf, schlüpfte rasch in eines ihrer Kleider und spähte vorsichtig durch die Plane nach draußen. Ganz nah beim Wagen war ein Mann. Er war bereits älter, trug absolut schäbige Klamotten und einen zerknautschten Hut. Es war offensichtlich, dass er etwas suchte. Ein Dieb!

So schnell sie konnte hastete sie auf leisen Sohlen zu-

rück zu Hazen. Sie rüttelte an seiner Schulter.

„Hazen, da draußen ist ein Mann. Er durchsucht die Sachen vor dem Wagen!"

Endlich öffnete er die Augen. Seine wunderschönen, tiefschwarzen Augen, die ihr im dämmrigen Licht entgegenblickten wie zwei dunkle, schimmernde Edelsteine.

„Das ist nur Charly", erklärte er mit einem Lächeln.

„Charly? Der Dieb heißt Charly?", fragte sie irritiert.

„Amber", sagte er in einem Tonfall, in dem man mit kleinen Kindern sprach, „welcher Dieb würde so einen Lärm machen?"

Aus dem Konzept gebracht, dachte sie einen Augenblick lang nach. Ihr schwante, dass hier doch keine wirkliche Gefahr im Verzug war. Trotzdem wollte sie nicht als Idiotin dastehen. Also erwiderte sie mit geschürzten Lippen: „Einer, der sich seiner Sache sicher ist. Er ist wahrscheinlich bis an die Zähne bewaffnet, oder seine Leute haben den Planwagen umstellt und…"

„Amber", unterbrach er sie und schüttelte amüsiert den Kopf, „das da draußen ist Charly. Er ist hier beinah jeden Tag."

Sie zog bedeutungsvoll die Augenbrauen hoch: „Ich habe hier in all den Wochen noch nie einen *Charly* gesehen."

„Na dann", sagte Hazen und sprang auf, „dann wirst du ihn jetzt kennenlernen!"

Er drückte ihr einen Kuss auf die Wange, ehe er an ihr vorbeiging und sie mit einem „Guten Morgen, Charly!" allein im Planwagen zurückließ. Oh Himmel, was ging

113

denn hier vor sich? Schnell hastete sie hinter ihm her und stieg ebenfalls vom Planwagen hinab. Unten angekommen fiel ihr schockiert auf, dass sie ihre Haare noch nicht zurechtgemacht hatte! Wie sah das wohl aus? Noch dazu, wo sie beide aus dem Planwagen gestiegen waren? Als Hazen sie an der Taille packte, zu sich zog und ihr einen Kuss auf die Stirn drückte, stieg ihr endgültig die Röte ins Gesicht. Nun, jetzt brauchte sie sich zumindest keine Gedanken mehr über ihre unpassende, verräterische Frisur zu machen!

„Amber, das ist Charly. Charly, alter Freund, das ist Amber. Sie lebt jetzt hier", stellte er sie einander vor. Und Amber rutschte beinahe das Herz in die Stiefel! Hazen schien überhaupt nichts Besonderes an seiner Aussage zu finden, doch dass er sie so vorstellte, rührte und erschreckte sie zugleich. Damit hatte sie nicht gerechnet und doch fühlte sie, wie es ihr warm in der Bauchgegend wurde. *Wie schön es wäre, hierher herzugehören*, dachte sie, korrigierte sich jedoch zugleich, *nein, ich gehöre schon hierher. Wie schön es wäre, hierher zu gehören und keine alten Ketten mit sich schleppen zu müssen.*

„Oh", krächzte der alte Mann und war nicht minder rot im Gesicht als Amber. Während er sprach, wagte er es nicht, den Blick zu heben: „Freut… freut mich sehr, Miss Amber. Ich… ich bin Charly. Das sagte Hazen ja bereits ich… ähm… gehe schon einmal zu meinem Plätzchen. Freut mich, Ihre Bekanntschaft zu machen…"

Mit diesen Worten stapfte der kleine Mann davon

und wirkte dabei wie ein Erdmännchen, das unbeholfen auf zwei Beinen dahinstolperte.

„Mir scheint, du hast ihn verscheucht", stellte Hazen mit einem Lächeln fest.

„Tut mir leid, ich…"

„Ach, Unsinn", lachte Hazen, legte seinen Arm um ihre Schulter und drehte sich anschließend zu ihr, sodass sie sich gegenüberstanden, „der alte Charly hat nur länger kein weibliches Geschöpf zu Gesicht bekommen."

„Du meinst, ich hab ihn nervös gemacht?", fragte sie mit einem vielsagenden Schmunzeln.

Sie sah, wie sich Hazens Blick verdunkelte, als sie, noch immer in seiner Umarmung, einen Schritt auf ihn zutrat.

„Mache ich dich etwa auch nervös?", fragte sie unschuldig.

Seine Kiefermuskeln traten hervor und in seinen Augen lag unmissverständlich Begierde.

„Nein, *Miss Amber*", raunte er, „die Gefühle, die Sie in mir wecken, sind gänzlich anderer Natur."

Seine Lippen fanden die ihren, kaum, dass er geendet hatte. Er zog sie näher an sich und schien körperlich vollkommen von ihr Besitz zu nehmen. Zumindest fühlte es sich so an. Sie spürte, wie er mit jedem Kuss und jeder intimen Begegnung, die sie in den letzten Tagen geteilt hatten, besitzergreifender geworden war. So auch jetzt. Ob er an Toms baldige Ankunft dachte? Sie selbst verdrängte diese Tatsache mittlerweile so gut sie konnte und vor allem in Momenten wie diesen war Tom das Letzte, an das sie denken wollte.

115

Ein lautes Scheppern riss sie aus ihrer Zweisamkeit. Zumindest Amber. Sie sah zu Charly hinüber, der einige Meter von ihnen entfernt stand und fahrig damit beschäftigt war, diverse umgestürzte Wannen und Behältnisse wieder aufzuheben. Sein Blick begegnete dem ihren und sofort war ihr klar, dass ihr Kuss der Grund gewesen war, weshalb er offensichtlich alles umgestoßen hatte. Abermals stieg ihm die Röte ins Gesicht, bis es die Farbe einer Tomate hatte. Hastig wandte er sich ab und wollte wohl so tun als wäre nichts geschehen.

Während ihr der alte Mann beinah schon leid tat, schien Hazen das nicht wirklich zu interessieren. Er wollte ihr Kinn zu sich drehen, doch sie wand sich mit einem Kichern aus seinem Griff.

„Hazen, wenn wir so weitermachen, stürzt Charly noch über seine Utensilien und bricht sich ein Bein oder Schlimmeres!"

Hazen grinste, machte aber keine Anstalten, sich ihr wieder anzunähern.

„Daran muss sich der gute Charly wohl in nächster Zeit gewöhnen." Er sah höchst zufrieden aus bei seinen Worten und Amber konnte nicht anders, als zu lächeln.

Sie machten sich daran ein kleines Frühstück zuzubereiten und saßen sich anschließend essend gegenüber. Amber überwältigte die Neugier.

„Was macht er hier?", fragte sie Hazen mit einem skeptischen Blick zu Charly, der noch immer dort drüben herumhantierte. Sie hatte jedoch keine Ahnung womit.

„Er jagt seinen Traum", meinte Hazen etwas reser-

viert. In seinem Blick lag etwas, das sie nicht wirklich deuten konnte.

„Alsooo", überlegte sie, „ist das hier ein Treffen für Männer, die aussichtslosen Träumen hinterherjagen?"

Sie lächelte neckend, Hazen verzog jedoch keine Miene. Ups, da hatte sie wohl einen wunden Punkt getroffen!

„Wenn du das so siehst."

Mit diesen Worten stand er auf und stellte seinen leeren Teller beiseite.

„Tut mir leid, Hazen, ich...", setzte sie an, um sich zu entschuldigen, doch er winkte nur ab.

„Schon gut. Ich geh zum Fluss", sagte er und gewährte ihr ein knappes, beinah trauriges, Lächeln, ehe er sich seine Eimer und die Pfanne schnappte und über die Wiese zum Fluss davonging.

Was war denn nun mit ihm los? Was hatte sie falsch gemacht? Gerade noch scherzte ihr mit ihr – durfte sie ihn denn nicht aufziehen? Sie schüttelte verständnislos den Kopf und räumte das Geschirr zusammen. Eigentlich müsste sie jetzt zum Fluss hinabgehen, um es abzuwaschen oder Wasser dafür heraufzuholen, doch sie hatte das Gefühl, dass Hazen ihre Gegenwart gerade nicht wünschte. Sie sah zu Charly hinüber, von dem sie immer noch nicht wusste, weshalb er plötzlich hier aufgetaucht war und was er dort hinten eigentlich tat. Bei ihrem Glück mit Männern heute beschloss sie jedoch, sich vorerst anderen Tätigkeiten zuzuwenden. Doch was tat eine Frau hier draußen? Sie sah sich um. Ihr Blick schweifte über das herumliegende Gerümpel und blieb

schließlich am Planwagen hängen. Da hatte sei eine Idee...

Gegen Mittag war sie fertig. Wenn sie sich ihr Werk so besah, beschlich sie plötzlich das ungute Gefühl, dass sie Hazen damit am Ende ein weiteres Mal zu nahe treten würde. Aber eigentlich hatte sie ja nur aufgeräumt, oder? Der Bereich um den Planwagen herum war nun ordentlich, alles hatte seinen Platz und auf dem kleinen Esstisch stand ein Becher mit ein paar Wiesenblumen.

Aber das war noch nicht alles. Sie hatte auch den Planwagen entrümpelt und wohnlich gestaltet. Früher hätte sie sich das nie vorstellen können, doch es störte sie nicht mehr, dass sie in einem Planwagen wohnte. Natürlich war das nicht ihre Traumvorstellung, die sie bis ans Ende ihres Lebens vollziehen wollte, doch sie konnte dem Ganzen mittlerweile durchaus etwas Romantik abgewinnen. Es war ein wildes Leben, an dem sie langsam, aber sicher Gefallen fand.

Dieser mysteriöse Charly hantierte noch immer an Ort und Stelle mit seinen undefinierbaren Gerätschaften und Amber beschloss, dass sie ihren angeblichen Dauergast nun genauer kennenlernen wollte. Hier gab es ja schließlich nichts mehr für sie zu tun – zumindest nicht, solange sie nicht nach Whitecourt kam, um einzukaufen!

Sie schlenderte zu ihm hinüber. An seiner Reaktion merkte sie, dass er sie wahrgenommen hatte, doch er sagte nichts. Ihre Anwesenheit verunsicherte ihn sicher-

lich. Geschäftig schüttete er Pulver und undefinierbare Flüssigkeiten von einem Gefäß ins nächste. Auf dem Tisch standen Dinge, die aussahen wie Mühlen, Pressen, einfache Gefäße und Gläser. Was auch immer er da tat, er war sehr eifrig bei der Sache und es wirkte äußerst kompliziert!

„Was zauberst du da?", fragte sie mit neugierigem Blick.

„Höchst komplex! Das ist höchst komplex!", sagte er mit einer Stimme, die klang wie die eines gealterten Zirkusdirektors.

Fast glaubte sie schon, dass das alles war, was er ihr an Erklärung gab. Er schien sich jedoch nur auf das Umfüllen und Bearbeiten seiner Stoffe konzentriert zu haben, ehe er fortfuhr: „Was ich hier mache, Mylady, ist eine uralte Kunst! Bereits im Mittelalter wurde es versucht und daran gefeilt! Sagt… sagt Ihnen der Begriff Alchemie etwas?"

„Sind das nicht Menschen, die mit irgendwelchen Stoffen experimentieren um andere Stoffe zu erzeugen?" Sie erinnerte sich dunkel an ihre geschichtliche Schulung.

„In der Tat! In der Tat!", rief er und schien erfreut, auch wenn er sie noch immer nicht ansah, „es handelt sich um einen Zweig der Naturphilosophie. Ein Alchemist versucht, aus einem Stoff etwas Besseres zu machen. Verstehen Sie?"

„Und du bist ein Alchemist?", fragte sie interessiert, obwohl sie den alten Kerl nicht ganz ernst nahm. Amber ignorierte die Tatsache, dass er sie noch immer siezte.

Wenn sie ihn zum Du drängte, würde er sicherlich nur noch nervöser werden!

„Nein!", sagte er entschieden und zog seine Stirn ärgerlich zusammen, „es gibt keine Alchemisten mehr! Das ist Humbug aus dem Mittelalter!" Langsam war sie sich nicht mehr sicher, ob sie aus diesem Mann jemals schlau werden würde. Doch er fuhr nach einer langen Pause fort. „Ich, Mylady", er klopfte sich siegesgewiss auf die Brust, „ich werde schaffen, was noch kein Mann vor mir geschafft hat! Ich werde dieses wertlose Gestein zu Gold verwandeln!"

Jetzt nahm sie ihn noch weniger ernst, doch er erschien ihr höchst liebenswert in seiner verbissenen Art zu träumen.

„Mithilfe von Alchemie?", hakte sie nach.

„Jawohl! Jawohl! Dieses kleine Büchlein hier hat Gott auf meinen Weg gelegt! Er hat mich dafür auserkoren, dieses sagenhafte Werk zu vollbringen! Und so wird es geschehen!" Das letzte Wort sang er beinah vor Euphorie.

Amber besah sich das kleine Büchlein genauer. Es hatte einen zerschlissenen Ledereinband und die Seiten schienen so alt zu sein, dass sie bei Berührung zu zerbröseln drohten. Auf dem Einband war ein Kreis mit einem Punkt darin abgebildet. Sonst nichts. Sie streckte den Arm aus, um auf das Zeichen zu deuten, doch schneller als ein Wiesel hatte Charly das Büchlein gepackt und war drei Schritte zurückgesprungen. Das Buch fest mit beiden Händen an sich gepresst.

„Dieses Buch", begann er mit weit aufgerissenen Au-

gen und sah sie zum ersten Mal an, „darf nur von mir berührt werden. Berührt es ein Anderer, verliere ich die Führung Gottes und sie geht auf einen Anderen, auf einen Unbekannten, über. *Niemand* außer mir darf dieses Buch berühren, Mylady."

Amber zwang sich, aus ihrem Stirnrunzeln ein Lächeln zu formen und ihr Lachen zu unterdrücken. „Entschuldigung, Charly, das wusste ich nicht. Ich werde das Buch nicht anfassen."

Zögerlich kam er zurück und legte das Buch wieder an seinen Platz, sein Blick blieb skeptisch.

„Was bedeutet das Zeichen?", fragte sie nun, die Hände hinter sich verschränkt.

„Gold, Miss, das", er besah es ehrfürchtig, „ist das Zeichen für Gold." Er sah das Büchlein so lange an, dass sie Angst hatte, er würde vor lauter Hingabe in Tränen ausbrechen. Als er sich plötzlich schüttelte und weiter mit seinen Utensilien zu hantieren begann, erschrak sie regelrecht.

„Was steht drin in diesem Buch?"

„Der Beginn eines Geheimnisses, das Gott mir auferlegt hat zu lüften. Dort drin sind Aufzeichnungen eines alten, mächtigen Wissenschaftlers, der sein Werk jedoch nicht zu Ende bringen konnte. Aber ich werde es herausfinden, so wahr mir Gott helfe!"

„Und wie soll es funktionieren?"

„Ich weiß es nicht. Ich weiß es nicht. Ich… ich habe bereits sehr viel ausprobiert, aber mir fehlen immer wieder Kleinigkeiten. Es ist nicht leicht, verstehen Sie? Ist nicht leicht…"

Amber kümmerte sich nicht mehr um ihre Mimik, die sie langsam aber sicher ihre Belustigung nicht mehr verbergen ließ, denn er würde ihr wohl nicht mehr ins Gesicht blicken – außer sie näherte sich seinem heiligen Büchlein.

„Und dafür nutzt du Pyrit?"

Plötzlich blickte er zu ihr auf und sah sie aus wässrigen, etwas verrückt wirkenden, aber gleichzeitig sehr treuherzigen, Augen an. Amber deutete irritiert auf das Schälchen mit dem falschen Gold, das sie selbst bei ihren ersten Schürfversuchen mit echtem Gold verwechselt hatte.

„In der Tat, Miss, in der Tat!", sagte er staunend und schien überwältigt von der Tatsache, dass sie offensichtlich etwas von seinem Metier verstand. Sie musste ihm ja nicht sagen, dass das wohl so ziemlich alles war, was sie von seiner Arbeit nachvollziehen konnte. Doch jetzt war es um sie geschehen. Charly erklärte ihr all seine Pläne und jeden einzelnen Schritt seiner Versuchsreihe bis ins kleinste Detail und mit einer Begeisterung, die es ihr unmöglich machte, sich davonzustehlen. Es endete so, dass sie am Ende sogar mithelfen durfte.

Nach langer Zeit unterbrach Hazens Stimme ihr gemeinschaftliches Treiben: „Tut mir leid, Charly, aber ich muss dir Amber jetzt entführen. Es sei denn, sie hat hier noch eine wichtige Aufgabe zu erledigen."

Charly verhaspelte sich vor lauter Aufregung: „Oh, nein, nein, Hazen, nein, nein. Du... du darfst sie mir ruhig entf... entführen. Ich... ich komme hier gut all... alleine zurecht. Vielen Dank Miss Amber..."

„Gerne, Charly", lachte sie und versuchte es nun doch, „sag bitte einfach nur Amber zu mir."

„Jawohl, Miss Amber, jawohl", sagte er und konzentrierte sich auf seine Arbeit und war sicherlich froh, als Hazen und Amber sich entfernten und er keine Menschen mehr um sich hatte. Er würde sie nie Amber nennen, das konnte sie wohl vergessen!

„Was kann ich für dich tun?", fragte sie an Hazen gewandt und hatte die Trübseligkeit von vorhin vergessen, da sie der pfiffige Charly so belustigt hatte.

„Du tust gerade so, als würde ich dir ständig Arbeit auftragen", meckerte er, lächelte jedoch, „ich würde gerne mit dir Ausreiten gehen."

„Und dafür hast du mich von meinen welterschütternden Experimenten abgehalten?", fragte sie gespielt entgeistert.

„Verzeiht, Miss Amber", sagte er, „doch glaubt mir, auch ein Genie braucht mal eine Auszeit."

Sie lachten und feixten auf dem Weg zu den Pferden und Amber war froh, dass die Stimmung zwischen ihnen sich wieder gehoben hatte. „Er ist etwas verrückt, oder?", fragte sie Hazen.

Der runzelte die Stirn: „Ja, ich befürchte, das ist er. Aber er ist ein lieber Kerl, der keiner Fliege etwas zuleide tun kann. Ich hab ihn irgendwie ins Herz geschlossen."

„Sollte man ihm sagen, dass er sich in etwas verrennt?"

Hazen schüttelte den Kopf: „Lieber nicht. Er hat sich da so seine Geschichte mit seinem Buch und Gott zusammengesponnen. Ich weiß nicht, was er tut, wenn er herausfindet, dass man aus Pyrit kein Gold herauspres-

sen, keines hineindrücken oder sonst wie hervorzaubern kann."

Wenig später saßen sie im Sattel – Amber hatte ihre Stute, Sammy, komplett selbst reitfertig gemacht – und ritten durch das lange Gras. Es streifte wie manifestierte Wellen an den Pferdebeinen entlang und Amber genoss den gleichmäßigen Schritt ihres Pferdes. Die Sonne hatte ihren Mittagsstand bereits vor einiger Zeit passiert und bereitete sich auf einen weiteren atemberaubenden Sonnenuntergang vor, während der Wind auch langsam an Kraft verlor. Amber fühlte sich glücklich und zufrieden, der quirlige Charly hatte sie vollends ins Hier und Jetzt befördert, da er ihre volle Aufmerksamkeit gefordert hatte. Jetzt, wo Ruhe um sie herum einkehrte, wurden andere Stimmen wieder lauter. Tom…

„Ich bin schwer getroffen", sagte Hazen tadelnd.

„Warum?"

„Der alte Charly zaubert dir ein belustigtes Grinsen nach dem anderen ins Gesicht und kaum sitzt du ein paar Minuten neben mir auf dem Pferd, kehren die ersten Sorgenfältchen zurück."

Sie lächelte knapp: „Entschuldige, es hat nichts mit dir zu tun. Es ist nur…"

„Tom", stellte er emotionslos fest.

Amber nickte.

„Hast du ihn wirklich geliebt?", fragte er.

Sie seufzte: „Vermutlich, ja. Vor einigen Wochen wäre ich mir dessen noch sicher gewesen. Doch ich habe das Gefühl, dass ich jetzt erst entdecke, wer ich wirklich bin und…"

124

„Da ist alles, was du zuvor für richtig und wichtig gehalten hast, plötzlich ganz anders."

„Ja, so kann man es wohl sagen."

Er räusperte sich und ein kurzes Lachfältchen-Lächeln huschte über sein Gesicht: „Als du hier angekommen bist... ich hab dich nicht verstanden. Vor mir stand eine Frau, die stark und selbstständig war, es aber nicht zu wissen schien. Und als mir klar wurde, dass Tom es ist, dem du dich so selbstlos verschrieben hattest, ist mir alles klar geworden." Er grinste: „Wie hast du es nur mit seiner herrischen, selbstverliebten Art ausgehalten?"

„Nun ja", sie zuckte mit den Schultern, „das frage ich mich mittlerweile selbst. Ich habe mich so in den Schatten gestellt... ich glaube, ich hatte Angst, es alleine zu versuchen. Irgendwie... Tom war eine gute Partie, er hat mir Sicherheit gegeben. Es war... das *Vernünftigste*." Erst als sie es aussprach, wurde ihr selbst auch wirklich klar, dass sie sich wohl oder übel etwas vorgemacht hatte in ihrem früheren Leben. Das noch gar nicht so lange her war...

„Nun, ein Leben mit mir ist alles andere als vernünftig", grinste er.

„Das ist es in der Tat", sagte sie und fragte sich zum Teil wirklich, warum sie ein Leben in Sicherheit und Wohlstand gegen das hier eintauschte. Sie wusste noch nicht einmal, wie sie den Winter überstehen sollten! Sicher nicht in einem Planwagen!

„Amber, du sollst wissen, dass ich das alles sehr ernst nehme. Ich werde diese Ranch für uns bauen und ich werde alles dafür tun, dass ich dir ein Leben bieten

kann, das dir gerecht wird."

Hazen war die Antwort. Bei den Worten „unsere Ranch" hüfte ihr das Herz vor Freude beinah vom Pferd. Und das, obwohl sie sich vor einigen Woche noch nie im Leben hätte träumen lassen, auf *solch* einer Ranch zu leben! Das, was sie bei ihrer Anreise hier erwartet hatte, war ein großes Gutshaus gewesen und definitiv keine Tiere in dessen unmittelbarer Nähe. Doch alles, was Hazen und sie hier würden schaffen, wäre wohl ein kleines Häuschen und definitiv Rinder direkt vor ihrer Nase! Und das Überraschendste: Sie konnte sich nichts Schöneres vorstellen! Er hatte sie hier draußen ihrer wilden Seite näher gebracht und ihr Herz schlug kraftvoller denn je!

„Und ich werde meinen Teil dazu beitragen", sagte sie und fügte schließlich niedergeschlagen hinzu, „wenn wir diese andere Sache hinter uns gebracht haben."

„Das werden wir, Schätzchen, keine Sorge."

„Hast du denn eigentlich gar keine Empathie deinem Bruder gegenüber?"

Hazens Züge verhärteten sich: „Nein, die habe ich nicht. Glaub mir, er würde nicht anders handeln. Egoismus wurde bei den Donagans schon immer großgeschrieben."

Sie verdrehte die Augen: „Als hättest du das allein zu entscheiden."

Er sah sie ernst an: „Das habe ich. Amber, das habe ich, denn ich hätte dich nicht anfassen müssen. Ich habe es nur getan, weil ich das wollte."

„Oh, hilf mir meinungsfreiem Weibsstück, du großer,

weiser Mann!", scherzte sie und hielt sich den Handrücken an die Stirn.

Sie rang Hazen ein Lächeln ab, ehe sie sagte: „Ehrlich, Hazen, du solltest das nicht ganz so eng sehen. Es ist ja nicht so, als hättest du mich mutwillig betrunken gemacht und anschließend verführt. Ich habe diesen Schritt genauso getan wie du – die Last auf unseren Schultern ist die selbe."

Hazen sagte nichts, sie wusste jedoch, dass das nicht unbedingt Zustimmung bedeutete, doch sie beließ es dabei.

„Hattet ihr einen Streit?", hakte sie schließlich stattdessen nach.

„So ungefähr, ja."

„So schlimm?", fragte sie weiter.

Hazen seufzte: „Er hat mich in meiner schlimmsten Stunde mir selbst überlassen. Er hat sich nicht wie ein Bruder verhalten. Er ist ein Egoist wie ich und zwei Egoisten passen nicht auf ein Stück Land."

Was wohl vorgefallen war?

„Ich hoffe, es war nicht wegen einer Frau", grinste sie, doch diesmal konnte sie ihm kein Lächeln ins Gesicht zaubern, stattdessen schien sein Ausdruck noch düsterer zu werden.

„Nicht in diesem Sinne, nein."

„Ging es um ein Stück Land?"

„Amber", sagte er schroff und nahm sich anschließend sofort zurück, „ich möchte nicht darüber sprechen. Es tut mir leid, aber die Vergangenheit soll eine solche bleiben."

„Okay", murmelte sie kleinlaut und gab ihrer Stute etwas mehr Zügel, damit sie ihren Kopf senken und den Baumstamm besehen konnte, ehe sie zügig darüber ging.

„Weißt du, wo Charly wohnt?", fragte sie, um das Thema zu wechseln.

„Ich habe keine Ahnung. Er kommt oft frühmorgens und verschwindet am frühen Abend wieder. Wohin, weiß ich nicht. Ich hab ihn aber auch nie danach gefragt."

„Männer reden wohl nicht so viel, hm?", neckte sie.

„Möglich. Aber dir würde er es vielleicht verraten. Ich durfte ihm noch nie bei seinen Experimenten helfen. Ich schätze, er mag dich."

„Oh nein", lachte sie, „ich schätze vielmehr, dass er Angst vor mir hat."

„Das bezweifle ich. Aber du bringst ihn definitiv in Verlegenheit."

Sie redeten den ganzen Ausritt über, hatten Spaß miteinander und fühlten sich wohl in Gegenwart des Anderen. Natürlich fehlte auch ein leidenschaftlicher Kuss nicht, der Amber einiges an Konzentration abverlangte, schließlich hatte sie noch nie im Leben jemanden auf einem Pferd geküsst, während sie selbst ebenfalls auf einem saß! Mit unmissverständlichem Blick hatte Hazen ihren Kuss beendet und ihr ein kleines Rennen zurück zum Planwagen vorgeschlagen, das sie nur zu gern angenommen hatte. Sie waren beide froh, anschließend allein und ungestört in ihrem Zuhause zu sein…

Lieblos

Weitere Wochen verstrichen. Amber vertrieb sich die Zeit, indem sie Charly bei seinen hoffnungslosen Versuchsreihen unterstützte oder Hazen beim Goldwaschen. Sie half Hazen sogar bei den ersten wiederaufgenommenen Arbeiten am Haus und wäre mit sich und ihrem Leben wohl ziemlich glücklich gewesen, wenn sie nicht immer noch diese dunkle Sturmwolke namens Tom verfolgt hätte. Und sie wurde immer größer, denn der Tag rückte näher und näher. Genau genommen rechnete sie jeden Tag mit seiner Ankunft. Manchmal hoffte sie, dass er keine Donagan Ranch finden würde, weil keiner hier in der Gegend sie kannte – schließlich existierte sie ja nicht. Und dann würde er womöglich irgendwann aufgeben, nach ihr zu suchen und sie als vermisst erklären. Und sie müsste ihm nie wieder gegenübertreten… Nun, ob sie solche Gnade verdient hatte, war eine andere Frage…

Sie war gerade dabei, Charly einige Gläser und Gefäße abzunehmen, um sie für ihn im Fluss zu waschen, als ein lautes Jauchzen sie beide aus ihrer Arbeit riss. Schnell blickten sie zu Hazen, der unten am Fluss war und wie wild auf und ab sprang. Viel später erst schien der Wind das magische Wort leise und schließlich immer lauter zu ihnen hinaufzutragen. Gold, rief er. Gold!

Amber ließ alles fallen, ebenso wie Charly, und sie rannten die Wiese hinab.

„Gold!", rief Hazen immer und immer wieder, „es ist

da! Ich hab es! Ich habe Gold gefunden!"

Überglücklich lief er Amber die letzten paar Schritte aus dem Wasser heraus entgegen und wirbelte sie herum. Er hob sie hoch und drückte sie an sich, nur um sie anschließend wieder hochzuheben und wieder an sich zu drücken… Sie hatte ihn noch nie so freudig gesehen, doch wer wäre das nicht! Amber strahlte ebenso über das ganze Gesicht und Charly führte seinen eigenen kleinen Freudentanz auf.

„Oh Gott", rief Hazen in den Himmel, „ich danke dir! Ich danke dir!"

„Schau her", sagte er schließlich und öffnete seine Hand so vorsichtig als wäre darin ein kleines Vögelchen, das davonzuflattern drohte.

Amber und Charly beugten sich mit großen Augen über ein funkelndes, glänzendes Goldstück und Amber konnte verstehen, warum es all die Menschen so verrückt machte. Es hatte etwas Betörendes, etwas Faszinierendes.

„Darf ich?", fragte sie und hob das schwere Metall nahezu ehrfürchtig hoch. Sie wiegte das Gewicht in ihrer Hand und betrachtete es von allen Seiten im Sonnenlicht. Hazen ließ sich währenddessen erfüllt zusammensacken, stützte sich rundum zufrieden auf den Händen ab und sah ihr zu.

„Oh, Miss Amber, darf ich auch mal, ja?", fragte Charly begierig und sie hatte Angst, er würde sich vor Freude einen Finger abbeißen, wenn sie es ihm nicht gäbe. Auch er begutachtete den Klumpen ausgiebig und sie konnte sehen, wie sich das glitzernde Metall in sei-

nen Augen spiegelte. Kaum zu glauben, dass so ein kleiner Brocken Gier und Hass bei den Menschen schürte, und doch spürte auch sie die Faszination, die ihn umgab.

Amber setzte sich zu Hazen und drückte ihm einen ausgiebigen Kuss auf die Wange, während Charly begann, mit dem Goldstück zu reden. Hazen lächelte noch immer zufrieden. Seine Welt schien nun in Ordnung zu sein.

„Und jetzt?", fragte sie nach einer Weile, die sie gemeinsam am Flussufer gesessen hatten.

„Jetzt weiß ich, dass mein Gefühl richtig war."

„Wie viel ist es wert?"

„Ein wenig, aber nicht genug", sagte er, schien jedoch nicht betrübt über diese Tatsache.

„Damit können wir also noch keine Ranch errichten?"

Er lächelte und legte einen Arm um sie: „Nein, das können wir nicht. Aber wo ein Stück Gold ist, sind weitere. Und kein Mensch weiß etwas davon, also kann ich ganz in Ruhe weitersuchen und so viel zusammentragen, wie wir brauchen, um für immer sorglos zu leben."

Gerne in Ruhe, aber bitte bevor der Winter kommt, dachte sie nicht ganz so entspannt wie er, doch sie vertraute darauf, dass er schon bald mehr von dem glänzenden Metall finden würde.

„Haben wir auch sicher genug Seife?", grinste Hazen und nahm sie damit auf den Arm.

„Genügend um sogar den alten Charly wieder sauber

zu bekommen", entgegnete Amber.

Hazen lachte: „Dann muss es ja wirklich viel sein!"

„Hier hast du gleich mal ein Stück. Du weißt, was du heute Abend zu tun hast?"

„Ja, pünktlich und fein gekleidet am Palace Hotel erscheinen." Er wirkte etwas gequält und sie wusste, dass er ihrer Einladung nur widerwillig gefolgt war. Das ließ sie immer wieder schmunzeln, denn in ihrer Welt war der Mann es, der stolz darauf war, seine Angebetete ins bestmögliche Restaurant ausführen zu können. Sie hingegen musste ihren Mann zu einem solchen Treffen überreden und sie fragte sich wirklich, ob er es schaffen würde sich angemessen zu kleiden. Doch auch diesbezüglich stellte sie belustigt fest, dass es ihr irgendwo egal war, wie er aussah – sie liebte ihn und sie würde sich nicht schämen, auch wenn er nicht zum Rest der Gäste passte. Nun ja, zumindest nicht so sehr...

Jedenfalls hatte sie das Bedürfnis verspürt, Hazen ihre Welt zu zeigen, auch wenn sie selbst kein Teil mehr davon war. Irgendwie war es ihr wichtig, ihm zu zeigen, dass nicht alles daran schlecht war.

Nachdem sie sich also getrennt hatten, hatte Amber den Nachmittag Zeit, um sich für ihre Verabredung bereit zu machen. Sie übte einige völlig gewöhnliche Tätigkeiten aus, die früher Alltag gewesen waren und ihr jetzt vorkamen wie Luxusbehandlungen. Sie hatten sich ein Zimmer mit Badewanne in Whitecourts neuem Palace Hotel geleistet – Amber zuliebe selbstverständlich. So nahm sie ein mehr als ausgiebiges Bad mit warmem Wasser. Welch außergewöhnliche Wohltat! Wobei

sie in der Tat damit gerechnet hatte, dass sie es mehr vermissen würde, doch nach dem Bad war sie zufrieden und würde auch in nächster Zeit nicht danach lechzen müssen.

Anschließend machte sie sich etwas zurecht und begann ihre Runde durch die Stadt. Sie besorgte sich ein schickes neues Kleid, stattete dem Friseur einen Besuch ab und gönnte sich dort die ein oder andere kleine Zusatzbehandlung. Während sie zurück zum Hotelzimmer ging, um sich den finalen Schliff zu verpassen, wurde ihr schlagartig bewusst, dass sie das alles von Toms Geld finanziert hatte. Sie war beschämt! Tatsächlich hatte sie noch keinen Tag ihres Lebens eigenes Geld verdient – plötzlich kam ihr das völlig armselig vor. Der Gedanke erschien ihr lächerlich, denn es war für so viele Frauen so völlig normal, doch es kam ihr vor, als hätte sie früher in einer Traumwelt gelebt! Wie hatte sie diese Abhängigkeit nur nicht wahrhaben können?

Hazen konnte nicht anders, er kam sich vor wie der größte Idiot! Nun stand er hier, aufpoliert wie einer dieser städtischen Lackaffen, und wartete vor der Tür auf Amber. Die Liebe war schuld, dass er sich auf solche Unternehmungen einließ! Genervt zog er an der Fliege, die er mittlerweile für viel zu eng befand, und hielt erstaunt inne, als er ein leises „Hey" neben sich vernahm.

Amber war aus dem Hotel getreten und stand neben ihm in der dunkelblauen Nacht auf dem noblen Vorbau des Gebäudes, das ganz in Weiß gestrichen war.

„Oh, wow", sagte er und betrachtete sie überrascht. Er

musste sich schon zu sehr an ihren legeren Look zu Hause gewöhnt haben, denn er war regelrecht überwältigt! Sie trug ein schlichtes, seidig schimmerndes, dunkelblaues Kleid, das nahtlos mit dem Nachthimmel zu verschmelzen schien. Ihr Haar war aufwendig zu einer Frisur zurechtgemacht worden, einzelne dunkelblonde, gelockte Strähnen säumten ihre Schultern und ihren Rücken. Ihre natürliche Eleganz kam nun vollends zur Geltung und er erwischte sich, wie er sich einen Moment lang fragte, warum diese Frau ausgerechnet an seiner Seite war?

„Ich… ähm…", er räusperte sich, „ich habe etwas für dich. Es hat jemandem gehört, der mir sehr wichtig war. Ich würde mich freuen, wenn du sie trägst."

Er holte eine Kette mit einem funkelnden Edelstein hervor und betrachtete sie selbst einen Augenblick. So viele Erinnerungen… *Ich liebe dich, Catherine.* Hazen holte tief Luft und reichte Amber die Kette. „Gefällt sie dir?"

„Hazen, sie ist wirklich wunderschön. Vielen Dank!" Mit diesen Worten drückte sie ihm einen Kuss auf die Wange und als er ihre flüchtige Nähe spürte, fiel die Unsicherheit von ihm ab. Er tat definitiv das Richtige! Mit einem Lächeln legte er sie ihr um und betrachtete sie anschließend und verspürte wahrlich tiefe Gefühle für diese Frau, die alles für ihn aufs Spiel gesetzt – und bereitwillig verloren – hatte.

„Na, dann lass uns mal hineingehen", sagte er mit einem Zwinkern und legte eine Hand in ihre Taille, als sie den großen Empfangsraum und schließlich das ausge-

134

dehnte Restaurant des Palace Hotels betraten. Der Kellner wies ihnen ihren reservierten Tisch zu und spätestens, als er die Speisekarte vorgelegt bekam und das viele Geschirr auf dem Tisch betrachtete, begann Hazen wieder sich unwohl zu fühlen.

„Meinst du, die haben hier auch so guten Lachs wie der aus unserem Fluss?", fragte er und konnte seine Unsicherheit nicht ganz verbergen.

Amber lächelte beruhigend: „Wohl kaum."

Letztendlich half sie ihm bei der Auswahl, denn er verstand in der Tat einige der Worte nicht, die auf dieser Karte standen. Gott, war er froh, dass er zumindest Lesen gelernt hatte, sonst wäre das hier noch viel peinlicher geworden! Amber bestellte ihnen einen edlen Wein – zumindest nahm er an, dass er edel war, denn er verstand absolut nichts von diesem Gesöff – und nahm einen Schluck aus dem großen Glas, während sie ihn mit ihren blauen Augen musterte.

„Atmen", sagte sie und grinste. Hazen bemerkte, dass er wohl die Luft angehalten hatte und versuchte sich zu entspannen.

„Ich fühle mich wie… wie ein Ochse, der Dressurlektionen vollführen soll", raunte er ihr zu und warf einen unsicheren Blick umher.

Amber griff nach seinen Händen und nahm sie in ihre: „Du siehst umwerfend aus, Hazen. Kein Mann in diesem Raum kann dir das Wasser reichen. Und du hast mich." Sie zwinkerte. Jetzt, wo sie ihn auf ein Terrain geführt hatte, auf dem er sich absolut nicht sicher fühlte, wurde ihm deutlich klar, was für eine tolle Frau sie war.

Nicht, dass er das nicht schon gewusst hätte, aber sie bewegte sich hier mit einer Selbstverständlichkeit, die ihm unbegreiflich war.

„Du zahlst mir doch nur die ersten Tage auf der Ranch heim", meinte er scherzend. Damals war *sie* auf unbekanntem Terrain gewesen und er hatte sie nicht nur einmal auflaufen lassen.

„Du meinst die Ranch der Zukunft?"

„Exakt."

Sie grinste: „Möglich. Wäre das so schlimm?"

Er ließ die Schultern hängen. „Nein, ich befürchte, ich habe es verdient." *Nur hoffentlich geht es schnell vorüber.*

„Wem hat die Kette gehört, Hazen?", fragte sie nach einer Weile.

„Jemandem, der mir sehr viel bedeutet hat."

„Das sagtest du bereits."

Dass sie immer so hartnäckig sein musste? Wenn es um seine Vergangenheit ging, war er leider oft zu schnell gereizt.

„Und mehr möchte ich auch nicht dazu sagen", erklärte er also mit einem erzwungenen Lächeln.

Sie nickte und blickte auf ihr Glas, ehe sie sagte: „Dir ist klar, dass du alles über mich weißt? In meiner Vergangenheit schlummern keine Geheimnisse oder Überraschungen für dich. Ich spiele mit offenen Karten."

„Ich auch", sagte er und hatte nicht vor, eine weitere Erklärung dazu abzugeben. Sie schien den schönen Abend nicht mit einem solchen Gespräch vergeuden zu wollen und ließ es somit dabei bewenden.

„Es wäre schön, wenn wir ein oder zwei Mal im Jahr

schick Essen gehen", meinte sie.

Hazen machte große Augen und Amber begann zu lachen. „Okay, okay. Das war ein Scherz! Ich denke, ich kann ohne das blitzende Geschirr und das überteuerte Essen leben."

Er entspannte sich und grinste ebenfalls: „Kurz hab ich an unserer Zukunft gezweifelt."

„Aber eines sage ich dir, in einem Fass werde ich nicht mein Leben lang baden!"

„Du kannst doch im Fluss baden", meinte er.

„Klar, jetzt, wo Charly ständig da ist."

„Er ist ja nicht immer da."

„Aber er taucht meist plötzlich auf und ich weiß nie wann und von wo er kommt." Sie zog vielsagend die Augenbrauen hoch.

„Na gut, dann baue ich eben doch eine Badewanne im Haus ein…"

„*Selbstverständlich* tust du das", bestätigte sie.

Er kam nicht mehr zu einer Antwort, denn das Essen wurde gebracht. Nun, die Portion war vielleicht etwas mager, aber es sah unglaublich schmackhaft aus! Mit einem gegenseitigen „Guten Appetit" begannen sie zu essen. Als Hazen den ersten Bissen in seinen Mund schob, fiel sein Blick hinter Amber und er erstarrte. Dort saß ein Mann am Nebentisch. Alleine. Dunkles Haar, dunkle Augen, die den seinen sehr ähnelten.

„Dreh dich nicht um", sagte er zu Amber, die erschrocken aufsah, „bleib ganz ruhig, Amber, dort hinten sitzt Thomas."

„Dort… was?", fragte sie ihn entgeistert. Ihre Mimik

entgleiste ihr vollends. Erleichtert stellte er jedoch fest, dass darin keine Zuneigung für ihren Verlobten zu finden war. Eigentlich hatte er dadurch, dass sie so schockiert war, damit gerechnet. Das führte dazu, dass er sich seiner Sache plötzlich sehr sicher war – und trotz der Tatsache, dass Tom jetzt hier war, verspürte er Zufriedenheit.

„Er ist da", flüsterte sie und wirkte, als hätte sie ein Gespenst gesehen, „er ist da…"

„Amber", sagte er und riss sie aus ihrem Schockzustand, „wir sollten gehen."

Mit großen Augen sah sie ihn an und nickte, erst langsam, dann sehr schnell. Unauffällig und ohne zurückzublicken verließen sie ihren Tisch und auch das Restaurant. Hazen hatte keine Ahnung, ob Tom sie beim Hinausgehen entdeckt hatte, doch wenn es so war, konnte er ohnehin nichts daran ändern. Sie zahlten ihr Essen hastig an der Rezeption und ernteten verwunderte Blicke. Schnell verschwanden sie durch die große Eingangstür hinaus in die Nacht.

Eineinhalb Wochen des Bangens verstrichen.

Eineinhalb Wochen, in denen Amber hinter jedem Schatten die Gestalt Toms vermutete und deutlich zu oft grundlos erschrak. Umso mehr klammerte sie sich an Hazen, dem ebenfalls eine gewisse Anspannung anzumerken war. Jedoch wirkte es bei ihm vielmehr wie die Bereitschaft zum Kampf als wie in ihrem Fall, Angst. Sie war froh, ihn als sicheren Anker zu haben, sonst wäre sie sicherlich in blinde Panik verfallen.

Sie versuchte sich auf ihre einzige Hoffnung zu stützen: Dass Tom die nicht existierende Donagan Ranch nicht finden und somit nie hier auftauchen würde. Nach einiger Zeit würde er sie als vermisst erklären und sie schließlich, hoffentlich, vergessen und auch ihre Akte würde irgendwann geschlossen werden. Hier draußen verschwanden immer wieder Menschen, es war definitiv nicht abwegig, dass eine allein reisende Frau in Schwierigkeiten geriet. Und schon könnte sie ihr neues Leben in Ruhe genießen! Ob das feige war…

„Amber!"

Sie hielt inne. Den kleinen Kehrbesen, den sie erst kürzlich bei ihrem letzten Besuch in der Stadt gekauft hatte, hielt sie plötzlich fest umklammert.

„Oh, Amber, endlich habe ich dich gefunden!"

Die Stimme, die zu hören ihr vor einiger Zeit noch Erleichterung verschafft hätte, ließ Eis und Adrenalin durch ihre Adern schießen. Er hatte sie also doch gefunden. Ihre Gebete waren nicht erhört worden.

Hinter ihr stand Tom im Licht der Abenddämmerung.

Ihr schlimmster Albtraum hatte begonnen.

Sie war verängstigt und erleichtert zugleich auf Grund der Tatsache, dass Hazen nicht hier war. Er war zum Wasserfall geritten, um dort weiter nach Gold zu suchen. Er war nicht hier, um sie zu unterstützen. Das hieß, sie musste da jetzt irgendwie alleine durch…

„Tom", presste sie mühsam und bemüht begeistert hervor, während sie sich aufrichtete und langsam zu ihm umdrehte, als könnte sie das Unausweichliche damit

noch ein paar Sekunden hinauszögern. Sie wollte ihn mit ihrem Tonfall nicht sofort vor den Kopf stoßen, ihn jedoch auch nicht dazu einladen, ihr um den Hals zu fallen. Fehlversuch – natürlich fiel er ihr um den Hals! Sie hatten sich Monate nicht gesehen, was für eine Reaktion erwartete sie denn von ihm? Nun gut, was sie erwartete und hoffte, waren wohl zweierlei Dinge...

Tom presste sie an sich. Er war überglücklich. Ihr wurde schlecht. Irgendwie schaffte sie es, dass all seine Küsse halbwegs auf ihren Wangen landeten. Es war noch nicht lange her, da hatte sie sich in seinen Armen wohl gefühlt und jetzt musste sie sich zusammennehmen, um ihn nicht von sich zu stoßen! Sie wollte seine Nähe nicht! Sie wollte *ihn* nicht! Nicht mehr!

„Ich freue mich so dich zu sehen! Ich bin seit drei Wochen hier und habe nach dieser verdammten Donagan Ranch gesucht!", sprudelte er los.

Amber räusperte sich und fragte etwas atemlos: „Wie... wie hast du denn hierher gefunden?"

„Komm, setzen wir uns", sagte er und nahm sogleich auf einem der Trapperstühle Platz. *Als wäre das hier sein Zuhause*, schoss es ihr durch den Kopf und sie spürte Wut in sich aufsteigen. Sie war erstaunt. Noch nie hatte sie Wut gegenüber Tom verspürt. Das lag wohl daran, dass sie seinen Weisungen bisher gutgläubig gefolgt war und ihm das Ruder überlassen hatte. Stocksteif und mit in ihrem Schoß verschränkten Händen setzte sie sich sehr aufrecht auf einen der Stühle. Sie betrachtete ihren Verlobten, während er von seinen Erlebnissen berichtete. Auch jetzt noch fand sie, dass er ein gutaussehender

Mann war. Seine Augen waren ebenso dunkel wie die seines Bruders, sein Haar jedoch deutlich heller. Er hatte einen leichten Bart, was sie bei ihm noch nie gesehen hatte. *Vermutlich hat er sich vor Sorge nicht mehr rasiert*, schoss es ihr schuldbewusst durch den Kopf. Doch obwohl er einige Ähnlichkeiten in seinen Zügen hatte, so war er so ganz anders als Hazen. Er hatte nichts Verwegenes an sich. Die Wildheit fehlte. Seine Kleidung war teuer und sauber, trotz des Rittes, den er hinter sich hatte. Seine Haare waren ordentlich frisiert – die von Hazen glichen einer vom Wind zerzausten Wiese. Und während Hazens Züge härter und robuster schienen, so waren es bei Tom die Augen, die hart und stoisch wirkten.

Er hatte in der ganzen Stadt herumgefragt und sich nach der Donagan Ranch erkundigt, doch niemand hatte je davon gehört. Als er nach drei Wochen immer noch keine Spur gefunden hatte, rechnete er mit dem Schlimmsten. Niedergeschlagen war er in den schicken Saloon von Whitecourt marschiert mit dem festen Ziel sich zu betrinken. In angetrunkenem Zustand musste er wohl ständig von einer Donagan Ranch geredet haben, als plötzlich der Junge des Saloonbetreibers auf ihn aufmerksam geworden war. Er hatte ihn angesprochen und schließlich am nächsten Tag hierherbegleitet. Er hatte ihn jedoch in einiger Entfernung bereits bezahlt und umkehren lassen, da er diesen Moment des Wiedersehens mit Amber – und gegebenenfalls Hazen - alleine haben wollte.

„Wo ist mein Bruder überhaupt?", fragte er schließ-

lich.

„Ausgeritten."

Tom sah sich um. „Es gibt überhaupt keine Donagan Ranch, oder?", er wirkte müde, als er fragte.

Amber schüttelte langsam den Kopf. „Nein, sie ist noch nicht ganz fertig…" *Ich höre mich schon an wie Hazen…*, stellte sie fest und konnte ein kurzes Grinsen nicht unterdrücken. Sie befürchtete, dass Tom völlig außer sich sein würde, wenn er erfuhr, dass seine sorgsam geplanten Zukunftsvisionen nicht Realität werden würden.

„Nur gut, dass er Zeit hat Ausreiten zu gehen. Besser, er würde hier mal etwas Muskelkraft reinstecken… aber um seine Zukunft macht er sich ja schon lange keine Gedanken mehr", Tom sah sie mit einem müden, beinahe traurigen Lächeln an, „und unsere Zukunftspläne hat er somit auch zerschlagen. War er wenigstens anständig zu dir?"

Amber verschluckte sich fast bei dieser Frage. Sie räusperte sich und rang nach Luft. Der Wechsel zwischen ihrer Wut über Toms schnelles Urteil über Hazen und der plötzlichen Frage waren zu viel für sie gewesen. Tom sprang auf und klopfte ihr sanft auf den Rücken. Dabei wollte sie doch lieber sterben als seine Nähe! Hazen war vielleicht vieles gewesen, aber sicher nicht anständig…

Plötzlich nahm sie ein Pferd mit Reiter wahr, das über die Wiese zu ihnen galoppierte und ihr Herz machte einen Sprung, als sie Hazen erkannte. Endlich war er da! Welch Timing! Er bremste sein Pferd in einiger Entfer-

nung ab und schwang sich aus dem Sattel. Das Tier folgte ihm getreu an den Zügeln und trotz der unangenehmen Situation verfiel Amber eine Sekunde lang ins Schmachten. Dieser Mann musste irgendwo in der Wildnis geboren worden sein, denn er gehörte so sehr zu ihr wie sie zu ihm.

„Thomas", begrüßte er seinen Bruder und Amber überkam der Verdacht, dass die Begrüßung auch ohne die aktuellen Umstände nicht herzlicher ausgefallen wäre. Ob da nicht doch noch die ein oder andere Überraschung in Hazens Vergangenheit für sie lauerte?

„Hazen, mein Bruder!", rief Tom übertrieben euphorisch, was er vielleicht auch beabsichtigte, „wie schön, dich zu sehen auf deiner großen, prächtigen Ranch!"

„Ich nehme an, Amber hat dich bereits aufgeklärt?", fragte Hazen, sah dabei jedoch nicht Tom an, sondern Amber und sie wusste, worauf die Frage abzielte. Sie sah zu Boden.

„Oh ja, das hat sie. Nachdem ich drei Wochen in Whitecourt festsaß und mich allmählich damit abzufinden begann, dass meine Frau vermutlich von einem Indianerstamm oder dieser Portman-Bande entführt wurde, bin ich auch ganz alleine darauf gekommen, dass es wohl tatsächlich keine Donagan Ranch gab."

„Wie geistreich."

Amber spürte, dass die Situation sogleich eskalieren würde, schließlich kannte sie beide Männer nur zu gut. „Thomas, lass uns doch bei einer Tasse Tee darüber sprechen, während Hazen sein Pferd versorgt."

Tom und Hazen starrten sich an – Tom wütend, Ha-

zen wirkte eher gelassen, wie er es auch gewesen war, als er ihr verkündet hatte, dass es keine Donagan Ranch gab. Amber verunsicherte das ein wenig. Tom hatte gesagt, Hazen schere sich nicht um seine Zukunft - eine lange Zeit in ihrem Leben hatte sie seinem Urteil vertraut...

Hazens Blick fiel schließlich auf sie und nun konnte sie die Wut ganz deutlich an der Art, wie er seine Kiefer aufeinanderpresste, sehen. Sein Ausdruck war schmerzlich kühl, ehe er sich schließlich abwandte und mit seinem Pferd zu den Koppeln marschierte. Hazen war nicht sauer auf Tom. Er war sauer auf sie. Wenn sie den Tag also retten wollte, musste sie jetzt mit Tom Klartext sprechen, ehe Hazen zurückkam.

Sie versuchte sich zu beruhigen, während sie einen Tee aufsetzte. Tee, auch etwas, das es hier erst gab, seit sie da war. Während sich das Wasser langsam erhitzte, wandte sie sich langsam um und setzte sich zu Tom. Sie wusste eigentlich nicht wirklich, was sie ihm sagen sollte. Oder wie...

„Er ist so ein verdammt egoistischer Nichtsnutz, ich könnte mich ohrfeigen dafür, dass ich ihm mein Vertrauen geschenkt habe", schimpfte Tom.

„Ich habe das Gefühl, er wollte dich beeindrucken."

„Pah", stieß er wütend aus, „nimm ihn nicht in Schutz, Amber, das hat er nicht verdient! Er hat meine und deine Zukunftspläne zerstört und wie du siehst, juckt es ihn noch nicht einmal großartig!"

Und wie er die zerstört hat, dachte sie und versuchte sich einen Ruck zu geben, um es anzusprechen, doch sie

hatte Angst vor Toms Wut. Vielleicht, wenn er sich beruhigt hatte, würde er es besser aufnehmen…

„Nun ja", versuchte sie es, „wenn wir lange genug hierbleiben, ist die Ranch vielleicht irgendwann fertig." Sie zwang sich zu einem Lächeln.

„Amber", sagte Tom in einem Tonfall, als würde er mit einem dummen, kleinen Kind sprechen, das die Situation nicht begriff. Sie spürte, wie Zorn in ihr aufstieg. „Hazen *wird* diese Ranch nie fertigstellen. Ich frage mich selbst, wie ich hatte glauben können, dass er sich geändert hätte. Ich muss von allen guten Geistern verlassen gewesen sein! Er wird diese Ranch nie fertigstellen und er wird auch sonst nie wieder etwas Vernünftiges in seinem Leben auf die Beine stellen." Nie wieder? Worauf spielte er damit an?

Amber wusste nicht, was sie sagen sollte und starrte auf ihre verknoteten Finger.

„Sei ehrlich zu mir, Amber, hat er dich gut behandelt? Wenn nicht, dann gehe ich jetzt sofort da runter und reiße…" Toms Wut bekam neuen Wind.

„Er war gut zu mir", erklärte sie schnell, „mir hat es an nichts gefehlt, Tom, alles gut."

Tom schüttelte den Kopf und vergrub sein Gesicht in seinen Händen, ehe er sie entnervt und erschöpft ansah. „Ich versuche jetzt nicht mit ihm zu streiten, um dir einen Ritt durch die Nacht zu ersparen. Aber morgen Früh reisen wir hier ab. Ich halte es keine Sekunde länger aus, ohne ihn im Fluss zu ertränken!"

„Ich habe kein Pferd…", sagte sie und schämte sich regelrecht für ihre Feigheit. Als würde diese billige Aus-

flucht ihr helfen, dem Unausweichlichen zu entgehen!

Tom machte eine unwirsche Bewegung mit der Hand: „Er wird dir eines leihen und kann es sich dann in der Stadt wieder abholen."

Tom, wie er leibte und lebte. Er war Herr des Geschehens, er entschied, was, wann, wie geschah. Sie erinnerte sich noch gut daran, wie bequem das gewesen war, sich einfach treiben zu lassen. Doch wenn er sich jetzt so verhielt, musste sie mühsam ihren Puls unter Kontrolle bringen, um nicht zur Furie zu werden. Er war so… selbstherrlich. Überzeugt von sich und der Richtigkeit seines Tuns. Als gäbe es nur seine Wahrheit in diesem weiten Land.

„Oh, dein Tee!" Amber sprang auf, um das Wasser aus der Kanne in eine Tasse zu gießen, die sie Tom schließlich reichte und dann schnell wieder Abstand zwischen ihn und sich brachte. Seine Nähe gab ihr das Gefühl, als wäre sie ein Igel, der plötzlich all seine Stacheln um seinen Körper herum aufstellte.

Amber spürte es, bevor sie es sah. Hazen war zurück von den Koppeln. Sie schenkte ihm ein scheues Lächeln, das er nicht erwiderte, als sie aufstand, um ihm ebenfalls eine Tasse Tee zu reichen. Er nahm sie wortlos, trank jedoch nicht. Das lag sicher nicht nur daran, dass er kein großer Freund von Tee war und ihn sonst nur trank, weil sie ihm einbläute, dass er gesund wäre. Er setzte sich auch nicht. Er stand einfach nur da und sie wusste, dass er nicht auf ein Pläuschchen mit seinem Bruder aus war, sondern etwas von ihr erwartete. Tom ignorierte ihn vollends, was womöglich auch die bessere Variante

war als zu versuchen ihn im Fluss zu ertränken. Er begann ihr von zu Hause zu erzählen, ihren Bekannten, seinen Geschäften und auch von ihren Eltern. Sie ließ diese Vertrautheit zu, irgendwo froh darüber, der unangenehmen Situation zu entgehen, in der sie sich befand. Hazen stand vermutlich an die fünfzehn Minuten an Ort und Stelle, ehe er schließlich wortlos im Planwagen verschwand. Sie sah den Dampf aus der Tasse steigen, die er achtlos abgestellt hatte, und ihr war klar, dass er keinen Tropfen davon getrunken hatte. Vermutlich war er stinksauer… Nein, nicht vermutlich.

Er war es.

Sie merkte schnell, dass Tom die letzten Wochen und Monate niemanden gehabt hatte, dem er von seinem turbulenten Geschäftsleben erzählen hatte können. Er plauderte wie ein Wasserfall und selbst als sie ihm und sich ein Bett bereitete, hörte er nicht auf. Sie konnte natürlich nicht zu Hazen in den Planwagen gehen, wie sie es seit Wochen tat, doch sie würde den Teufel tun und sich zu Tom unter die Decke legen. Also hatte sie sich eine gute Ausrede parat gelegt.

„Willst du auf diesem Stuhl dort schlafen?", fragte Tom plötzlich und unterbrach seine Erzählungen.

„Ja, die Bank ist nicht groß genug für uns beide."

Tom war sichtlich enttäuscht, doch er wischte es mit einem zuversichtlichen Lächeln fort: „Sei nicht traurig. Morgen sind wir in der Stadt, dann haben wir ein schönes, bequemes Bett! Nimm du die Bank, ich werde mich in den Stuhl setzen."

Sie widersprach nicht. Nicht, weil sie die Nacken-

schmerzen vom Schlafen auf dem Stuhl am nächsten Morgen fürchtete, sondern weil sie froh war, dass er klein beigab und sie die Nacht über ihre Ruhe haben würde. Nun, zumindest sobald er aufgehört hatte, ihr jede Kleinigkeit, die sie verpasst hatte, zu erzählen.

Verlassen

Am nächsten Morgen setzte sich das Schauspiel fort. Tom war irgendwann spätnachts eingeschlafen und hatte sich bis zum Morgengrauen nicht mehr gerührt. Amber hatte hingegen kaum ein Auge zugetan und das lag nicht nur daran, dass sie auf einer von Hazens Provisorien schlafen hatte müssen. Nun kochte sie Kaffee und bereitete drei Tassen vor. Sie kam sich unglaublich lächerlich dabei vor. Was trieb sie denn da nur? Sie musste es Tom endlich sagen! Er würde nach diesem verdammten Kaffee abreiten wollen und selbst wenn nicht – Hazen würde sie sicherlich lynchen. Jedenfalls, sobald er sich sehen ließ, denn er war noch nicht aus seinem Planwagen gekommen.

Sie saß mit Tom gemeinsam da und hing ihren Gedanken nach, während sie vorsichtig aus ihrer Tasse trank. Sie zitterte so sehr, dass sie es kaum verbergen konnte und sich abmühte, den heißen Kaffee beim Trinken nicht zu verschütten. Der Moment der Wahrheit kam näher mit jeder Sekunde und ihr Magen sank mit jedem Herzschlag ein Stück weit tiefer. Sie konnte sich nicht erinnern, sich je in ihrem bisherigen Leben so gefühlt zu haben.

Wie ein Todesengel, der kurz davor war, seinen Fluch auszusprechen.

Als sie plötzlich ein Geräusch hinter sich vernahm, hätte ihr Kaffee tatsächlich fast dran glauben müssen. Hazen war hinter sie getreten. Er war in seine Arbeits-

klamotten gekleidet und offensichtlich schon lange vor ihnen auf den Füßen gewesen. *Ob er auch nicht geschlafen hatte?*

„Oh, guten Morgen", sagte sie hastig, stand auf und beeilte sich ihm einen Kaffee zu reichen. Ihr war klar, dass ihr Verhalten vollkommen lächerlich war. Sie mied Hazens Blick. Oh Gott, sie war so eine Versagerin!

Hazen schlürfte an seinem Kaffee und es war ihr, als täte er es absichtlich geräuschvoll, um sie auf ihre Lächerlichkeit hinzuweisen. Als wüsste sie das nicht bereits!

„So", sagte Tom plötzlich und erhob sich eilig, „wir reisen dann jetzt ab, Hazen."

„Ist das so", erklang Hazens tiefe Stimme. Amber warf einen verstohlenen Blick zu ihm. Er nahm abermals einen geräuschvollen Schluck und schien vollkommen ruhig zu sein. Lediglich die Art, wie er seine Gelassenheit darbot, zeigte ihr ganz klar, dass es unter der Oberfläche brodelte. Gewaltig.

„Amber wird sich ein Pferd von dir ausleihen. Du kannst es dann im Stall in der Stadt abholen. Ich zahle für einen Aufenthalt von einer Woche. Das sollte genügend Zeit sein, dass du es dort abholst. Komm, Amber!"

Tom schien nichts von der Anspannung zu bemerken. Dabei konnte man sie nahezu auf der Haut spüren! Er sah sie an und ein Lächeln machte sich auf seinem Gesicht breit. Sie stand noch immer zwischen den beiden Männern, seit sie Hazen seinen Kaffee gereicht hatte.

„Na, komm schon", rief Tom vergnügt und packte sie plötzlich bei der Taille. Damit nicht genug wirbelte er

sie freudig herum und hielt sie schließlich auf seinen Armen, als würde er sie über die Schwelle tragen. Sie konnte nicht anders als ihre Arme um seinen Hals zu schlingen, sonst würde sie abstürzen. Toms Gesicht war dem ihren furchtbar nahe und seine gespitzten Lippen und geschlossenen Augen verdeutlichten ihr nur zu genau, dass er sie küssen wollte. Amber brachte ein schwaches „Nein" hervor und befreite sich aus seinem Griff, während sie ihn mit der Hand vor seiner Brust von sich fern hielt. Schließlich bekam sie ihre Füße zurück auf den Boden, doch Tom schien noch immer nichts zu begreifen. Er lachte ausgelassen und wollte sie mit einem „Hab dich nicht so" abermals packen.

Da brach das Donnerwetter los.

Hazen schleuderte seine halbvolle Blechtasse mit einer solchen Wucht gegen das Rad des Planwagens, dass Amber Angst hatte, das Gefährt würde zusammenstürzen. „Jetzt reicht's, verdammt nochmal!", schrie er aufgebracht und Amber hatte ihn in all der Zeit noch nie *so* wütend gesehen. Er sah aus, als wäre er zu allem bereit. „Sag es ihm endlich, Amber, sonst werde ich es tun und bei Gott, ich bezweifle *ganz stark*, dass du das willst."

Ambers Herz hämmerte so fest gegen ihren Brustkorb, dass sie Angst hatte, in Ohnmacht zu fallen. Das Blut rauschte mit einem Mal durch ihren Kopf, ihr wurde heiß und kalt und sie wünschte sich in diesem Moment, zu einer kleinen Maus zu werden, die einfach zwischen den hohen Gräsern verschwinden konnte. Auf Nimmerwiedersehen…

Sie brachte kein Wort heraus und konzentrierte sich

darauf, ihre Atmung wieder unter Kontrolle zu bringen, ehe sie einfach nur losweinen und alles noch viel schlimmer machen würde.

„Was sollst du mir sagen, Amber?", fragte Tom irritiert. Er schien nicht zu wissen, was ihn erwartete oder was er von dieser Situation halten sollte.

Amber sah zu Hazen. Obwohl er so unglaublich wütend war und sie Angst hatte, dass *er* nun derjenige war, der *Tom* sogleich im Fluss ertränken würde, wenn er sie noch einmal anfasste, beruhigte sie sein Anblick ein wenig. Sie wollte an seiner Seite sein. Sie musste das jetzt hinter sich bringen.

„Tom, es gibt da etwas, das ich dir sagen muss…"

„Das sie dir gestern schon hätte sagen sollen", warf Hazen scharf ein, doch Amber ignorierte ihn.

„Ich werde nicht mit dir nach Hause zurückkehren", ließ sie die Bombe endlich platzen.

Toms Gesichtsausdruck verfinsterte sich, doch er schien noch immer nicht zu begreifen. „Warum solltest du nicht mit mir nach Hause zurückkehren?", fragte er verwundert und mit einem Ton, der klang, als gäbe es die Option, dass sie etwas Anderes wollte, als mit ihm zu gehen, überhaupt nicht. Das war es wieder, was die Wut in ihr hochkochen ließ und sie in ihrem Entschluss bekräftigte.

„Weil ich mich in Hazen verliebt habe, Tom. Ich werde nicht mit dir kommen."

Die Zeit schien stillzustehen. Das Einzige, was sich wandelte, war Toms Gesichtsausdruck. Von Erstaunen zu Unverständnis, zu Wut und schließlich zu Belusti-

gung. Er lachte laut auf.

„Haha! Das war der beste Witz, den ich je gehört habe! Und jetzt lass die Späße, Amber, und komm endlich!"

Amber sagte nichts. Es bedurfte keiner Worte mehr. Der Ernst in ihrem und Hazens Gesicht war Tom Antwort genug. Die Realität sickerte langsam zu ihm durch und wieder begann ein Mienenspiel auf seinem Gesicht. Diesmal endete es mit Wut.

„Bist du völlig übergeschnappt? Amber, zum Himmel, ist das dein Ernst? Ich hab dir alles gegeben, was eine Frau sich nur wünschen kann. Du hattest alles, verdammt nochmal!", er wurde vollkommen hysterisch und plötzlich fiel sein Blick auf Hazen und versteinerte, „ihn, Amber? Ausgerechnet ihn? Weißt du eigentlich, wer er ist? Sieh dich um, Amber! Sieh dich um! Siehst du, was er hat? Er hat nichts! Nichts! Und er wird nie etwas haben, denn er ist ein Taugenichts! Sein Leben endete an dem Tag, als…"

„Wage es nicht!", fuhr Hazen ihm mit einer Gewalt ins Wort, dass Tom verstummte.

Sekunden der Stille verstrichen, in denen Tom ganz langsam zu grinsen begann, ehe er lachte: „Sie weiß es nicht, oder, Hazen? Sie weiß es nicht! Oh Gott, in was bin ich da geraten! Es war ein Fehler dich um deine Hand zu bitten, Amber, ich wusste es vom ersten Tag an! Und nun bereue ich diesen Fehler. Bitter…" Er sprach das letzte Wort mit einer solchen Portion gebrochenen Herzens aus, dass Amber die Tränen nicht zurückhalten konnte. Der verletzte Blick in seinen Augen

war das, wovor sie so viel Angst gehabt hatte. Sie hasste es ihm wehzutun. Auch wenn er nicht der Mann war, den sie für den Rest ihres Lebens wollte, so hatte er nicht verdient, dass ihm so wehgetan wurde. Auf seine Art war er immer gut zu ihr gewesen.

Er wandte sich ab und wollte gehen, doch er hielt noch einmal inne. Mit abfällig geschürzten Lippen sah er Amber an: „Ich hätte nicht gedacht, dass du *so* dumm bist." Er spuckte zu Boden, sah sie noch einmal an mit einem Blick, der sie beinah auf ihre Knie geschickt hätte, ehe er über die Wiese in Richtung der Pferde davonging. Sie sah ihm nach, wie er sein Pferd unwirsch einfing und sattelte, ehe er, nicht ohne einen letzten hasserfüllten Blick zu ihnen hochzuwerfen, davonpreschte.

„Oh Gott, Hazen, was hab ich getan!", schluchzte sie. Das alles schien ihr viel mehr als sie ertragen konnte! Weinend schlang sie ihre Arme um Hazen und drückte ihren Kopf an seine Brust. Sie brauchte ihn jetzt. Er musste ihr sagen, dass sie das Richtige getan hatte und dass es jetzt vorbei war.

Es dauerte, ehe sie realisierte, dass Hazens Arme sie nicht umfingen. Es war wie ein Kältehauch, der sie plötzlich traf, als sie zu ihm aufblickte.

„Was… was ist los?", fragte sie mit zitternden Lippen.

„Ich kann das jetzt nicht, Amber. Bitte… lass mich allein sein."

Die Worte trafen sie wie ein Faustschlag ins Gesicht. Benommen stand sie da und nahm überhaupt nicht wirklich wahr, dass Hazen langsam über den Hügel hinab verschwand. Wie in Trance stand sie da, der

Wind strich durch ihr Haar und über ihre Wange, als wollte er sie trösten. Doch sie starrte nur hinab zur Koppel, wo Hazen seinen Appaloosa sattelte und lostrabte, ehe er aus ihrem Blickfeld verschwand.

Er war gegangen. Tom war gegangen. Und Hazen war gegangen. Und sie, sie war noch hier. Sie war allein. Noch nie in ihrem ganzen Leben hatte sie sich so unglaublich einsam und erbärmlich gefühlt wie in diesem Moment. Sie konnte nicht mehr. Ihr Füße gaben unter ihr nach und sie sackte in sich zusammen. Wie ein Häufchen Elend lag sie zusammengekrümmt und weinte so lange, bis sie jegliches Zeitgefühl verlor.

„Amber, komm, steh auf."

Sie schien verwirrt. Ihre verklebten Augen öffneten sich nur widerwillig und auch der Nebel in ihrem Kopf wollte sich wohl nicht sofort lüften.

„Was…", fragte sie erschöpft.

„Du bist hier draußen eingeschlafen. Komm, steh auf."

In der Dunkelheit machte sie nun anscheinend endlich seine Umrisse aus. Sie blinzelte und nickte schließlich. Er half ihr aufzustehen und brachte sie zum Planwagen. Drinnen zog er ihr das vom Gras feuchte Kleid aus und legte es zur Seite, ehe sie sich unter die Decke legten. Amber legte sich an seine Schulter und klammerte sich regelrecht mit einem Arm an ihn. Er hingegen lag nur da und fühlte sich leer. Sein Blick starrte in der Dunkelheit an die Deckenplane des Wagens. Er konnte sie nicht berühren. Er wusste, dass sie es gebraucht hät-

te, vermutlich mehr denn je. Aber er konnte es nicht. Er konnte einfach nicht für sie da sein.

Sie mit Tom zu sehen, hatte ihm mehr zu schaffen gemacht, als er geglaubt hatte. Zumal er nicht darauf gefasst gewesen war. All die Zeit hatte er damit gerechnet, dass sein Bruder irgendwann auftauchte, doch in seiner Vorstellung war dieses Aufeinandertreffen völlig anders abgelaufen. Amber hätte Tom sofort gesagt, was geschehen war, und dieser wäre, vermutlich nicht minder wütend oder verletzt als er es jetzt war, wieder von dannen gezogen.

Stattdessen hatte sie mit ihm geplaudert, mit ihm gescherzt, die halbe Nacht mit ihm geredet. Er hatte kein Auge zugetan im Planwagen, gleich nebenan. Und Herrgott, er hatte Angst gehabt. Die beiden verband so viel mehr als Amber und ihn – sie hatten eine Vergangenheit, eine Heimat, gemeinsame Freunde und Bekannte. Er war sich verdammt nochmal nicht sicher gewesen, ob Amber sich plötzlich anders entscheiden würde, jetzt, wo er wieder da war. Jetzt, wo all das Alte wieder in der Gegenwart auflebte. Was das mit seinem verkrüppelten Herzen angestellt hätte, vermochte er nicht zu erahnen, doch schon allein die Vorstellung ließ es einen lebenswichtigen Schlag lang aussetzen.

Vielleicht hätte er sie verlieren können. Vielleicht hatte er sie verloren? Vielleicht gingen in ihrem hübschen Köpfchen Gedanken herum, die er nicht ansatzweise ahnte? Sie so zusammenbrechen zu sehen, als Tom ging, das machte ihm Angst. Und zum Teufel, wenn er eines nicht abkonnte, dann, wenn er Angst hatte. Und damit

war nicht die Art Angst gemeint, der man sich in der Wildnis oft ausgesetzt fand – Todesangst. Nein, damit war die Art von Angst gemeint, die drohte, ihm das Herz zu zerreißen. Die Art von Angst, die ihm die Luft zum Atmen nahm, ohne, dass ihm jemand eine Schlinge um den Hals werfen und zuziehen musste. Die Art Angst, bei der der Boden dieses schönen Stückchen Landes, das er besaß, zu einem großen, schwarzen Loch mutierte und ihn restlos verschlingen würde, wie bereits einmal…

Wieder schlief er nicht viel. Zu viele Gedanken, die ihn wachhielten. Als er aufwachte, war die Decke neben ihm verlassen. Ein Stich durchzuckte seine Brust. Einen Moment lang befürchtete er tatsächlich, dass sie gegangen wäre. Doch als er draußen das Scheppern des Kaffeegeschirrs hörte, atmete er erleichtert auf. Er zog sich eine Hose an und kletterte aus dem Planwagen. Kühle Morgenluft und sanfter Sonnenschein empfingen ihn. Amber warf ihm kein „Guten Morgen" entgegen, wie sie es sonst jeden Tag getan hatte. Sein Magen zog sich zusammen. Er erblickte eine dampfende Tasse und nahm sie. Sonst hatte sie ihm jeden Morgen seinen Kaffee mit einem Lächeln in die Hand gedrückt, ihm einen Guten-Morgen-Kuss gegeben. Gelacht…

„Liebst du ihn noch?", brach es aus ihm hervor, noch ehe er seinen Kaffee angerührt hatte und er sich sicher war, dass sie seine Gegenwart überhaupt schon bemerkt hatte.

Amber fuhr zu ihm herum und sah ihn entgeistert an.

„Was?"

„Du hast mich gehört."

Die Falten auf ihrer Stirn wurden tiefer. „Fragst du mich das gerade wirklich?"

Er fühlte sich unbehaglich. Und doch wollte er eine Antwort. „Wie wäre es mit einer Antwort", sagte er also stur.

„Eine Antwort? Die kannst du haben, Hazen. Ich habe mein gesamtes Leben für dich in den Sand gesetzt. Alles, was ich hatte, habe ich weggeworfen. Und du stehst hier allen Ernstes und fragst mich, ob ich ihn noch liebe?"

„Du hast dein Leben in den Sand gesetzt, weil du an meiner Seite sein willst?", fragte er und nun war er es, auf dessen Stirn sich Zornesfalten bildeten, „nichts von all dem war doch dein! Es war sein Vermögen, sein Geld, seins! Alles seins!"

Amber stand der Mund offen. Er wusste, dass er sich nicht mehr unter Kontrolle hatte und er wusste schon jetzt, dass es ihm später leid tun würde, doch der ganze Druck hatte nun ein Ventil gefunden und er bekam den Deckel nicht wieder drauf.

„Das denkst du also?"

„Ist es nicht so?"

„Worüber diskutieren wir hier eigentlich?"

Hazen schüttelte unwirsch den Kopf: „Ach, was weiß ich, zum Teufel, ich reite zum Wasserfall."

Er wandte sich zum Gehen.

„Du reitest jetzt zum Wasserfall?", fragte sie ungläubig.

„Ja!", rief er, ohne anzuhalten.

„Hazen, verdammt nochmal! Ich brauche dich! Siehst du das nicht? Du kannst mich nicht schon wieder alleine lassen! Ich…"

Als er sie schluchzen hörte, hielt er an. Doch er drehte sich nicht um. *Verdammt, Mann, geh zurück und nimm sie in den Arm. Geh zurück und halt sie, bis all ihre Tränen versiegt sind. Dann wird alles gut. Aber wenn du jetzt gehst…*

Er reagierte wohl zu lange nicht und Ambers Stimme klang unendlich bitter, als sie sprach. „Geh! Geh und such nach deinem Gold, Hazen!" Sie lachte. „Charly magst du vielleicht für verrückt halten, Hazen, aber du bist es nicht weniger. Du bist nicht anders als er! Jagst dem Traum vom Gold hinterher wie er, aber wisst ihr was? Ihr werdet es nie finden, nie!"

„Ich habe bereits welches gefunden."

„Und?", fragte sie und lachte traurig auf, „was hat es uns gebracht? Nichts! Wie viel Zeit wird vergehen, bis du genügend gefunden hast, hm? Wird es dauern, bis der Winter kommt? Hast du überhaupt schon einmal so weit voraus gedacht, Hazen? Bis zum Winter? Ist dir bewusst, dass wir in einem beschissenen Planwagen leben? Wir überstehen keinen einzigen Winter!"

Die Wahrheit ihrer Worte war zu viel für ihn. Er wollte nichts davon hören!

„Du hörst dich keinen Deut anders an als Tom!", warf er ihr entgegen und wandte sich wütend zu ihr um.

„Und du bist keinen Deut anders als er es prophezeit hat!"

Das war ein harter Schlag für ihn und er spürte, wie alle Wut in ihm zum Gegenangriff ausholte. „Er ist noch in der Stadt, Amber. Wenn er mehr für dich empfunden hat als die verdammte Tatsache, dass du in seinen hübschen Lebensplan gepasst hast, dann wird er dich schon zurücknehmen!"

Jetzt reichte es ihm. Wenn sie der Meinung war, dass Tom Recht hatte mit was auch immer, dann sollte sie zu ihm zurückkehren und er würde sie nicht aufhalten, Herrgott nochmal!

Hazen hatte es nicht lange am Wasserfall ausgehalten. Genau genommen war er, auch wenn er sich selbst einredete, es wäre anders gewesen, verdammt zügig geritten auf dem Nachhauseweg. Es war noch immer Vormittag und etwas in ihm sagte ihm, dass er das Ganze in Ordnung bringen musste, bevor der Tag, die nächste Episode, anbrach und es Mittag wurde.

Er fühlte sich noch immer wie ein angeschossenes Tier, verletzt von ihren Worten, doch er zwang sich, sich zusammenzureißen und ein Mann zu sein. Darüber, was sie gesagt hatte, musste er gewissermaßen einfach hinwegsehen. Sie waren beide wütend gewesen und im Eifer des Gefechts waren Sätze gefallen, die keiner von ihnen wirklich so meinte. Nun, also, sicher war dort eine gewisse Wahrheit begraben, dessen war er sich ebenso sicher, doch er sagte sich, dass es nichts wäre, das sie nicht lösen könnten. Und nach dem Sturm sah meist alles viel klarer aus.

Sein Appaloosa hatte nichts dagegen, geschwind wie-

der nach Hause zu kommen und nahm das zügige Tempo dankbar an. Hazen genoss die Schönheit seines Landes nicht so, wie er es sonst tat. Seine Gedanken waren gefangen – etwas, das, bevor Amber hier aufgetaucht war, schon lange nicht mehr der Fall gewesen war. Doch wenn er an seine letzten Worte dachte, wurde ihm übel. So übel, dass er jetzt bereits, da er den Planwagen sehen konnte, sein Pferd noch etwas mehr antrieb.

Beim Näherkommen sah er, dass Amber bei den Koppeln war. Sie sattelte ihre Stute und führte sie soeben ein Stück vom Zaun weg, als er bei ihr ankam. Sie war bereit zum Abritt. Das Herz rutschte ihm in die Magengegend.

„Was hast du vor?", fragte er und fühlte, wie seine Finger zitterten.

„Ich reite in die Stadt", sagte sie und an ihrer Tonlage war zu erkennen, dass sie ihn nicht um Erlaubnis fragen würde. Was sie so oder so nicht musste, jedoch…

„Amber, das tust du nicht", sagte er, während er von seinem Pferd abstieg und zu ihr ging, „du weißt, dass das zu gefährlich ist."

Sie lächelte nur, sah ihn nicht an und hob beiläufig einen Gegenstand hoch. „*Ich* bin heute gefährlich", sagte sie und ließ keinen Zweifel daran, dass sie absolut entschlossen war. Woher zum Teufel… Sie hatte seinen Revolver genommen! *Dieses kleine Biest!*

Das durfte er nicht zulassen! Dort draußen lief alles mögliche Gesindel frei herum, an die wilden Tiere wollte er gar nicht erst denken! Die würden sie wenigstens

gleich töten, im Gegensatz zu dem, was dort sonst so sein Unwesen trieb...

Er packte die Zügel ihres Pferdes. Gleich darauf ließ er sie jedoch erschrocken wieder hoch und hob die Hände. Er starrte in den Lauf seines eigenen Revolvers, Ambers hübsche blaue Augen, die ihn anvisierten, gleich dahinter.

„Wow, Amber, nimm das Ding runter", sagte er und meinte es absolut ernst. Damit war nicht zu spaßen und seit wann wusste sie zum Teufel nochmal überhaupt, wie man so eine Waffe benutzte?

„Fass mein Pferd oder mich nicht an, Hazen. Ich reite in die Stadt, und weder du noch sonst irgendwer wird mich daran hindern können. Und wenn du mir folgst, schwöre ich dir bei Gott, dass ich dir ins Bein schieße!"

Ihr Blick machte klar, dass es daran keinen Zweifel gab. Zum Teufel nochmal, er hoffte wirklich, dass sie einen Hauch von Unsicherheit durchblicken ließ. Doch im Moment war er sich sicher, dass sie ihm tatsächlich in den Fuß schießen würde. Wann war aus der feinen Dame aus der Stadt diese wildentschlossene, unerschrockene Frau geworden, Herrgott?

„Okay, okay, Amber. Okay...", sagte er beschwichtigend und trat langsam zurück.

Erst, als sie aufgestiegen und außer Reichweite war, sicherte sie den Revolver, steckte ihn in ihren Gürtel und ritt davon, ohne sich noch einmal zu ihm umzudrehen.

Unabhängig

Wütend, wütend und nochmal wütend! Sie war so unglaublich sauer auf ihn! Amber wollte ihn nicht sehen und nicht hören und riechen schon gar nicht! Sie brauchte jetzt Zeit für sich, ob ihm das passte oder nicht! Er konnte sich zum Goldwaschen verdrücken? Fein, sie konnte sich in die Stadt verdrücken! Es gab ja schließlich kein Gesetz, das vorschrieb, dass sie Tag und Nacht bei seinem vermaledeiten Planwagen sitzen musste, oder? Oh nein, das gab es nicht und genau aus diesem Grund würde sie nach Whitecourt reiten, wann es ihr beliebte. Und heute brauchte ihr wirklich kein Bandit oder sonstiger Schurke vor den Lauf zu hüpfen, sie war bereit, alles niederzumähen, was sich ihr in den Weg stellte. Nun gut, zumindest in ihrer Vorstellung…

Zügig ging ihre Stute dahin und wich ab und an einem größeren Stein oder vertrockneten Busch aus. Die Landschaft um sie herum war atemberaubend und schien endlos, doch sie hatte heute keine Muse übrig dafür. Ihr Blick war stur geradeaus gerichtet, doch je länger sie ritt, desto unsicherer wurde sie. Mit jeder Meile wurde sie einsamer und irgendwann fuhr sie bei jedem Geräusch, das der Steppenwind verursachte, herum. Einmal zog sie sogar ihren Revolver, dabei war es nur ein Steppenläufer gewesen, der über einen Stein gerollt und sich schließlich in einem Busch verfangen hatte.

Trotzdem wurde sie das Gefühl nicht los verfolgt zu

werden. Sie bildete sich das wohl wirklich nur ein, weil sie Angst hatte. Doch als ihr in den Sinn kam, dass Hazen ihr womöglich trotz ihrer eindeutigen Warnung gefolgt war, stieg erneut Wut in ihr auf. *Wenn dieser Mistkerl tatsächlich hinter mir her ist, kann es wirklich gut sein, dass ich ihm in sein verdammtes Bein schieße!*

Tagsüber wurde es immer heißer und plötzlich fiel ihr auf, dass sie kein Wasser mitgenommen hatte. Herrgott, wie konnte man so blöd sein? Mit einem Mal war es nicht mehr nur die Angst vor Banditen, sie hatte schlichtweg Angst zu verdursten! Starb man, wenn man einen Tag nichts trank? Sie hatte keine Ahnung, sie glaubte jedoch nicht. Trotzdem würde es eine Qual werden, bis sie in Whitecourt ankam.

Amber bemerkte den Reiter nicht, der ihr schon viele Meilen folgte und ihr immer näher kam. Erst, als ihre Stute plötzlich anhielt und die Ohren spitzte, wurde sie stutzig. Sammy blähte plötzlich die Nüstern und blickte zurück, ehe sie sich schließlich ganz umwandte. Sie blies die Luft geräuschvoll durch ihre Nüstern und ihr ganzer Körper war angespannt. Amber bekam es mit der Angst zu tun. Was, wenn Sammy erschrak und sie stürzte?

„Komm, Sammy, dreh dich wieder um", sagte sie und zerrte an den Zügeln, doch die Stute gehorchte ihr nur ein paar Meter, ehe sie sich wieder umwandte und dem herannahenden Reiter nervös entgegensah. Abermals begab sie sich in einen Kampf mit der unwilligen Stute, als sie plötzlich die Rufe des Reiters vernahm. Sie kniff die Augen zusammen, konnte jedoch nicht mehr erkennen, als ein vermutlich braunes Pferd. Sie war unschlüs-

sig. Was sollte sie tun? Sie verstand nicht, was der Reiter sagte. Doch er winkte aufgeregt. Verhielt sich so ein Räuber oder Vergewaltiger? Nun, in ihrer Vorstellung nicht…

Sicherheitshalber entsicherte sie ihren Revolver und umschloss den Griff mit ihrer rechten Hand, ließ ihn jedoch vorerst in ihrem Gürtel. Der Reiter kam zügig näher. Allmählich glaubte sie zu verstehen, was er ihr zurief: „Warte, Miss Amber, warte!"

Sie konnte sich noch immer keinen Reim darauf machen, wer er war! Sie kannte doch hier niemanden! Außer…

„Charly?", rief sie und versuchte angestrengt mehr zu erkennen.

„Miss Amber, ich bin's Charly! Warte!", hörte sie ihn nun ganz deutlich rufen.

Erst, als er bei ihr war, hörte er auf mit dem Arm zu fuchteln.

„Miss Amber", er war völlig außer Atem, „ich versuche schon die ganze Zeit, dich einzuholen, aber dein Pferd ist so verdammt… schnell."

Mit einem Seufzen sicherte Amber den Revolver und nahm die Zügel mit beiden Händen auf.

„Charly, was zum Teufel machst du hier? Hat Hazen dich geschickt?" Wenn, dann würde sie Hazen lynchen!

„Hazen? Wieso soll Hazen mich geschickt haben?", fragte er und bei dem treudoofen, etwas verrückten Blick aus seinen milchigen Augen war sie sich sicher, dass er kein Wässerchen trüben konnte.

„Wir… ach, ist egal. Was machst du hier draußen?"

Nun, es war vermutlich nicht ungewöhnlich, dass er hier draußen war. Genau genommen hatte sie keine Ahnung, wo er eigentlich war, wenn er sich nicht bei ihnen aufhielt. Wenn sie recht überlegte, wusste sie verdammt wenig über den komischen Kauz!

„Muss nach Whitecourt, Miss Amber. Habe einige meiner Gläser zerbrochen. Kleine Explosion… Brauche neue Reagenzgläser!"

Sie konnte ein belustigtes Lächeln nicht unterdrücken. Er war vielleicht verrückt, aber absolut liebenswert!

Sein Blick fiel auf ihren Gürtel und den Revolver, der darin steckte. „Gut, Miss Amber, gut, hier draußen ist es gefährlich! Was machen Sie hier?"

„Ich muss ebenfalls nach Whitecourt… Erledigungen machen…"

Charly blickte etwas erschrocken drein. Er würde sie nie fragen, ob er sie begleiten dürfte. Doch er spürte wohl auch, dass nicht zu fragen in diesem Moment auch nicht das Richtige war. Sein Augenlid begann nervös zu zucken und er fingerte an den Zügeln herum.

Amber erlöste ihn: „Möchtest du mich begleiten?"

Mit einem Mal wurde er nahezu regungslos und nickte schließlich: „Oh ja, sehr gerne, Miss Amber, sehr gerne."

„Na dann, lass uns keine Zeit verlieren. Ich möchte dort um jeden Preis noch in der Dämmerung ankommen."

Sie lenkten ihre Pferde wieder auf Kurs und setzten ihren Weg nach Whitecourt gemeinsam fort.

„Dein Pferd hat ziemlich langes Fell", bemerkte Am-

166

ber und betrachtete das sicher schon ältere Pferd, das neben ihrer Stute herging. Es sah ziemlich zerrupft aus, hier langes Fell, dort kurzes Fell. Die graubraun gesprenkelte Farbe trug auch nicht wirklich zu einem grazileren Erscheinungsbild bei. Charly hatte an nahezu jeder möglichen Stelle irgendwelche Taschen, Beutel und andere scheppernde Dinge angebracht. Ihn und sein Pferd schien das Geklapper und Geknarze schon längst nicht mehr zu stören, wohingegen Amber es durchaus als gewöhnungsbedürftig befand. Das würde sie wohl die nächsten Stunden aushalten müssen, ob sie wollte oder nicht.

„Ja, der alte Bobby hat noch etwas Winterfell", er tätschelte ihn gutmütig am Hals. Das Tier schüttelte seine fransige Mähne und schnaubte.

„Es ist Hochsommer…"

Charly zuckte vielsagend mit den Augenbrauen: „Er ist ein schlaues Pferd. Er hebt sich das alte Winterfell gleich für den nächsten Winter auf. Kostet ihn weniger Energie als andere Pferde, die ständig wechseln."

„Aber ist es ihm im Sommer nicht viel zu warm?"

„Na, irgendeinen Tod muss man sterben, oder nicht?", grinste er und Amber konnte sich wieder einmal nicht so recht entscheiden, ob er völlig übergeschnappt oder doch irgendwie ein Genie war, das einfach nur ein wenig in seiner eigenen Welt lebte.

„Charly, wo wohnst du eigentlich?", fragte sie um das Rätsel endlich zu lösen.

„Oh, wo ich wohne, fragt sie. Wo ich wohne… Ich habe eine kleine Hütte im Wald."

„In welchem Wald?"

„Das kann ich Ihnen nicht sagen, Miss Amber."

„Wo ist der Wald?", hakte sie weiter nach.

„Miss Amber, es tut mir sehr leid, aber ich weiß nicht, wie sollte ich das erklären?"

„Ist er in der Nähe von Whitecourt?"

Er machte große Augen: „Nein, nein, Miss Amber, hier ist es nicht." Er deutete in die Richtung, aus der sie gekommen waren. „Dort, dort hinten."

„Oh, ist es in der Nähe von Hazens Land?", der Name beschwor einen kurzen Wutkrampf in ihr herauf. Sie schüttelte ihn ab und zwang sich, sich auf das Hier und Jetzt zu konzentrieren.

„Hazens Land, genau, Miss Amber, ist auf Hazens Land."

„*Auf* Hazens Land?", fragte sie und runzelte die Stirn.

„Ja, Miss Amber. Nicht gut?" Er schien verschreckt.

„Nein, nein, alles gut, Charly", beschwichtigte sie ihn, „es ist nur…", sie schüttelte ungläubig den Kopf, „Hazen wohnt dort in einem Planwagen. Und du… du hast sogar eine kleine Hütte." Es war doch niederschmetternd, oder? Dieser komische, verrückte Kauz hatte es fertiggebracht, sich ein Dach über dem Kopf zu verschaffen, und Hazen wohnte dort seit weiß Gott wie lange in dem Planwagen, mit dem er dort angekommen war!

„Aber Hazen ist trotzdem bessere Partie, Miss Amber. Ihm gehört Land." Er sagte es so, als wäre das eine völlig rationale Entscheidung, die zu treffen war – und als käme er ernsthaft in Betracht.

168

„Ich, ähm…", sie musste kurz ein Lachen unterdrücken, „ja, das ist er wohl."

„Er ist ein guter Mann, Miss Amber", sagte er nachdrücklich und schien noch etwas auf den Lippen zu
haben, das er jedoch nicht aussprach.

Viele Stunden später, es dämmerte bereits, waren die
Umrisse von Whitecourt endlich klar zu erkennen. Die
Luft kühlte ab und die geheimnisvolle Stille, wie sie sie
nur in der Prärie gab, breitete sich langsam über ihre
Umgebung aus. Nun gut, wirklich zu hören war die
Stille dank des Geklappers von Charlys Utensilien nicht,
und doch nahm man sie deutlich wahr. Viele der Tiere
suchten sich ihren Schutz, während andere zum Leben
erwachten. Als Amber den ersten Coyoten heulen hörte,
war sie froh, rechtzeitig angekommen zu sein. Nachts
war es hier draußen deutlich gefährlicher als am Tag.
Auf ihrem langen Ritt hatte sie erfahren, dass Charly
seinen Eltern als Kind weggelaufen war und sich seither
alleine durchschlug. Er meinte, ein großer Steinbrocken
wäre ihm damals auf den Kopf gefallen, nachdem er
einen Abhang hinabgerollt war, und als er wieder er-
wacht war, hatte er gewusst, dass er sein Leben selbst in
die Hand nehmen musste und zu einer höheren Aufgabe
bestimmt war. Und dann folgten stundenlange Ausfüh-
rungen über die sogenannte Alchemie, der er sich verschrieben hatte, und die vielen neuen Erkenntnisse, die
er schon gewonnen hatte. Er war absolut überzeugt
davon, dass er irgendwann Steine zu Gold verwandeln
können würde, denn das sei Gottes Plan. Es gab absolut

keinen Zweifel daran, dass er das alles wirklich glaubte und auf Ambers Frage hin, wie er denn als Kind alleine in der Wildnis überlebt hätte, erntete sie nur verständnislose Blicke.

Ein paar Wagen, die vermutlich zu ihren nahegelegenen Höfen und Häusern unterwegs waren, strömten ihnen aus der Stadt heraus entgegen. Je weiter sie sich den ersten Gebäuden näherten, desto reger wurde das Treiben. Jeder wollte seine Erledigungen noch vor Anbruch der Dunkelheit zu Ende bringen. Der Sonnenball, der bereits zum Großteil von der Erde verschluckt worden war, war nicht mehr zu sehen. Lediglich das goldgelbe Licht des Sonnenuntergangs färbte die schillernde Stadt in sein Zauberlicht. Dicke Strahlen bahnten sich ihren Weg durch die Gassen und prallten auf Hauswände, ihre Farbe so samtig, dass man leicht dem Glauben verfallen konnte, man könnte das Licht anfassen.

Amber war verzaubert. Die Energie der Stadt schwappte auf sie über und die Magie des Übergangs vom Tag zur Nacht umfing sie. Eine Stimme tief in ihrem Inneren sagte ihr zwar, dass die Sonnenuntergänge und die Stille auf Hazens Land tausend Mal bezaubernder waren als hier in Whitecourt, doch sie schob den Gedanken zur Seite. Im Moment wollte sie absolut nichts davon hören.

Amber folgte Charly durch die Straßen. Ihre Stute war müde von der langen Reise und kümmerte sich kaum um das, was links und rechts von ihr geschah. Unzählige Menschen gingen ihren Geschäften nach und Karren rumpelten an ihnen vorbei über die holprige Straße. So

sehr sie den Trubel genoss, so sehr beschwor er auch Wehmut in ihr herauf. Wehmut nach einem ganz bestimmten, wilden Stück Land…

„So, Miss Amber, hier trennen sich unsere Wege, vermute ich." Charly hatte sein struppiges Pferd angehalten und sah mit zuckenden Mundwinkeln – das war ein Lächeln – zu ihr, als sie neben ihm anhielt.

„Wohin gehst du, Charly?"

„Nun ja, ich… ich gehe… wissen Sie, Miss Amber, das ist kein Ort für Frauen. Vermute ich." Ein merkwürdiges Lächeln, das sie noch nie bei ihm gesehen hatte, huschte über seine Lippen.

„Besuchst du etwa ein Bordell?", platzte die Frage aus ihr heraus, noch ehe sie sich ihrer guten Erziehung besinnen konnte.

Charly machte die größten Augen, die sie je bei ihm gesehen hatte. „Oh nein, Miss Amber, nein! Ich…" Er geriet in Verlegenheit und ihm schien es in Anbetracht von Ambers Vermutungen nun wohl besser, ihr zu sagen, wohin er wirklich ging. „Also, ich gehe in einen Saloon, vermute ich. Aber das ist kein Ort für Frauen, Miss Amber, wirklich nicht."

Ambers Augen verengten sich zu Schlitzen. Sie hatte heute wirklich genug von Dingen, die Frauen angeblich nicht konnten oder nicht sollten, oder nicht wollen sollten! Warum, zum Teufel nochmal, sollte sie nicht in diesen Saloon gehen können, wenn sie das wollte?

„Ich nehme an, es ist nicht der Saloon im Stadtzentrum?"

„Nein, Miss Amber."

Sie nickte. Das war gut, denn in dem Saloon, in dem sie damals gestrandet war, würde vermutlich Tom sitzen und sich betrinken oder sich von einer der leichten Damen um den Finger wickeln lassen. Weder wollte sie das mitansehen, noch hatte sie vor ihm über den Weg zu laufen.

„Ich komme mit", statuierte sie schließlich.

Charlys Augen wurden noch größer als sie vorhin schon gewesen waren. „Keine gute Idee, Miss Amber, keine gute Idee. Wirklich, wird Ihnen nicht gefallen."

Amber nickte nur stur und trieb ihr Pferd an. „Das werden wir ja sehen."

Charly war nicht der Typ, der sich ihr den Weg stellen würde, das wusste sie und sie nutzte diese Schwäche schamlos aus. Er übernahm nach kurzer Zeit wieder die Führung und leitete sie zielstrebig durch diverse Gassen hindurch und Amber nahm deutlich wahr, dass das Schillern der Stadt immer gedämpfter wurde. Dunkle Ecken mit gestapeltem Unrat und teilweise Abfall häuften sich, ebenso wie ihr immer wieder übler Geruch entgegenschlug. Vor der nächsten Abbiegung hörte sie Ächzen, Keuchen und dumpfe Schläge. Als sie abbogen, wusste sie bereits, was sie erwartete. Ihre Finger begannen zu zittern in dem Moment, als es ihr klar wurde. Zwei Männer prügelten sich in einer abgelegenen Gasse und sie erhaschte einige Blicke auf die wutverzerrten Gesichter. Kampfesgeschrei durchschnitt die Luft und Ambers Herzschlag begann zu rasen.

„Nicht hinsehen, Miss Amber", vernahm sie Charlys Stimme wie durch einen Nebel, „immer weiterreiten,

Miss Amber."

Sie wandte den Blick ab und heftete ihn auf Charlys im Takt seines Pferdes wippenden Schultern. Dieser ritt ruhig voran und schon bald brachten sie einiges an Abstand zwischen sich und das kämpfende Paar, wodurch Amber sich wieder entspannte. Trotzdem beschlich sie langsam die Frage, ob es wirklich so eine gute Idee gewesen war, Charly zu folgen. Sie wusste ja nicht, was für ein Typ er war. Vielleicht fand sie sich gleich im Saloon zur Hölle wieder? Da sie den Weg zurück sicher nicht alleine antreten könnte, würde sie sicherlich in der erstbesten dunklen Gasse auf Nimmerwiedersehen verschwinden!

„Wir sind da, Miss Amber", verkündete Charly und stieg von seinem Pferd ab. Vor ihnen befand sich ein eher kleineres Gebäude aus dunklem Holz. Nebenan waren heruntergekommene Wohnhäuser, die bereits mit einigen scheinbar wahllos angebrachten Brettern vor dem Zusammenstürzen bewahrt werden sollten. Die Gegend war genauso heruntergekommen wie der Weg, der sie hierhergeführt hatte. Sie befanden sich am Rande von Whitecourt, wie Amber feststellte, denn hinter den Gebäuden begann die offene Prärie.

Sie schwang sich ebenfalls aus dem Sattel und band ihre Stute neben Charlys Pferd an, dann folgte sie ihm. Wilde Klaviermusik schlug ihnen bereits entgegen, als sie die zwei Holzstufen hinaufgingen und Gejohle war zu hören. Ambers Finger zitterten schon wieder. Himmel, musste sie so leicht zu verunsichern sein? Sie tat doch nichts Falsches, oder? War das nicht genau der

Grund, warum so viele Frauen in den Westen wanderten? Sie hatte in ihrer Heimatstadt viele kennengelernt, die völlig verschreckt oder entkräftet zurück in ihre Heimat geflohen waren und sich schworen, die belebten Orte, die sie ihr Zuhause nannten, nie wieder zu verlassen. Doch für die Frauen, die hier blieben, musste sich doch eine ganze neue Welt eröffnen, oder? Schließlich ergriffen doch nicht alle die Flucht! Sie hatte Gerüchte gehört von Frauen, die sich Namen beim Glücksspiel oder gar mit dem Schießeisen machten! Es musste sogar einen umherziehenden Circus geben – oder gegeben haben, bei dem eine Frau, die zielsicherer war als jeder Mann im Westen, die Hauptattraktion darstellte. *Wie hieß sie doch gleich…*, grübelte sie, *die Muse des Henkers, ja, so hatten sie sie genannt!* Angeblich sollte es sogar Frauen geben, die Rodeo ritten! War das vorzustellen? Sie blickte über Charlys Schultern und die Schwingtüren hinweg ins Innere des Saloons und hätte beinah laut mit dem Fuß aufgestampft. In diesem Teil der Welt gab es verdammt nichts, was eine Frau sich verbieten lassen musste! Niemand aus ihrer alten Stadt war hier, der es anrüchig finden würde, wenn sie gleich diesen Saloon betrat. Und sie würde sich dieses Recht, zu tun und zu lassen, was ihr beliebte, nun, zum Teufel nochmal, nehmen!

Zielstrebig folgte sie Charly durch die Schwingtüren hindurch und sofort strömten etliche Eindrücke auf sie ein. Klirrende Gläser, Stimmengewirr und Geschrei, dumpfes Licht von Kerzen, die gegen die modrige Dunkelheit ankämpften, einige Prostituierte, die hier deut-

lich freizügiger als im schönen Saloon im Stadtzentrum herumliefen, die beinah alles übertönende, hektische Klaviermusik und natürlich jede Menge Männer, die weder mit Alkohol, noch mit den Scheinen, die sie auf die Spieltische warfen, geizten. Alles in allem Ambers wahrgewordener Albtraum – und doch wollte sie heute hier sein. Einfach, weil sie es konnte.

Sie hatte das Gefühl, dass sich jeder Kopf im Saloon hob und sie anstarrte. War es leiser geworden? Dem alten Charly schien die Situation unangenehm zu sein, Amber auch, sie ließ sich jedoch nichts anmerken.

„Kommen Sie, Miss Amber, zu diesem Tisch", sagte er hastig, eilte zu einem freien Tisch mit zwei Stühlen und lümmelte sich so klein auf seinen Stuhl, dass sie das Gefühl hatte, er würde sich am liebsten unter der Tischkante verstecken. Amber nahm ebenfalls Platz und war sich bewusst, dass ihre nahezu grazile Art hier etwas deplatziert wirkte. Sie versuchte sich zu entspannen, um weniger aufzufallen.

Charly organisierte ihnen nach kurzer Zeit zwei Gläser mit schaumgekröntem Inhalt.

„Bier?", fragte sie ungläubig und wenig begeistert.

„Ja, Miss Amber, sonst gibt es nur Whiskey."

„Wasser?", fragte sie wenig hoffnungsvoll.

„Miss Amber, Sie können hier kein Wasser trinken. Es gibt auch gar keines, vermute ich." Er nahm einen riesigen Schluck und stellte anschließend das halbleere Glas auf den Tisch zurück. Amber tat es ihm etwas widerwillig gleich, trank jedoch nicht einmal halb so viel wie er. Wenn sie mit ihm mithalten würde, würde sie heute

175

noch auf den Tischen tanzen…

Doch auch Charly schien nicht wirklich trinkfest zu sein und war schon nach kurzer Zeit äußerst guter Laune.

„Was machst du hier, wenn ich nicht dabei bin?", fragte sie neugierig.

Er setzte ein vielsagendes Lächeln auf und nickte in Richtung eines der Blackjack-Tische.

„Glücksspiel?", fragte sie mit großen Augen, denn sie konnte sich nicht vorstellen, dass er dabei sehr erfolgreich war.

Charly nickte begeistert. Da durchzuckte sie eine Idee: „Na, dann lass uns doch eine Runde spielen!"

Jetzt war Charly es, der erschrocken die Augenbrauen hochzog. „Das ist nichts für…", setzte er an, doch ihr Blick schien ihn daran zu hindern, den Satz zu vollenden. Mit einem halb niedergeschlagenen und halb begeisterten „Okay" sprang er auf und sie suchten sich einen Tisch, bei dem sie einsteigen konnten.

„Wie heißt das Spiel?", fragte sie von ihrem Platz hinter Charly aus.

„Blackjack, Miss Amber", sagte er stolz.

„Wie funktioniert es?"

Charly sah ein wenig unsicher zu beiden Seiten, an denen sich ebenfalls Spieler befanden. Offensichtlich war hier Ruhe und Konzentration angesagt, stellte Amber fest. Er wandte sich halb zu ihr um und flüsterte: „Das ist der Kartengeber dort gegenüber. Kurzum, es geht darum, näher an 21 Punkte zu kommen als er."

Bewegung ging durch die fünf Spieler, jeder platzierte

Geldscheine auf den verblichenen Spielfeldern auf dem Tisch.

„Oh, unser Charly spielt", sagte plötzlich ein Mann, der an den Tisch trat, „das lasse ich mir nicht entgehen." Er nahm einen Schein und steckte ihn in eine ramponierte Box am Rande.

„Was ist das für eine Box?", fragte Amber wieder leise.

„Die Gäste können auf einen von uns setzen. Aber sie können das Spiel nicht beeinflussen", lachte er.

Der Kartengeber begann nun, Karten auszuteilen. Amber verstand, dass die Spieler wohl abschätzen mussten, wie nahe sie an den 21 Punkten waren, während jeder von ihnen um weitere Karten bat.

„Welche Karten bringen welche Punkte?", fragte sie und ehe sie sich versah, saß sie zwei Stunden später selbst am Spieltisch, trank bereits ihr drittes Bier und konnte ihre Emotionen beim Gewinnen und Verlieren nicht mehr wirklich gut kontrollieren. Die Männer schienen sie bereits als eine der ihren akzeptiert zu haben und feuerten sie an, als sie es einmal fast schaffte, zu gewinnen. Sie hatte unglaublich viel Spaß und lachte noch immer, als sie sich erschöpft wieder an ihren Tisch zurücksetzten. Charly hatte seinen Einsatz wohl deutlich vermehrt, so oft wie er gewonnen hatte. Der lustige Kerl war wirklich gewieft!

„Das hat wirklich Spaß gemacht!", lachte sie und lallte bereits ganz leicht. Charly fiel das nicht auf, der lallte in der Tat bereits viel mehr.

„Oh ja, Miss Amber, und sie könnten eine ziemlich gute Spielerin werden!"

„Ich fühle mich geehrt, Mister Charly", sagte sie und sie lachten.

„Kommst du oft hierher?", fragte sie.

„Hi und da", er machte eine ausholende Armbewegung, „hier hab ich Hazen kennengelernt."

Amber verschluckte sich beinah an ihrem Bier. „Was?", fragte sie ungläubig und merkte, wie der Rausch sogleich gedämpft wurde von Ernsthaftigkeit.

Charly schien ihren Wandel nicht zu bemerken: „Ja, ja, der gute, alte Hazen." Er lachte glückselig.

„Was… hat er denn hier getan?", fragte sie und runzelte die Stirn.

„Na, Miss Amber, Sie sind so ein schlaues Köpfchen beim Glücksspiel – was denken Sie denn, was man in einem Saloon macht?", grinste Charly und es störte sie nicht, dass er ein wenig mutiger ihr gegenüber war als sonst.

„Hat er etwa getrunken?"

Charly nickte mit übertriebenen Bewegungen und einem dicken Grinsen.

„Gespielt?"

Er nickte abermals.

Dann wurde sein Ausdruck ernst und er schlug auf den Tisch: „Der Hund - hat mich jedes Mal beim Blackjack geschlagen!"

Amber lehnte sich zurück. Diese Informationen musste sie erstmal verarbeiten.

„War er… oft hier?", fragte sie weiter nach.

„Oh ja. Jeden Tag."

„Jeden Tag?", sie konnte ein leichtes Kreischen nicht

178

unterbinden, doch es fiel im allgemeinem Rummel nicht auf.

„Es ging ihm nicht sehr gut, Miss Amber, wissen Sie. Aber Hazen ist ein guter Mann. Ein sehr guter Mann. Hat das nicht verdient…"

„Was nicht verdient?"

Charlys Blick ging panisch umher. Er bemerkte wohl langsam, dass er sich zu sehr entspannt hatte und sich auf gefährliches Eis begab.

„Er… ich… eines Tages wurde er vor der Tür zusammengeschlagen. Ziemlich übel. Hab ihn zum Doc gebracht. War er nicht glücklich darüber. Und die haben ihn eingesperrt, Miss Amber. Eingesperrt, bis er wieder klar denken konnte. Hat über eine Woche gedauert."

„So… betrunken war er?", fragte sie und nahm einen großen Schluck aus ihrem Glas, als Charly mit beschwörendem Blick nickte.

„Und… jetzt trink er nicht mehr?"

„Ah, wo, nein, schon eine ganze Weile nicht mehr. Hat Whitecourt nicht mehr betreten, bis Sie kamen, Miss Amber."In Ambers Kopf ratterte es, aber so richtig Sinn wollte noch nichts davon ergeben.

„Warum hat er so viel getrunken, Charly?"

„Schlimmes ist passiert. Aber ich weiß nicht, ich weiß nicht", resigniert schüttelte er den Kopf und senkte den Blick.

So, so, es gab also keine Geheimnisse in Hazens Vergangenheit? Da hatte er wohl ein paar kleine Details vergessen während ihres kleinen Restaurantbesuchs in

Whitecourt, kurz, bevor sie Tom entdeckt hatten.

Amber schüttelte den Kopf, der Alkohol gewann wieder die Überhand über ihren Geist.

„Auf Blackjack", sagte sie und hob ihr Glas zum Prost.

„Auf das gottverdammte Blackjack", stimmte Charly zu und sie stießen die Gläser aneinander.

Hazen wusste nichts mit sich anzufangen. Die Angst, den zweitgrößten Fehler seines Lebens begangen zu haben, nagte fest an ihm. Immer wieder war er drauf und dran sich aufs Pferd zu schwingen und in diese verfluchte Stadt zu reiten, nur um Amber notfalls am Sattel festzubinden und mit nach Hause zu nehmen. Nach Hause... Sie hatte ihm klar gemacht, dass das hier kein Zuhause für sie war. Der Planwagen. Nicht, dass ihm nicht irgendwo klar gewesen wäre, dass eine Frau wie sie nicht ihr Leben in einem Planwagen verbringen wollte, doch er hatte die Tatsache bisher gut verdrängt. Er hatte keine Muse, keinen Kopf für diese verdammte Ranch und dieses verdammte Haus, solange er kein Gold gefunden hatte. Sein Herz sagte ihm ganz deutlich, dass es nicht richtig war, das Gold vor alles andere zu stellen. Und zwar wirklich alles... Doch er war stur genug sich weiterhin einzureden, dass sein Leben ohne so einen verdammten, schillernden Klumpen nicht weitergehen würde.

Somit war es auch die einzig sinnvolle Beschäftigung, die er für sich gefunden hatte. Nachdem Amber ihn mit vorgehaltener Pistole von sich gestoßen und verlassen hatte, war er zurück zum Wasserfall geritten. Er war so

lange im Wasser gestanden, dass seine Haut runzelig und es bereits stockfinster gewesen war, als er sich einen Schlafplatz zurechtgemacht hatte. Ja, er hatte am Wasserfall übernachtet, denn er ertrug es nicht, nach Hause zu reiten. Der Planwagen war ihm noch nie so einsam vorgekommen wie jetzt.

Er war nicht wirklich konzentriert beim Goldwaschen. Seine Gedanken kreisten immer wieder um Amber. Was sie tat, was sie dachte, wie es ihr ging und wo sie gerade war. Er tauchte unter und stieß die Pfanne in den Seeboden nicht mehr weit vom Wasserfall. Das Wasser war hier so tief, dass er gerade noch stehen konnte. Als er auftauchte und begann, den Inhalt in der Pfanne kreisen zu lassen, kehrten seine Gedanken sofort wieder zurück zu Amber. Für ihn stand fest, dass er ihr nur noch diesen Tag Zeit gab. Wenn sie heute nicht kam, würde er morgen nach Whitecourt reiten und versuchen sie gewaltfrei zurückzuholen. Sein Gewehr würde er aber wohl einpacken – bei diesem verrückten Weibsbild wusste man nie, womit man überrascht wurde! Von den Gefahren in der Prärie natürlich ganz abgesehen.

Plötzlich zog ein Schimmern Hazens Aufmerksamkeit auf sich. Unter dem Schlamm und Kies in seiner Pfanne glitzerte schwach etwas hervor. Er griff danach und als er verstand, was er zwischen den Fingern hielt, versank die Welt um ihn herum. Gold! Das war eindeutig Gold! Gottverdammt, er hatte sowas von Recht gehabt! Und das Stück war ein wenig größer als das, das er am Fluss beim Planwagen gefunden hatte. Das bedeutete, dass die Goldader nicht im Fluss war, sondern irgendwo hier.

Vielleicht war er ihr schon ganz nah! Das Stück, das er zuerst gefunden hatte, hatte der Fluss hinabgespült, aber die Quelle, die war entweder hier, genau unter diesem verdammten Wasserfall, oder aber er würde noch weiter oben suchen müssen

Hastig durchsuchte er den restlichen Inhalt der Pfanne, fand jedoch nichts. Er umfasste das Goldstück fest und tauchte sofort wieder unter. Er musste sich genau merken, wo er zuletzt etwas hervorgetaucht hatte und er war sich sicher, dass jeder gefundene Goldnugget ihn näher an sein Ziel führen würde…

Fessellos

Gott, die Hitze ist noch unerträglicher als gestern!, jammerte Amber, die mit einem gehörigen Kater aufgewacht war, in Gedanken. Das lag sicher nicht nur an der durchzechten Nacht, sondern auch daran, dass sie im Freien geschlafen hatte. Lachend hatten Charly und sie hinter dem Saloon ihr Nachtlager ausgebreitet und zum Dank fühlte sich ihr Nacken heute an als hätte sie auf einem eckigen Holzscheit als Kopfkissen genächtigt!

Sie wartete schon eine ganze Weile, in der Charly sein Pferd sattelte. Er war ebenfalls ziemlich angeschlagen und vor allem furchtbar langsam. Amber empfand die Hitze nahezu als unerträglich, doch sie hatte heute noch einen langen Weg vor sich und da würde es auch keinen Schatten geben. Also kein Grund noch einmal abzusteigen und sich ein paar Minuten Schatten vor Abritt zu gönnen. Es würde so oder so eine Tortur werden!

„So, Miss Amber", sagte Charly ächzend, nachdem er sich in den Sattel geschwungen hatte, „jetzt bringe ich Sie zurück zu Hazen."

Im ersten Moment nickte Amber nur beiläufig, dann griff sie plötzlich an Horn und Cantle ihres Sattels und fuhr zu Charly herum. Sie verengte die Augen zu Schlitzen. „Wie meinst du das?"

Er hätte vielleicht noch die Chance gehabt, sich aus der Sache rauszureden, doch sein Gesichtsausdruck zerschlug ihm jeglichen Ausweg. So sah jemand aus, der bei einer Lüge ertappt wurde! Mit hochrotem Kopf stam-

melte er Unverständliches, ehe ihm Amber ins Wort fiel. „Mister Charly", sagte sie nachdrücklich ihren neugewonnenen Namenszusatz für ihn, „bist du mir zufällig auf deinem Weg nach Whitecourt begegnet oder hat Hazen dich geschickt? Lüg mich nicht an!"

Kurz hatte sie Angst, dass er zu weinen beginnen würde, seine Lippen zuckten verräterisch. „Miss Amber, ich… es ist gefährlich allein in der Prärie…"

„Also doch", sie schüttelte ungläubig den Kopf, „dieser verdammte Mann!"

„Hazen ist ein guter Mann, Miss Amber."

„Ja ja!", seufzte sie und fuhr sich mit der Hand übers Gesicht, „und wie lautet dein Auftrag für heute?"

„Sie nach Hause bringen, Miss Amber."

„Nach Hause. Hat er das so gesagt?"

„Ja, Miss Amber. Das ist doch jetzt auch Ihr Zuhause."

Amber sog scharf die Luft ein und wusste selbst nicht, ob es mehr einem Schluchzen oder einem Auflachen ähnelte. „Es ist ein Planwagen, Charly, ein verdammter Planwagen!"

„Aber Hazen wird eine Ranch bauen, wenn…"

„Ja, wenn er das beschissene Gold gefunden hat. Ich weiß! Und was, wenn er keines findet? Was, wenn der Winter einbricht, bevor er welches findet?"

Charly sah beträufelt drein. Auf solche Fragen hatte er keine Antwort, so schien es im ersten Moment, doch dann hatte er wohl eine Idee. „Machen Sie sich keine Sorgen, Miss Amber. Sie können bei meiner Hütte schlafen. Hab Ofen gebaut!" Er war sichtlich stolz, ihr

184

etwas anbieten zu können.

Amber lachte, doch es klang abermals einem Schluchzen sehr ähnlich. Sie kniff sich mit den Fingern an die Nasenwurzel und schloss die Augen. Was hielt sie eigentlich davon ab, Hazen einfach zu erschießen? „Du hast einen Ofen", wiederholte sie ungläubig und blickte in den hellblauen Himmel auf, „Charly hat einen Kamin!" Die Familie, die an ihnen vorbeiging, sah sie verängstigt an.

„Ja, Miss Amber! Hazen wird sicher auch einen Ofen für Sie bauen!"

„Ganz bestimmt, Mister Charly. Und jetzt bring mich zu diesem vermaledeiten Kerl, damit ich ihn erschießen kann, bevor meine Laune zum Töten ein anderes Opfer findet." Sie sah ihn vielsagend an und Charly machte große Augen, ehe er sein struppiges Pferd hastig zu einem schnelleren Schritt antrieb. „Nicht erschießen", hörte sie ihn murmeln, „guter Mann…"

Amber sah ihn schon von weitem. Zuerst den Planwagen, dann Hazen. Er schien auf sie gewartet zu haben, denn sobald er sie gesehen hatte, war er zu den Koppeln und anschließend mit seinem bereits gesatteltem Pferd ihnen entgegen gegangen. Als Charly und sie schließlich bei ihm ankamen, wandte Hazen nur für ein kurzes „Danke, Charly" seinen Blick von ihr ab. In seinen kohlrabenschwarzen Augen lag ein unergründlicher Ausdruck. Nachdem Charly sie murmelnd verlassen hatte, schwang Hazen sich in den Sattel, blickte wieder zu Amber und nickte kurz in die Richtung, in die sie

ihm folgen sollte.

Der lange Ritt und die Hitze waren wirklich kräfte-zehrend gewesen, doch wenigstens war ihr Restalkohol verdunstet. Amber schloss zu Hazen auf, der ihr ein knappes Lächeln schenkte, jedoch nichts sagte. Wo führte er sie hin?

Sie ritten eine ganze Weile und Amber dachte schon, er führe sie zum Wasserfall, doch Hazen bog nicht ab und ritt noch ein paar Meilen weiter, ehe sie an einen Ort kamen, an dem Amber noch nie zuvor gewesen war. Es war auch nichts Spektakuläres hier, lediglich der Wald zu ihrer Linken, der nicht weit vom Planwagen am Fluss schon begann und sich schier endlos zu erstre-cken schien, und offene Wiesen zu ihrer Rechten. Am Horizont stand wohl ein morscher, alter Zaun mitten in der Landschaft, aber sonst war hier rein gar nichts. Sie wusste nur, dass sie an ihrem Ziel waren, weil Hazen abstieg.

Sie tat es ihm gleich und brannte darauf zu erfahren, warum er sie hierher gebracht hatte. Doch sie hielt sich zurück und folgte Hazen, der sich mit seinem Appaloosa im Schlepptau in Bewegung gesetzt hatte. Amber spürte, dass etwas an Hazen anders war als sonst, aber sie konn-te nicht erkennen, was. Schließlich hielt er an und Am-ber schloss kurz darauf zu ihm auf. Er kniete sich hin und strich mit der Hand über das Gras, das hier nicht wirklich anders aussah als auf dem Rest der Wiese.

„Hier stand mein Haus", sagte er und räusperte sich, ehe er mit belegter Stimme weitersprach, „es wurde niedergebrannt. Meine Frau, Catherine, starb in den

Flammen."

Amber konnte den Stich, der ihn bei der Nennung dieses Namens durchzuckte, regelrecht sehen. Ihr selbst blieb die Luft weg und sie begann zu zittern, ehe ihr heiße und kalte Schauer den Rücken hinabliefen. Hazen starrte auf das Stück Land, auf dem seine Frau gestorben war, und Amber wünschte sich nichts sehnlicher als ihn in den Arm zu nehmen. Sie würde ihn so gerne festhalten, ihm den Schmerz nehmen, der ihm mehr als deutlich anzusehen war, auch wenn sie sein Gesicht nur von der Seite sah. Was sie soeben gehört hatte, war unfassbar. Wie hätte sie ahnen können, dass er so ein schweres Schicksal zu verkraften hatte?

„Wie ist es passiert?", fragte sie, ohne zu wissen, ob es eine gute Frage war.

Hazens Hand, mit der er zuvor noch über das halblange Gras gestrichen war, verkrampfte sich zu einer Faust. „Die Portman-Bande kam eines Tages über mein Land geritten und verlangte, dass wir Schutzgeld zahlen sollten. Dafür, dass sie uns in Ruhe lassen würden. Davon abgesehen, dass ihre Forderung unsere Möglichkeiten um ein Vielfaches überstieg, war ich nicht bereit, diesen dahergelaufenen Kötern etwas von meinem hartverdienten Geld abzugeben. Also kamen sie in der Nacht zurück und brannten alles nieder. Sie haben mein Vieh gestohlen, meine Pferde… und sie haben mir Catherine für immer genommen. Ich höre ihre Schreie noch heute…"

Amber rannten Tränen über die Wangen. „Warum bist du noch am Leben? Wie ist das möglich?"

„Sie haben mich am Leben gelassen. Sonst würde ja niemand aus der Lektion etwas lernen." Er erhob sich und wandte sich zu ihr um und auch in seinen Augen schimmerten Tränen.

„Oh Hazen!"

Sie wollte auf ihn zugehen, doch er hielt sie zurück. „Warte, Amber. Ich möchte dir noch etwas sagen. Ich hab das Gold gefunden. Es gibt ein großes Vorkommen unter dem Wasserfall. Es ist genug, um so viele Ranchen zu bauen, wie du nur möchtest, und ich habe noch nicht einmal den Ursprung der Quelle gefunden. Vermutlich ist der ganze Fluss oberhalb des Wasserfalls voll davon. Aber als ich es endlich hatte, dieses verdammte Gold, und du nicht da warst... Erst da ist mir klar geworden, dass mir das Gold keine Freude bereiten würde. Ich stand dort und hatte endlich alles in der Hand, um meine Lebenspläne umzusetzen, doch sie waren mir mit einem Mal nichts mehr wert... Amber, ich möchte mich für das, was ich gesagt habe, entschuldigen. Und noch viel mehr für das, was ich getan habe. Dass mir das Gold wichtiger war... Ich habe dich nicht hierher gebracht, weil ich dein Mitleid möchte, sondern weil mir klar geworden ist, dass ich mit dieser Sache nicht alleine fertig werde. Du sollst wissen, welches Kreuz ich zu tragen habe, weil ich mit dir mein Leben verbringen möchte."

„Bei Gott", schluchzte Amber, „es tut mir so leid, Hazen. Das hast du nicht verdient."

„Doch, vermutlich habe ich das." Er schlug den Blick nieder, ehe er tief Luft holte und in die Ferne sah. Er

kämpfte vermutlich mit den Tränen.

Amber griff nach seiner Hand: „Ich weiß nicht halb so viel über das Leben wie du, Hazen, aber ich weiß ganz sicher, dass ein Mann, wie du es bist, ein solches Schicksal ganz sicher nicht verdient hat."

Er nickte nur und sie wusste, dass er ihr nicht zustimmte. Doch er widersprach nicht und sah sie schließlich an, hob fragend die Augenbrauen.

„Ich weiß nicht, ob ich es ein Leben lang mit dir Hinterwäldler aushalte", sagte sie, „aber ich würde es gerne versuchen." Sie schickte ein scheues Lächeln hinterher.

Er zog sie an sich und drückte sie so lange und so fest, dass sie Mühe hatte zu atmen, ehe er sie so leidenschaftlich küsste, wie er es noch nie getan hatte. In diesem Augenblick war ein Bund zwischen ihnen besiegelt worden.

„Hast du ihr ein Denkmal errichtet?", fragte Amber, als sie schließlich in seiner Umarmung, den Kopf an seine Brust gelehnt, verweilten.

„Nein, ich… wollte mich nicht hier, an diesem Ort, an sie erinnern. Ich wollte, dass sie einen Platz auf der Ranch bekommt. Also, außer…"

Amber schüttelte den Kopf: „Hazen, Catherine wird für immer einen Platz in unserem Leben haben."

Er zog sie abermals an sich und hielt sie so lange, dass sie tatsächlich das Gefühl hatte, die Welt bliebe stehen.

Wie sollte sie auch ahnen, dass ihre Welt sich schon sehr bald sehr viel schneller drehen würde…

Alles kam ins Lot. Der Sommer schien endlos zu sein.

189

Jeden Tag strahlte die Sonne von neuem vom Himmel herab, der Fluss mit seinem glasklaren, glitzernden Wasser folgte unaufhörlich seinem Lauf und die Wildnis, die sie umgab, sprühte nur so vor Leben. Hazen hatte sich endlich ein paar Helfer geholt und eine große Ladung Holz mit den beiden schweren Pferden aus dem Wald herbeigeschafft. Zuerst hatte er Zäune für die Rinder errichtet, ehe er schließlich am Fundament ihres Hauses weitergebaut hatte. Er widmete sich mit Herz und Seele seiner neuen Aufgabe und Amber war froh, endlich den Mann vor sich zu haben, den sie immer in ihm gesehen hatte. Tom hatte nicht Recht behalten sollen, was den Charakter seines Bruders betraf.

„Schnapp dir den da, Amber!", rief Hazen und riss sie aus ihren Gedanken.

Ein Rind löste sich soeben aus der Herde, die sie vor sich hertrieben.

„Ich?", fragte sie mit großen Augen.

„Ja! Schnell!", lachte Hazen.

Amber hatte nicht sehr viel Vertrauen darauf, dass sie diese Aufgabe meistern würde. Trotzdem trieb sie Sammy an, setzte dem Rind nach. Sie konnte schon verdammt gut reiten, verglichen mit den spärlichen Reitkünsten, mit denen sie bei Hazen angekommen war. Sie überholte das Rind, das sich lauthals beschwerte, und schnitt ihm schließlich den Weg ab. Ihrem Schwerpunkt folgend parierte Sammy zwei Versuche des Rindes, doch noch an ihnen vorbeizukommen, indem sie immer wieder vor das Tier sprang. Staub wirbelte auf, ehe das Rind von Sammys angelegten Ohren getrieben zurück zur

Herde lief und sich schutzsuchend zu den anderen gesellte. Mit einem strahlenden Lächeln ritt Amber zurück an ihre Position an der Flanke der Herde. Nun, zugegeben, Sammy machte ihren Job verdammt gut, aber sie schien sie zumindest nicht darin gestört zu haben – und sie war auch nicht aus dem Sattel gestürzt, trotz der rasanten Manöver.

„Gut gemacht, Cowgirl!", rief Hazen ihr über die Schulter zu. Er ritt vor ihr, ebenfalls an der Flanke der Herde. Sein Lächeln zeigte ihr, dass er stolz auf sie war. Überhaupt war er viel fröhlicher, seit sie all die dunklen Kapitel hinter sich gelassen hatten und auch Amber fühlte sich zehn Kilo leichter!

Zu ihrer Rechten war der Grundstock ihrer Rinderranch – die erste Herde, die Hazen gekauft hatte. Die Ranch, von der sie sie geholt hatten, war ein Stück weit hinter Whitecourt gelegen, weshalb sie beschlossen hatten, die Reise auf zwei Tage aufzuteilen und eine Nacht in der Prärie zu verbringen. Früher wäre das ein absolut unmögliches Unterfangen für Amber gewesen, sie hätte sich definitiv geweigert! Und heute dachte sie noch nicht einmal groß darüber nach – schlimmer als Dutzende Nächte in einem Planwagen bei Wind und Wetter und einer Fahrt durch die Nacht auf einem Lastenwagen konnte es ja nicht sein! Dass sie einmal aktiv an einem Viehtrieb teilnehmen würde, hätte sie sich vor einigen Monaten noch nicht einmal träumen lassen! Sie, Amber Marshall, eingedeckt vom Staub der Prärie, umgeben von stinkenden Rindern in einem richtigen Arbeitssattel – ihre Freunde und Bekannten aus ihrer

Heimatstadt würden sie nicht wiedererkennen! Und das war gut so…

„Miss Amber wird eine richtige West-Lady!", rief Charly belustigt von vor der Herde. Er und sein zerzaustes Pferd konnten keine schnellen Manöver mehr reiten und da er die Gegend kannte wie seine Westentasche, hatte man ihn als Führer auserkoren.

„Dazu gehört aber noch eine Lektion im Glücksspiel, im Jagen und ein Besuch auf einem Rodeo!", rief Hazen zurück.

„Das Erste kannst du streichen", kicherte Charly und wandte seinen Blick wieder nach vorne.

Hazen zog die Augenbrauen hoch und sah fragend zu Amber: „Was meint er damit?"

„Ist es ungewöhnlich für eine Frau im Westen, dem Glücksspiel zu frönen?", fragte sie mit Unschuldsmiene.

„Nein…"

„Also, warum dann die Verwunderung?"

„Wann…"

„Eine Frau hat ihre Geheimnisse", grinste sie.

„Charly", rief Hazen, „würdest du mich bitte aufklären?"

Amber schüttelte heftig und mit breitem Grinsen den Kopf, als Charly sich zu ihnen umwandte, und hielt sofort inne, als Hazen sich ebenfalls zu ihr umdrehte. Sobald er wegsah, versuchte sie Charly wieder davon abzuhalten ihr Geheimnis preiszugeben. Doch Charly würde alles für Hazen tun und ein Stück weit hatte Hazen das auch mit seinem etwas strengeren Tonfall beeinflusst. Gemein!

„Miss Amber ist eine gute Spielerin, Hazen. Hat das Blackjack schnell begriffen. Sie ist nicht so gut wie ich, aber…"

„Du hast Blackjack gespielt?", fragte er mit großen Augen und ließ Charly nicht ausreden, „wo?"

Das „wann" hatte er sich wohl mittlerweile selbst beantworten können.

„Wir waren in einem Saloon in Whitecourt. Kuscheliges, kleines Etablissement. Äußerst exquisite Getränke." Kuschelig traf das Ambiente nun wirklich nicht, es war rau, dunkel und äußerst belebt gewesen.

„Du warst mit ihr in Marty's Saloon?", fragte Hazen nun wieder an Charly gewandt und Amber nahm etwas besorgt wahr, dass sich Hazens Kiefermuskeln anspannten. Das war kein gutes Zeichen…

„Ich bin ihm gefolgt", half sie Charly aus der Patsche, „er hatte nicht wirklich eine Wahl."

„Ist das so."

„Bei Gott…", grinste sie theatralisch.

„Wieso seid ihr nicht in den großen Saloon im Zentrum gegangen? Der wäre nicht so… schäbig gewesen."

„Zu viele unerwünschte Gäste", sagte sie mit einem Zwinkern, womit sie natürlich auf Tom anspielte.

Hazen nickte nur. „Gibt es sonst noch etwas, das ihr mir nicht erzählt habt?"

Amber setzte wieder ihre Unschuldsmiene auf und schüttelte den Kopf, was Charly ihr gleichtat.

Sie machten einige Meilen an diesem Tag und schlugen schließlich ihr Lager irgendwo mitten im Nirgend-

wo der Prärie auf. Die Männer entfachten ein Lagerfeuer und nachdem Amber sich bemüht hatte, ein einigermaßen schmackhaftes Unterwegs-Essen zu zaubern, saßen sie alle mit vollen Mägen und erschöpften Gliedern am Lagerfeuer. Trotz der Strapazen sahen sie recht zufrieden drein, was sicher nicht nur ihrem Essen, sondern schlichtweg ihrer Freiheit geschuldet war. Amber wurde zum wiederholten Male bewusst, wie engstirnig und kleinkariert ihr früheres Leben gewesen war. Was sie alles verpasst hatte! Was sie sich alles selbst verweigert hatte wegen irgendwelchen gesellschaftlichen Regeln oder überspitzten Moralvorstellungen! Jetzt war sie frei – genauso frei wie diese Männer. Und das war verdammt nochmal etwas Besonderes für eine Frau. Nie würde sie den Luxus der Stadt und ihrer geplanten Ehe gegen das hier eintauschen wollen.

Hazen scherte sich so wenig um gesellschaftliche Etikette wie sie und saß hinter ihr, die Arme um sie geschlungen. Und den anderen Männern, denen war das sowieso völlig egal. Das Lagerfeuer wärmte und verbreitete eine wilde und zugleich beruhigende Energie. Das Feuer hier draußen war anders als das beim Planwagen. Nicht nur, weil es größer war und mehr Menschen warmhalten musste, es war unbändiger.

„Was hast du denn getrunken in diesem Saloon?", fragte Hazen plötzlich in die entspannte Atmosphäre hinein.

„Was? Äh… Wasser", sagte sie schnell.

Er sah sie von der Seite an und sie wusste, dass er wieder die Augenbrauen hochzog: „Ich weiß aus unanfecht-

barer Erfahrung, dass sie in diesem Schuppen alles verkaufen, aber kein Wasser."

„Nun, vielleicht hab ich auch Bier getrunken.‘‘

„Bier?‘‘

Sie biss sich auf die Lippe.

„Warst du… Charly, hast du meine Frau betrunken gemacht?‘‘

Charly neben ihnen erschrak regelrecht und murmelte etwas, ehe er aufstand und verschwand.

„Hazen, erschreck ihn doch nicht immer so!‘‘, schimpfte sie mit ihm.

„Du warst betrunken‘‘, stellte er fest und ging nicht auf ihre Tadel ein, „wie sehr?‘‘

Amber schürzte nur die Lippen und nickte vage.

„Amber!‘‘, rief Hazen entsetzt.

„Was? Ich schlafe in einem Planwagen, ich reite wie ein Mann, ich treibe Vieh, ich spiele Blackjack und ich kann mich verdammt nochmal betrinken, wenn mir danach ist!‘‘

Daraufhin sagte er nichts mehr. *Schachmatt*, dachte sie triumphierend.

„Ich liebe dich.‘‘

„Was?‘‘, fragte sie und war sich im ersten Moment wirklich nicht sicher, ob sie dieses Flüstern nur geträumt hatte.

„Ich liebe dich, du verrücktes Weib‘‘, flüsterte er ihr abermals ins Ohr, sodass nur sie es hören konnte.

Amber lachte. Vor Glück. Wie könnte ihr Leben noch schöner werden? Alles war perfekt!

„Ich liebe dich auch, du Hinterwäldler mit deinen

195

veralteten Vorstellungen davon, was eine Frau zu tun und zu lassen hat…", murmelte sie und wandte ihm ihr Gesicht zu, ehe sie ihn küsste.

„Das", grinste er, „sollte eine Frau definitiv nicht lassen."

Er küsste sie abermals und zog sie noch enger an sich.

„Aber über den Alkohol müssen wir nochmal reden…"

Amber bereitete das Mittagessen vor, oben beim Planwagen. Mit einem Lächeln schlug Hazen den nächsten Nagel ins Holz ihres zukünftigen Hauses. Er arbeitete meist von Sonnenauf- bis Sonnenuntergang. Wenn Amber nicht oben etwas zu tun hatte, half sie ihm – es hatte sich fast schon so etwas wie ein Alltag bei ihnen eingeschlichen. Und Hazen genoss es. Es fühlte sich wie ein Zuhause an. Wie… Familie.

Der Schweiß rann ihm von der Stirn und er wischte sich mit dem Handrücken darüber. Die Sonne war nicht sehr gnädig mit ihnen in letzter Zeit, sogar das Gras färbte sich allmählich braun. Doch auch die Hitze bremste ihn nicht im Geringsten ein, er war viel zu glücklich und erpicht darauf, ihnen ein Zuhause zu schaffen und sein Leben endlich wieder auf die Reihe zu bekommen.

Hazen dachte an den Viehtrieb und wie natürlich und souverän Amber die beiden Tage gemeistert hatte. Als hätte sie nie etwas Anderes getan! Ja, sie gehörte wirklich hierher. Er sah zum Planwagen hoch – wie er es so oft während seiner Arbeit tat, um dann anschließend mit

einem Lächeln weiterzuarbeiten. Doch als er heute dort hinsah, gefror ihm das Blut in den Adern.

Amber war nicht allein.

Es war, als wiche alle Wärme aus seinen Gliedern. Der Hammer fiel mit einem dumpfen Geräusch zu Boden, als er ohne zu zögern zum Planwagen hastete. Die Wiese bot ihm keinerlei Deckung, doch die Fremden schienen ihn trotzdem nicht zu bemerken, ihre ganze Aufmerksamkeit galt Amber. Hazen versuchte ihre Gesichter zu erkennen, doch er war noch zu weit entfernt. Was ihm jedoch sein Gefühl ganz klar mitteilte, war, dass diese Männer nicht zu den Guten gehörten.

Als er am Planwagen ankam, hatten die Männer ihn tatsächlich noch immer nicht bemerkt. Gerade, als einer der Männer Amber am Oberarm packte, griff Hazen nach seinem Gewehr und machte sich bemerkbar.

„Finger weg!", rief er bestimmt und ging auf Amber und den Mann zu.

Alle Blicke fielen auf ihn. Der Überraschungseffekt war auf seiner Seite, jedoch war er alleine gegen diese sieben Männer in einer denkbar schlechten Position. Er ließ sich jedoch nichts anmerken und solange er sein Gewehr hatte, konnte ihm erstmal niemand etwas tun. Und er hatte weiß Gott keinen Skrupel es einzusetzen.

„Lass sie sofort los, sonst blas ich dir dein Gehirn weg!" Hazen spannte den Hahn in der aufgeladenen Stille und zielte.

„Nun lass sie schon los, Benson", erklang eine ruhige, nahezu höhnische Stimme von einem der Männer auf den Pferden. Hazen entwich auch noch das letzte Stück

Wärme aus seinem Körper. Diese Stimme…

Der, der Benson genannt wurde, verbarg die zuvor durch sein breites Lächeln entblößten Zähne wieder hinter seinen rissigen, schmalen Lippen. Widerwillig und ohne Hazen aus den Augen zu lassen, ließ er von Amber ab. Diese trat hastig hinter ihn und hielt sich den Arm, an dem der Widerling sie wohl recht grob gepackt hatte. Hazen senkte sein Gewehr nicht.

„Was wollt ihr hier?", fragte er und identifizierte den offensichtlichen Anführer dieser Truppe an dessen krankhaft selbstzufriedenem Lächeln. Dieses Gesicht…

„So sieht man sich wieder, Donagan", begrüßte ihn der Mann.

Hazen konnte nicht verhindern, dass ihm übel wurde. Er war weiß Gott nicht leicht aus der Ruhe zu bringen, doch diese Situation – diese Männer – hier… Er spürte, wie der Schweiß, der ihn zuvor noch beim Arbeiten gekühlt hatte, nun frösteln ließ und ihm eiskalt vom Nacken den Rücken hinabbrann.

„Was wollt ihr hier?", wiederholte er und bemühte sich, sich nichts anmerken zu lassen.

„Aber, aber, warum so in Eile?"

„Was du hier verdammt nochmal willst, Snyder?"

Der große, äußerst hagere Mann auf dem schwarzen Pferd hob das Kinn amüsiert an, wodurch ihm die Sonne in sein schmales Gesicht fiel. Es war ein furchtbares Gesicht. Nicht, dass es nur entstellt gewesen wäre, es war schlichtweg unförmig, verzerrt und von einem blutigen Lebensweg gezeichnet. Und seine Augen… Sie waren nicht einfach seelenlos, vielmehr lag darin eine

schwarze Seele verborgen, die der Teufel höchstpersönlich hervorgerufen hatte.

„Mit so einer Waffe in der Hand scheint dein Mann so viel mehr zielgerichtet als mit einer Flasche, Liebchen", höhnte Snyder.

„Halt deine verdammte Klappe, Snyder, und verpisst euch von meinem Land!" Vor lauter Wut und Angst zog Hazen in Erwägung, Snyder einfach zu erschießen, doch die anderen würden sicher das Feuer eröffnen und Amber und ihn unweigerlich töten.

„Genau um dieses Land geht es, Donagan. Dieses Land verbirgt etwas sehr Wertvolles, ist mir zu Ohren gekommen."

Hazen befand es als klüger, nichts zu sagen. Worauf spielte er an? Es war doch nicht möglich, dass sie…

Snyders unruhiger Blick glitt über ihre Umgebung. Seine Augen schienen immer weit aufgerissen zu sein, beinah als hätte er keine Augenlider.

„Hübscher Planwagen…", murmelte er schließlich, „gäb' sicher ein hübsches Feuerchen…"

Hazen schauderte. Das Wort Feuer zu dieser Zeit aus diesem Mund… das war, als würde sein schlimmster Albtraum eine Wiederholung androhen.

„Sag, wie ist es so mit der hübschen Amber, Donagan? Füllt sie die Lücke, die Catherine hinterlassen hat, auf, hm? Wäre ja eine Schande, wenn ein kleiner Funke…"

„Pass auf, was du sagst!", drohte Hazen mit vor Wut bebender Stimme.

„Ach, kennst du eigentlich unseren neuesten Freund schon, Donagan? Muss fast so sein, er heißt ja schließ-

lich wie du. Seid ihr eigentlich irgendwie verwandt? Ach ja, ich Trottel, ihr seid ja Brüder, oder?"

Die Männer richteten ihre Pferde zurück und gaben den Blick frei auf ein dunkelbraunes, fast schwarzes Pferd am anderen Ende ihrer Aufreihung, auf dessen Rücken ein gekrümmter Mann saß. Langsam, offensichtlich widerwillig, drehte er sein Gesicht Hazen zu. Es machte den Anschein, als wäre er lieber woanders.

„Tom…", stieß Hazen ungläubig aus.

„Hallo, Bruderherz", stieß dieser mit krächzender Stimme hervor und lächelte nahezu dümmlich.

„Was machst du da, Tom?", fragte Hazen ihn noch immer überrascht, doch auf seiner Stirn zogen sich bereits tiefer werdende Falten zusammen.

„Ach", meinte dieser und es war unverkennbar, dass er betrunken war, und das sicher nicht erst seit heute Morgen, „nur ein kleiner Ausflug mit meinen Freunden."

„Tom, diese Männer sind sicher vieles, aber nicht deine Freunde. Du…"

„Genug jetzt mit den Vertrautheiten. Ihr Donagans wart so oder so schon immer dem Untergang geweiht", unterbrach sie Snyder und lachte bösartig, „ich hab noch was für dich, Donagan. Kennst du zufällig einen gewissen Charly? Alter, schrulliger Vogel?" Snyder nickte: „Deiner Reaktion nach zu urteilen, sagt dir der Name etwas. Sehr schön, sehr schön. Also weißt du, er meinte, er wäre ein alter Freund von dir. Haben ihn in Marty's Saloon getroffen. Wir haben uns recht schnell recht gut verstanden. Netter Kerl… Wie auch immer, wir haben uns schnell angefreundet und er hat etwas

von Gold erzählt. Einer Menge Gold."

„Charly? Das kann nicht sein…", entfuhr es Amber ungläubig.

„Oh doch, Liebchen, er war ganz redselig. Gleich am nächsten Tag beschlossen wir, der Sache auf den Grund zu gehen. Da läuft uns doch dieser sturzbesoffene Vogel mitten in Whitecourt über den Weg. Ich hätte ihn beinah über den Haufen geritten. Eigentlich wollten wir nur ein wenig unseren Spaß mit ihm haben, doch Benson meinte, wir sollten unsere Zeit nicht vergeuden und endlich unseren guten, alten Freund Donagan besuchen. Da wurde dieser Bursche hellhörig… Tatsächlich erwies er sich als recht nützlich bislang. Denn jetzt steh'n wir hier."

Snyder lächelte.

Hazen fragte sich, ob er zuerst ihn oder Tom erschießen sollte.

Tom blickte nervös von Hazen weg. Er fühlte sich eindeutig unwohl in seiner Rolle. Hazens Mitleid hielt sich jedoch stark in Grenzen und all die Angst und Verwunderung wich langsam immer stärker werdender Wut und er befürchtete, dass er sich bald nicht mehr im Griff haben und etwas Dummes machen würde.

„Dann frage ich euch nochmal", stieß Hazen zwischen zusammengepressten Kiefern hervor, „was wollt ihr hier?"

Snyders Lächeln wurde breiter, krankhafter.

„Wir wollen natürlich das Gold, Donagan, was sonst?"

Hazen wog seine Möglichkeiten ab. Er könnte lügen. Doch sie würden ihm nicht glauben, ehe sie jeden Zen-

timeter hier selbst durchsucht hatten. Er könnte kämpfen, doch gegen sieben – sechs, den betrunkenen Tom konnte man kaum dazuzählen - bewaffnete Männer hatte er schlechte Karten.

Egal, was ihm durch den Kopf ging, er wusste, dass seine Entscheidung schon nach der ersten Sekunde festgestanden hatte. Wegen Catherine. Er brauchte Amber nicht anzusehen, um zu wissen, dass er den gleichen Fehler nicht noch einmal begehen würde. Gott hatte ihn damals hart bestraft, er hatte seine Lektion gelernt. Er würde nicht zulassen, dass ihm das noch einmal passierte!

„Amber", sagte er, „bring das Gold her."

Sie rührte sich nicht.

„Los, hol es!", sagt er nachdrücklicher und sie verschwand hinter ihm und schließlich im Planwagen. Er ließ keinen der Bastarde aus den Augen. Amber kam nach kurzer Zeit zurück mit einem kleinen, braunen Beutel. Hazen bedeutete ihr mit einem Nicken, ihn einem von Snyders Lakaien zu geben. Er überwachte die Übergabe mit Adleraugen, jederzeit bereit abzudrücken. Doch außer einem wollüstigen Lächeln des Mannes geschah nichts und Amber verschwand wieder hinter seinem Rücken.

„Jetzt habt ihr was ihr wollt. Verschwindet!"

„Immer wieder schön, dich zu sehen, Donagan. Du bist wahrlich ein echter Freund", Snyder lachte, „wir sehen uns Donagan, bis bald!"

Mit einem zufriedenen Lächeln wendete Snyder sein Pferd und seine Männer taten es ihm gleich. Auch Tom,

der jeden Blickkontakt zu ihnen vermied. Hazen wagte es nicht, sie aus den Augen zu lassen, als sie davonstoben, ehe der Horizont sie verschluckte.

„Wer waren diese Männer, Hazen?", fragte Ambers zitternde Stimme hinter ihm.

Ein Schauer lief Hazen den Rücken hinunter bei seinen Worten: „Das waren Catherines Mörder."

„Das…", entfuhr es Amber, die einen erschrockenen Blick zu dem Punkt warf, wo die Männer zuletzt zu sehen gewesen waren, „aber…" Hazen hatte sich bereits abgewandt um seine Beschäftigung wieder aufzunehmen. Er musste jetzt etwas tun. Mit seinen Händen. Seine Gedanken schlugen Kapriolen!

Amber hastete ihm hinterher. „Hazen, was heißt das?" Ihre Stimme zitterte und wurde immer heller. Sie hatte Angst und er sollte sie wohl in seine Arme nehmen und beruhigen. Doch er konnte nicht. Er fühlte sich nicht wie jemand, der ihr in diesem Moment Schutz bieten könnte. Sie waren bei seinem Arbeitsplatz angekommen und Hazen nahm den Hammer in die Hand, packte sich einen Schwung Nägel und fing an zu hämmern.

„Hazen!", rief Amber hysterisch.

„Ich weiß es nicht!", rief er, vermutlich lauter als er sollte. Er warf den Hammer zur Seite und die Hände verzweifelt in die Luft. „Verdammt nochmal, Amber, ich weiß es nicht! Vielleicht sollten wir längst unsere Sachen packen und verschwinden, vielleicht sollten wir uns erst einmal sammeln… Ich weiß es nicht!"

Seine Reaktion trug nicht zu Ambers Beruhigung bei. Sorgenfalten lagen auf ihrer sonst so glatten, schönen

Stirn, die meist von ein paar Locken umspielt wurde. „Du meinst also... sie kommen zurück?", fragte sie ungläubig.

„Amber", sagte er nachdrücklich als spräche er mit einem begriffsstutzigen Kind, *„ich weiß es nicht.* Ich weiß überhaupt nichts! Wenn ich mir vorstelle, dass sie... dass du... ich..." Er konnte nicht verhindern, dass Tränen in seine Augen traten. Der Schmerz drohte ihn zu übermannen. Wenn er sich vorstellte, dass sie Amber etwas antun könnten – er vermochte es nicht einmal auszusprechen.

Noch ehe er sich Gedanken darüber machen konnte, ob der Zeitpunkt Tränen zu vergießen gerade der richtige war und ob er diese Schwäche vor Amber preisgeben wollte, prallte Ambers zierlicher Körper gegen seinen. Ihre Arme umschlangen seinen vergleichsweise so großen Körper und auch wenn sie weiß Gott nicht seine Kraft hatte, so fühlte er sich gehalten. So sehr gehalten, wie in seinem ganzen Leben noch nie. Als könnte sie all seine Teile zusammenhalten, ehe seine Seele in tausend Teile zerfiel.

Diese Geste überwältigte ihn so sehr, dass der aufkeimende Tränenstrom nahezu im Keim erstickte. Neue Kraft strömte durch ihn und verdrängte die Ohnmacht. Erst jetzt spürte er, dass Amber schluchzte. Herrgott, er wollte sie schützen und er sollte ihr verdammt nochmal nicht noch mehr Angst machen. Nun war er es, der sie fest in seine Arme schloss und noch fester an sich drückte. Er drückte einen Kuss auf ihr Haar und während sie sich beruhigte, formten seine Gedanken allmählich eine

Richtung.

Sie brauchten Hilfe.

Geflohen

„Pack alles ein, was dir wichtig ist."

Amber hörte an Hazens Stimme, dass es ihm nicht schnell genug gehen konnte. Sie mussten hier weg. Zwar wussten sie nicht, ob die Verbrecher überhaupt wiederkommen würden, jedoch hätten sie ihnen kaum etwas entgegenzusetzen, wenn sie es taten. Und dieses Risiko wollte Hazen nicht eingehen. Sie wusste zwar noch nicht so ganz, was er vorhatte, doch sie zweifelte keine Sekunde an ihm. Er wollte zum Sheriff reiten und Hilfe holen – doch irgendwie hatte sie das Gefühl, dass da noch mehr war.

Was war so wichtig, dass man es unbedingt mitnehmen musste, jedoch so klein, dass es in eine Satteltasche passte? Eigentlich besaß sie ja nichts... mehr. Also packte sie das, was sie zum Leben brauchte, ein – Seife, Lebensmittel, Klamotten. Wer wusste schon, wie lange sie weg sein würden?

„Hast du alles?"

Amber sah über ihren Sattel hinweg zu Hazen, der bereits auf dem Pferd saß. Tief drin in seinen Augen, da konnte sie eine große Angst sehen, wenn er es zuließ, dass sie sich lange genug anblickten. Meistens vermied er es, doch sie kannte ihn mittlerweile zu gut, als dass er seine Sorgen vor ihr geheimhalten könnte.

„Ich glaube, ich hab alles. Ich hoffe es."

Sie seufzte, blickte auf das blanke Sattelleder, um noch einmal in sich zu gehen und zu überlegen, ob sie nur ja

nichts Wichtiges vergessen hatte.

„Okay", meinte sie mit belegter Stimme, mehr zu sich selbst, als sie den Fuß in den Bügel stellte und sich in den Sattel schwang. Hazen trieb sein Pferd sogleich an und Sammy folgte ihm, während Amber zurücksah. Der Planwagen, ihre Feuerstelle, all die Alltagsgegenstände, mit denen sie in den letzten Monaten so selbstverständlich hantiert hatte, all das wäre womöglich nicht mehr da, wenn sie zurückkamen. Der Blick auf das Fundament des Hauses, wo schon die ersten Ansätze von Wänden zu sehen waren, schmerzte noch mehr. Dort stand ihre Zukunft, unschuldig und unwissend der Bedrohung. Hazen hatte so viel Herzblut hineingesteckt und jetzt…

„Komm, lass uns etwas schneller reiten", riss Hazen sie aus ihren Gedanken. Sogleich trieben sie ihre Pferde in einen Trab und sie ließen das, was für Amber zur Heimat geworden war, zurück. Das Fundament verschwand als erstes und irgendwann war auch der Planwagen nicht mehr zu sehen. Erst dann konnte Amber wirklich nach vorne blicken. Wenn sie auch nicht genau wusste, wie die Hilfe des Sheriffs aussehen sollte, so hoffte sie doch sehr, dass es eine sein würde.

„Ich kann nicht glauben, dass Tom sich diesen… Kreaturen angeschlossen hat!", sagte sie und schloss zu Hazen auf. Sie hatten bisher kaum Zeit gehabt darüber zu reden.

„Er ist verletzt."

Amber sah Hazen verwundert an. Er sah weg. Das tat er immer, wenn er eine Gefühlsregung vor ihr verbergen

wollte. Sie war erstaunt über seine Aussage – sein Ton hatte fast etwas von Verständnis.

„Wenn ich verletzt bin, suche ich mir auch nicht die übelsten Typen der Gegend aus und gehe mit ihnen auf Streifzug um meinen Bruder und meine Ex-Verlobte zu tyrannisieren", konterte sie und verbarg ihren Ärger nicht.

„Du bist auch kein Donagan – sei froh darüber. Wir haben die Dinge immer schon ein wenig… *anders* verarbeitet."

„Charly ist auch kein Donagan."

Hazens Miene verdunkelte sich und sie hatte fast das Gefühl, dass er wütender auf Charly war als auf Tom. Konnte das sein?

„Den guten alten Charly hat wohl die Gier gepackt. Dieser Dreckssack…", fluchte Hazen wütend und fügte nach kurzem sanfter hinzu, „verdammt, vielleicht sollte ich nicht wütend auf ihn sein. Wahrscheinlich ist er nun einfach vollends übergeschnappt…"

Amber sagte eine Weile nichts darauf. Sie versuchte zu verstehen, was in Hazen vorging. Ein normaler Mensch wäre doch tausend Mal wütender auf seinen Bruder, der mit einer Horde Halunken umherzog und das eigene Leben und das der Frau, die man liebte, bedrohte, als auf einen etwas verrückten, schrulligen, alten Mann, oder?

„Hazen, ich hab das Gefühl du bist viel wütender auf Charly als auf Tom. Das versteh ich nicht."

Hazen holte geräuschvoll Luft und hielt kurz den Atem an, ehe er ebenso geräuschvoll wieder ausatmete.

Als hätte er Schmerzen…

„Hazen?"

Er schloss die Augen und blickte anschließend in den Himmel.

„Tom ist mir nicht unähnlich, Amber. Womöglich hätte ich genauso gehandelt. Ziemlich wahrscheinlich sogar."

Amber schüttelte vehement den Kopf: „Ich liebe dich zwar und du glaubst mir deshalb vermutlich nicht, aber was du sagst ist Unsinn. Du hast ein anderes Wesen als Tom. Du wärst unendlich wütend und verletzt – wie er – aber du würdest dich in letzter Sekunde beherrschen, bevor du solch eine Dummheit begehst!" Was Tom getan hatte, ließ solche Wut in ihr aufkeimen!

Hazen blickte in die Ferne auf der von ihr abgewandten Seite, ehe er, ohne sich ihr zuzuwenden, sagte: „Als Catherine starb, war Tom für mich da. Er hat versucht mich wieder auf die Füße zu ziehen, doch ich habe ihm keine Chance gegeben. Ich vergesse das allzu gern… Irgendwann hat er es aufgegeben und mich meinem Schicksal überlassen. Es ist lächerlich, aber jetzt, wo ich ihn so verletzt gesehen habe, da… es ist als hätte ich ihm plötzlich verziehen."

„Was verziehen?"

„All die Jahre war ich so wütend auf ihn, Amber. So unglaublich wütend. Ich hatte immer das Gefühl von ihm alleingelassen worden zu sein. Doch jetzt sehe ich das plötzlich anders, jetzt ist er der Schwächere, der, der Hilfe braucht."

Sie verstand das noch nicht ganz. „Hast du deshalb

wegen der Ranch gelogen?"

Hazen nickte bekümmert: „Ja, ich hab mich all die Jahre wie der größte Verlierer gefühlt. Und… vermutlich bin ich auch ein wenig verrückt geworden." Er lächelte knapp. „Ich wollte ihm einfach zeigen, dass ich nicht der Versager bin, für den er mich hält. Er, der in der Stadt das große Geld macht…"

„Aber… ich meine, du hast Catherine verloren und das muss schrecklich gewesen sein. Aber deshalb konnte er dich doch nicht so sehr verabscheuen, oder? Trauer steht doch jedem zu."

Nun schüttelte er mit gerunzelter Stirn den Kopf: „Trauer, ja. Aber das, was ich gemacht habe, das war mehr als Trauer. Ich… ich hab so lange gesoffen und gespielt, bis mein gesamtes Geld weg war, mein Haus weg war, mein Vieh und alles, was mir sonst gehört hatte. Bis auf eine Sache."

Amber war erschüttert und brachte nur ein recht atemloses „Was?" hervor.

„Mein Land. Gott behüte, ich hab alles verspielt, aber nicht mein Land. Das Land, auf dem…"

„Auf dem Catherine starb", vollendete sie seinen Satz.

Hazen nickte und schluckte trocken. „Catherines Land."

„Ich…", auch sie musste schlucken, „ich verstehe trotzdem nicht, was so sehr zwischen euch hat stehen können… Du bist doch irgendwann auf das Land zurückgekehrt, oder?"

„Nach ungefähr zwei Jahren."

Er blickte sie so unvermittelt und direkt an, dass sie

210

den Blick niederschlug und auf den Pferdehals richtete. Sie war schockiert.

„Nun kennst du mein wahres Ich", sagte Hazen und er scherzte nicht.

Amber brauchte eine Weile, um die Informationen zu verarbeiten. Sie ritten schweigend dahin, nur die Schritte der Pferde und das Knarzen des Leders durchbrach die Stille.

„Und Tom ist einfach gegangen?", fragte sie schließlich atemlos.

„Wie gesagt, er hat es irgendwann aufgegeben und ist in die Stadt gegangen. Weit, weit weg. Und ich wurde von der Dunkelheit vollends verschluckt…"

„Er hätte bei dir bleiben müssen."

Hazen lachte bitter: „Einen Ertrunkenen kann man nicht wiederbeleben."

„Er hätte bei dir bleiben müssen", wiederholte sie.

„Du hast mich nicht gesehen, Amber. Ich war nicht mehr zu retten."

„Du *bist* gerettet, Hazen, also gab es eine Chance. Er hätte bleiben müssen."

Hazen schüttelte unmerklich den Kopf und richtete wieder den Blick weg von ihr, in die Ferne.

„Hazen, er ist dein Bruder."

„Er war die einzige Familie, die ich noch hatte", sagte er und seine Stimme war so brüchig, dass sie nicht wusste, ob er weinte. Ambers Wut auf Tom schwoll weiter an. Er war ein herzloser, skrupelloser Bastard! Wie hatte sie sich nur je auf ihn einlassen können? Wie blind musste man sein!

211

„Hast du Catherine ein Grab gemacht?", fragte sie, teils um sich selbst von ihrer Wut abzulenken.

Hazen schüttelte abermals den Kopf: „Nein, bisher…"

„Schon okay", sagte sie, „dafür ist es nie zu spät."

Sie ritten abermals schweigend dahin. Langsam verstand Amber all die Verletzung, die in Hazen wohnte. Die ihn ausmachte. Die ihn gezeichnet hatte. Was hatte er nur durchmachen müssen! Seine Geschichte war von Grausamkeit und seelischem Schmerz gezeichnet.

„Diese Bande", sagte sie plötzlich in die Stille hinein, „die Portman-Bande, die heute bei uns war…"

Hazen unterbrach sie: „Das war nicht die Portman-Bande."

„War sie nicht? Aber, ich habe schon damals im Zug Leute über diese Bande sprechen hören?"

Er schüttelte den Kopf: „Die Portman-Bande wurde bereits lange vor deiner Ankunft zerschlagen. Die Leute im Zug waren wohl nicht auf dem neuesten Stand der Dinge. Die Männer, die Catherine getötet haben, die mich in meiner dunkelsten Zeit verfolgt haben wie blutrünstige Wölfe einen verwundeten Stier und die nun abermals alles, was mir lieb ist, bedrohen, die gehörten vor langer Zeit einmal zur Portman-Bande. Du musst wissen, dass diese Bande ziemlich groß war und in der ganzen Gegend für Angst und Schrecken gesorgt hatte durch unglaubliche Grausamkeiten an Männern, Frauen und Kindern. Doch eine kleine Gruppe seilte sich im Laufe der Zeit von ihnen ab. Dieser gottlose Mistkerl namens Snyder meinte, die Portman-Bande wäre dem Untergang geweiht, da sie zu mächtig geworden war

und sich sicher bald eine ebenso große Gegenmacht zusammenrotten und sie einbremsen würde. Und genauso kam es auch."

„Und diese Gegenmacht…"

„…das war der Sheriff."

„Und zu dem reiten wir jetzt?"

„Ganz genau. Wenn uns einer helfen kann, dann er."

Sie ritten in Johnstown ein. Amber fühlte sich vom ersten Augenblick an nicht wohl in der Stadt. Sie war nicht vergleichbar mit dem schillernden Whitecourt. Hier waren alle Gebäude aus dunklem, verwittertem Holz und sie hatte das Gefühl als würden sie alle Leute misstrauisch beäugen, während sie die staubige Straße entlangritten. Offensichtlich kamen hier nicht jeden Tag neue Gesichter vorbei. Ein Hund querte plötzlich ihren Weg und verschwand auf der anderen Seite hastig zwischen den Gebäuden. Ambers Beklemmung stieg noch mehr, als ein alter Mann sie völlig unverhohlen angaffte. Ob sie in dieser Stadt wirklich die Hilfe bekommen würden, die sie brauchten? Sie hoffe nur, Hazen wusste, was er tat.

Ein Windstoß wirbelte etwas Staub auf und ließ das an Eisenketten aufgehängte, vergilbte Schild über einem der Gebäude mit der Aufschrift „Sheriff" quietschend vor- und zurückschwingen. Sie waren also da. Hazen sprang von seinem Pferd und band es am Pfosten fest, was Amber ihm etwas zögerlicher gleichtat. Ein bewaffneter Mann, der neben der Tür gelehnt hatte, stellte sich ihnen in den Weg, ehe sie auf den hölzernen Vorbau

treten konnten.

„Was wollt ihr hier?", fragte er mit grimmiger Miene. Der Mann war ungefähr zwei Meter groß und mindestens halb so breit. Nicht einmal ein Grizzly könnte diesen Mann umhauen! Amber fragte sich, ob es nicht klüger wäre, wieder zu gehen.

„Wir müssen zum Sheriff", sagte Hazen, dessen Stimme nicht so klang als hätte er irgendwelche Bedenken an seinem Vorhaben.

„Und der Grund?"

„Eine Verbrecherbande ist hinter uns her."

„Jetzt, in diesem Moment?"

„Nein, sie stellen vermutlich gerade fest, dass unser Land verlassen ist. Wir können nicht mehr nach Hause."

Etwas Unerklärliches flackerte in den dunkelbraunen Augen des Mannes, ehe er sich wortlos umwandte und die Tür zum Büro des Sheriffs öffnete. Amber folgte ihm hinter Hazen ins Innere. Sie war überrascht. Sie hatte so etwas wie eine heruntergekommene Spelunke erwartet, doch es standen weder Whiskeyflaschen auf den Tischen, noch war der Raum voll mit alten, lüsternen Männern. Nun, es war sicher nicht einmal halb so nobel wie das Büro des Sheriffs in Whitecourt – auch wenn sie es noch nie gesehen hatte, aber zumindest hatte es ihre Erwartungen übertroffen.

Hinter dem Schreibtisch saß ein Mann lässig in seinem Stuhl zurückgelehnt. Amber beschlich beim Blick aus seinen dunkelbraunen Augen, die unter seiner Hutkrempe musternd hervorblickten, Unbehagen. Er schien

214

ihren Blick zu bemerken und sein Mund verzog sich zu einem Lächeln. Sein ganzer Ausdruck schien sich in dieser Sekunde um hundertachtzig Grad zu wandeln und Amber konnte nicht anders als zurückzulächeln. Ihre Anspannung lockerte sich.

Er erhob sich. „Hallo, Sheriff Cunningham", stellte er sich vor und schüttelte zuerst Amber, dann Hazen die Hand. „Wie kann ich euch helfen?"

Er war ein gutaussehender Mann. Groß, dunkel und charismatisch. Und Amber hatte einen Heidenrespekt vor ihm. Er nahm seinen Hut ab, legte ihn auf den Schreibtisch und sah sie erwartungsvoll an.

„Setzt euch", sagte er und nahm daraufhin selbst wieder hinter seinem Schreibtisch auf dem Stuhl Platz. Amber setzte sich neben Hazen und verschränkte angespannt die Hände in ihrem Schoß.

„Sheriff, es gibt einen Grund, warum wir ausgerechnet Sie aufgesucht haben. Wir hätten auch zum Marshall in Whitecourt gehen können, aber ich denke, Sie sind der einzige, der uns helfen kann."

„Jetzt bin ich gespannt", sagte der Sheriff.

„Ich nehme an, die Portman-Bande ist ihnen bekannt?"

Der Gesichtsausdruck des Sheriffs versteinerte und seine Augen verengten sich zu Schlitzen.

„Sie ist mir sogar sehr gut bekannt. Ich habe sie vor einigen Jahren ausradiert."

„Nicht ganz."

„Was soll das heißen?"

„Bevor ihr die Portman-Bande dem Erdboden gleich-

gemacht habt, hat sich eine kleine Gruppe von ihr abgesetzt. Sie haben… meine Frau ermordet, weil ich Ihnen nicht das Geld gab, das sie wollten. Sie ist lebendig verbrannt in unserem Haus…"

Amber sah, wie sich Hazens Hände verkrampften. Sie hätte ihn gerne berührt, doch jetzt war nicht der Moment dafür.

„Ich hab damals alles verloren und bin völlig abgestürzt. Ich mache kein Geheimnis draus – es gab wohl keinen Tag, an dem ich nicht sturzbetrunken war. Die Typen haben mich verfolgt und immer wieder tyrannisiert. Doch deshalb sind wir heute nicht da. Sheriff, was ich Ihnen jetzt sage, muss in diesen vier Wänden bleiben, sonst ist diese Bande bald mein geringstes Problem."

Hazen sah bedeutungsvoll zu Tom.

„Machen Sie sich keine Sorgen, Deputy Tom ist absolut vertrauenswürdig. Er ist schon seit Jahren an meiner Seite. Fahren Sie fort."

Hazen ließ noch ein paar bedeutungsvolle Sekunden verstreichen, ehe er dem Sheriff fest in die Augen sah: „Ich habe Gold auf meinem Land gefunden, Mister. Eine Menge Gold. Und dank eines Freundes, der uns verraten hat, haben diese Hurensöhne davon Wind bekommen. Sie sind gestern bei uns aufgetaucht, haben das Gold genommen und sind abgehauen. Das Problem ist, Sheriff, sie werden wiederkommen. Und ich weiß, wozu sie fähig sind."

„Das weiß ich auch", knurrte Cunningham zwischen zusammengepressten Kiefern hervor.

Es herrschte eine kurze Stille, während der Sheriff nachdachte, ehe er fragte: „Wer ist ihr Anführer?"

„Sein Name ist Snyder. Ein Psychopath. Er ist völlig übergeschnappt, aber leider auch sehr klug. Er hat Freude an allem, was er quälen kann."

„Der klingt noch schlimmer als Bill", brummte Tom, dessen Stimme so tief und rau war, dass Amber das Gefühl hatte, eine Vibration auf ihrer Haut zu fühlen.

„Wie viele sind sie?", fragte der Sheriff.

„Nicht mal ein Dutzend."

Der Sheriff nickte, ließ sie jedoch nicht an seinen Gedanken teilhaben. Es kehrte wieder Stille ein und Amber betete, dass der Sheriff ihnen helfen würde. Wo sollten sie denn sonst hin? Sie hatten ja jetzt nicht mal mehr ein Dach über dem Kopf!

Als hätte er ihre Gedanken erraten, fragte der Sheriff: „Wo habt ihr vor die Nacht zu verbringen?"

„Wir haben uns noch keine Gedanken gemacht. Wir sind völlig überstürzt aufgebrochen."

„Das war eine gute Entscheidung", sagte Tom, „den Typen ist alles zuzutrauen."

„Sie müssen sich recht ruhig verhalten haben, seit wir die Portman-Bande zerschlagen haben", meinte Cunningham nachdenklich an Tom gewandt, „ich hab nie von einer weiteren Bande im County gehört."

Tom brummte nur zur Antwort.

„Was, denken Sie, tun sie jetzt?", fragte er nun an Hazen gewandt.

Hazen dachte einen Moment nach, ehe er erwiderte: „Sie werden vermutlich zurückkehren auf unser Land.

Sie werden es verlassen vorfinden, alles durchsuchen und was sie nicht brauchen können abfackeln."

Der Sheriff nickte, im Gegensatz zu Amber, die das Gefühl hatte, keine Luft mehr bei Hazens Worten zu bekommen, völlig gefasst: „Und dann?"

„Sie… Snyder ist nicht dumm. Und er weiß, was mir das Land bedeutet. Er wird vermutlich…"

„…Verstärkung besorgen", brachte Cunningham Hazens Worte zu Ende.

Hazen nickte: „Ja, das wird er wohl. Er wird denken, dass ich das selbe tue."

„Könnte er denken, dass ihr geflohen seid und nicht zurückkommen werdet?"

Hazen schüttelte den Kopf: „Nein, wie gesagt, er weiß, was mir das Land bedeutet. Meine Frau…"

„Rechnet er damit, dass ihr zu mir reitet?"

„Nein", Hazen schüttelte abermals den Kopf.

Der Sheriff nickte und blickte auf eine Patronenhülse, die er auf dem Tisch kreiseln ließ.

„Gut", sagte er schließlich, „ich halte es für zu gefährlich, euch hier im Saloon unterkommen zu lassen. Dieser Snyder wird seine Fühler womöglich bereits nach euch ausgestreckt haben und könnte erfahren, dass ihr nach Johnstown geritten seid. Ich schlage vor, ihr kommt mit auf meine Ranch und wir arbeiten einen Plan aus. In der Zwischenzeit schicke ich einen Spitzel nach Whitecourt, um herauszufinden, was Snyder wirklich vorhat."

Stille hüllte sie ein, seit sie Johnstown vor einer Weile

verlassen hatten. Lediglich das Knarzen des Leders, das Geräusch der Pferdehufe im trockenen Präriegras und ein gelegentliches Schnauben verriet, dass ein Trupp Reiter durch die Nacht zog. Sie schwiegen nicht, weil sie nichts zu besprechen hatten, doch sie wollten auf keinen Fall Aufmerksamkeit auf sich ziehen. Niemand wusste, was Snyder womöglich bereits zugetragen worden war und was dieser tat. Amber war die ganze Zeit über unbehaglich zumute, bis sie schließlich die Ranch, ihren sicheren Hafen, erblickte. Es dämmerte bereits, als sich ihre Umrisse aus der Dunkelheit vor ihnen abhoben. Sie lag ruhig da, einem Fels in der Brandung gleichend. Hazen lächelte ihr aufmunternd zu und ihre Zuversicht stieg.

Als sie sich näherten, hoben einige Rinder, die in großen Pferchen untergebracht waren, träge ihre Köpfe und sahen zu ihnen. Soweit Hazen sie bisher instruiert hatte, handelte es sich um erstklassige, gutgenährte Rinder, was Amber zu der Frage führte, wer sich um die Ranch kümmerte, wenn Cunningham doch seinem Beruf als Sheriff nachging? Jetzt führte er sie unter dem auf massiven Holzstämmen stehenden Eingangstor hindurch und bog rechts zu einem Stallgebäude ab. Dort stiegen sie ab und ein hagerer Mann mit krausen Locken und einem freundlichen Gesicht, soweit sie das in der herannahenden Dunkelheit erkennen konnte, nahm ihre Pferde entgegen.

„Danke, Francis", sagte der Sheriff zu ihm und führte sie schließlich zum Haupthaus.

Erst, als sie sich von einem der Balken hinter der Ve-

randatreppe abstieß, bemerkte Amber, dass dort schon die ganze Zeit eine Frau gestanden und auf sie gewartet hatte. Cunningham ging zu ihr und küsste sie.

„Hallo, Bandit", begrüßte sie ihn.

„Hallo, Banditenbraut", erwiderte der Sheriff und Amber war klar, dass die beiden wohl Mann und Frau waren, doch warum ein Paar, das offensichtlich dem Gesetz diente, sich so begrüßte, ließ einige Fragezeichen in Amber aufschlagen.

„Wen hast du mitgebracht?"

Jetzt trat Cunningham zur Seite und gab den Blick auf eine dunkelhaarige Frau mit ebenmäßigen, klaren Gesichtszügen und einem wilden Flackern in den Augen, frei. Amber fühlte sofort, dass sie hier eine Persönlichkeit vor sich hatte, keine untergebene Hausfrau. Sie war wunderschön, doch schon allein die Art, wie sie ihr offenes Haar trug, stellte unmissverständlich klar, dass sie ihren eigenen Willen hatte. Amber war fasziniert von ihr und fühlte sich sofort in ihren Bann gezogen. Verstohlen sah sie zu Hazen, aus Angst, dass sie die gleiche Wirkung auf ihn haben könnte wie auf sie, doch er sah nicht so aus als würde er sich gedanklichen Schwärmereien hingeben. Sie schalt sich innerlich für ihre unsinnigen Gedanken.

„Diese beiden brauchen unsere Hilfe", erklärte Cunningham, doch ehe Hazen oder sie sich vorstellen konnten, flog die Haustüre auf und ein kleiner, dunkelhaariger Junge flog regelrecht über die Veranda und in die Arme des Sheriffs.

„Luke, du wirfst mich ja fast von den Füßen!", lachte

Cunningham und drückte das Kind, das vermutlich sein Sohn war, und die Arme um ihn geschlungen hatte.

Ein kleineres Kind, das offensichtlich noch nicht hundertprozentig sicher auf seinen Beinchen war, drückte mühsam die schwere Tür ein zweites Mal auf und fiel ebenfalls seinem Vater in die Arme.

„Hey, mein Schatz", sagte dieser und hob das Kind hoch, „ihr tut ja gerade, als wäre ich drei Jahre fort gewesen!" Cunningham lachte.

„Ich war heute mit Mama Hasen jagen, Papa! Ich hab einen dicken, fetten Präriehasen geschossen! Den essen wir heute Abend!", berichtete der ältere der beiden, den er Luke genannt hatte, begeistert.

Der Sheriff lächelte und verwuschelte die Haare seines älteren Sohns: „Das hast du gut gemacht, mein Sohn. Aber wo sind denn deine Manieren? Siehst du nicht, dass wir Gäste haben?"

Während Luke sie offensichtlich wirklich nicht wahrgenommen hatte, hatte sein kleinerer Bruder sie schon die ganze Zeit völlig emotionslos über die Schulter seines Vaters hinweg von oben bis unten gemustert.

„Oh", meinte Luke entschuldigend und streckte Amber die Hand hin, „ich bin Luke Cunningham."

Amber schüttelte ihm mit einem Lächeln die kleine Hand, ebenso wie Hazen.

„So, und jetzt rein mit euch", sagte Cunningham und setzte seinen kleinen Sohn wieder auf der Veranda ab. Die beiden verschwanden wieder im Haus.

„Amber… Marshall", stellte sich Amber nun endlich bei Cunninghams Frau vor und reichte ihr die Hand.

„Ich bin Abigail. Ihr könnt mich Abby nennen", sagte sie mit einem Lächeln.

„Hazen Donagan", stellte sich auch Hazen vor und Amber konnte nicht sagen, woran sie es erkannte, doch irgendetwas passte ihm in diesem Moment nicht. Lag es an ihrem kurzen Zögern, ihren Nachnamen zu nennen? Es war ihm doch bisher immer egal gewesen, wenn die Leute erfuhren, dass sie in „wilder Ehe" lebten. Aber was störte ihn dann?

„So, nichts wie rein", sagte Abby und beim Hineingehen fügte sie grinsend an ihren Mann gewandt hinzu, „das Essen ist gleich fertig."

„Wenn ich nicht wüsste, dass du den ganzen Tag mit wilden Pferden verbracht und das Essen selbst erlegt hast, würde ich dir das Hausfrauengetue fast abkaufen", erwiderte Cunningham mit einem Schmunzeln und legte seinen Arm eindeutig etwas zu tief um seine Frau, doch er schien sich nicht darum zu sorgen, was sie darüber denken könnten. Offensichtlich führten die beiden eine sehr interessante Beziehung, zumindest war Amber noch nie etwas Dergleichen untergekommen. Ihre Bewunderung für Abigail wuchs mit jeder Sekunde – sie verbrachte Zeit mit wilden Pferden und ging Jagen? Und hatte im Gegensatz zu Amber offensichtlich überhaupt keine Angst oder übertriebenen Respekt vor ihrem Mann, dem Sheriff, der dies jedoch von jedem anderen ganz automatisch entgegengebracht bekam?

Die Küche und das Esszimmer waren praktisch und mit einem Hauch Liebe eingerichtet. Offensichtlich legten beide keinen großen Wert auf Prunkgegenstände

oder unnötige Dekoration, jedoch merkte man doch sehr deutlich, dass hier eine liebende Familie zu Hause war. Luke kniete erwartungsvoll vor dem großen, schwarzen Ofen, in dem mit allergrößter Wahrscheinlichkeit der Hasenbraten schmorte, und sein kleiner Bruder hatte es ihm gleichgetan. Es war unverkennbar, dass er seinen älteren Bruder anhimmelte. Wie lange das wohl noch so sein würde?

„Setzt euch bitte", sagte Abby und wies auf den gedeckten Tisch, woraufhin sie Platz nahmen.

Es dauerte nicht lange, da war aufgetischt und Amber und Hazen, die den ganzen Tag kaum etwas gegessen hatten, lief das Wasser bereits im Mund zusammen, als Abby die Portionen auf die Teller verteilte.

„Das ist aber ein mächtiger Braten", sagte der Sheriff beeindruckt und Luke strahle vor Stolz. Die Jungs hatten sich ebenfalls auf ihre Plätze begeben, der Kleinere spielte bereits mit der Gabel. Amber hatte noch nie so eine Familie erlebt und plötzlich durchzuckte sie der Gedanke, wie sich die selbe Situation mit Hazen und ihr und ihren Kindern abspielte. Genau so könnte es sein...

Luke sprach schließlich stolz das Tischgebet und es herrschte reges Treiben beim Essen, ehe die Kinder schließlich zu Bett gingen.

Cunningham lehnte sich schließlich in seinem Stuhl zurück und fragte, wo das Land, auf dem sie das Gold gefunden hatten, zu finden sei. Amber war überrascht, wie gut er die Gegend kannte als er Hazens Beschreibung sofort folgen konnte. Offensichtlich war er viel im Hinterland unterwegs.

„Es ist schwer zu sagen, wie viele Männer dieser Snyder zusammenkratzen wird, doch ich bin mir fast sicher, *dass* er es tun wird, denn er hat nichts zu verlieren und viel zu gewinnen in diesem Spiel. Wir sollten kein Risiko eingehen, uns um genügend Männer kümmern und in den nächsten Tagen einen handfesten Plan ausarbeiten…"

Ein lautes Klopfen an der Eingangstüre unterbrach den Sheriff. Jeder von ihnen riss erschrocken die Augen auf und griff zu seinen Waffen. Sogar Amber hatte nach dem Revolver gefasst, den Hazen ihr gegeben hatte — auch wenn sie damit alles treffen würde, nur nicht ihr Ziel.

„Wer könnte das sein?", fragte Hazen im Flüsterton, „erwartet ihr noch Besuch?"

Cunningham schüttelte den Kopf: „Vielleicht einer der Männer. Macht vorsichtshalber eure Waffen bereit."

Sie taten wie geheißen, der Sheriff stand auf und nahm eine Flinte neben der Tür und lud sie. Er fasste an den Türgriff und drückte ihn nach unten. Ambers Herz pochte ihr in den Ohren. Sie hatte keine Ahnung, was sie gleich tun sollte, wenn eine Schießerei ausbrach. Aufstehen? Weglaufen? Unter den Tisch kriechen? Schießen? Oder auf Grund ihrer mangelnden Treffsicherheit lieber nicht? Langsam öffnete Cunningham die Tür mit angelegter Flinte und Amber hoffte inständig, dass er schneller abdrücken würde als der, der draußen stand. Sie konnte dem Drang nicht wiederstehen, sich die Ohren mit der Waffe in der einen Hand zuzuhalten.

„Anne!"

224

„Das ist ja eine Begrüßung!", sagte eine Frauenstimme.

Erstaunt ließ Amber die Hände wieder sinken. Cunningham öffnete die Tür. Draußen standen zwei Personen. Amber fiel sofort die lange, rote Lockenmähne der Frau auf, die dem Sheriff soeben in die Arme fiel. Puh, keine Verbrecher! Offensichtlich kannten sie sich.

„Anne, ich kann es kaum glauben!", rief Cunningham, „geht es dir gut? Wie ist es dir ergangen?"

Amber hörte das Schließen einer Tür und sah gerade noch, wie Abigail mit einem Freudenschrei durch die Küche rannte und die Frau beinah von den Füßen riss, als sie ihr in die Arme fiel.

„Anne, gottverdammt! Wie schön, dich zu sehen! Um Himmels Willen, wie geht es dir? Was hast du getrieben? Zum Teufel, wie lange haben wir uns nicht mehr gesehen?" Abby umarmte die Frau ein weiteres Mal und Amber hatte wirklich Angst, sie könnte sie ersticken. Doch diese Anne schien sich nicht weniger zu freuen ihrem strahlenden Gesichtsausdruck nach zu urteilen. Im Gegensatz zu Abby schien sie jedoch weitaus ruhiger zu sein. Amber kam sie seltsam bekannt vor.

„Ich hab euch so vermisst!", seufzte Anne und Amber hatte das Gefühl, als wäre Anne mehr als nur eine einfache Freundin, als würde sie zur Familie bei den Cunninghams gehören.

„Wen hast du denn bei dir?", fragte Cunningham schließlich, der den Mann hinter Anne bereits einige Sekunden gemustert hatte.

„Das ist Kaulder, mein Mann."

Alle Blicke fielen auf den dunkelblonden, gutaussehenden Mann, der Abigail und Jack soeben die Hand reichte. „Freut mich, euch kennenzulernen. Ich habe in der Tat schon viel von euch gehört." Er grinste.

„Verheiratet, so so! Mir scheint, du hast uns viel zu erzählen! Na, dann kommt mal rein!", rief Abby begeistert und Amber beobachtete, wie Jack die Tür sicher verschloss und die Flinte wieder griffbereit anlehnte, während die Neuankömmlinge auf den Esstisch zusteuerten. Amber stand automatisch auf.

„Amber, Kaulder, das sind Anne und Hazen. Sie...", Abigail zögerte und sah zu ihrem Mann.

Dieser warf einen kurzen Blick zu Anne, den Amber registrierte, jedoch nicht deuten konnte, ehe er sagte: „Sie sind heute zu mir gekommen, weil sie Hilfe benötigen." Sie war sich nicht gewiss, ob die anderen es auch bemerkten, doch Amber war sich sicher, dass er es absichtlich nicht weiter ausführte.

Im Laufe der nächsten Minuten bekam Amber das Gefühl, dass sie sich vielleicht lieber zurückziehen und die Leute allein ihre Geschichten austauschen lassen sollten. So ließen sie sich schon bald von Abby ein Zimmer im Obergeschoss zeigen, machten es sich dort gemütlich und fielen in einen unruhigen Schlaf.

Ungezügelt

Der Sheriff und Abigail empfingen sie am Morgen mit einem schmackhaften Frühstück. Amber hatte das Gefühl als hätte sie seit Tagen nichts gegessen. Womöglich lag das an ihrer unruhigen Nacht, dem vielen Kopfzerbrechen und den Sorgen. Sie war sich auch nicht sicher, ob Hazen wirklich geschlafen hatte. Falls nicht, dann hatte er versucht so zu tun, um sie zu beruhigen.

„Danke", murmelte Amber, als Abigail ihr einen heißen Kaffee einschenkte. Sie bemerkte nicht, dass Cunninghams Frau sie kritisch beäugte, Amber war heute Morgen fast noch mehr in Gedanken versunken als gestern Abend.

Als auch Abby sich schließlich zu ihnen setzte, fragte sie an ihren Mann und Hazen gewandt: „So, ich nehme an, ihr beiden werdet heute ein längeres Gespräch führen?"

Cunningham nickte: „So ist der Plan."

Abby trank von ihrem Kaffee: „Gut, dann zeig ich Amber die Pferde."

Es war nicht so, dass Amber etwas dagegen hatte, doch sie war ein wenig verwundert, dass Abby sie nicht fragte, ob sie denn überhaupt Lust dazu hatte. Sie hatte auch nicht das Gefühl, als hätte sie eine Wahl. Doch da sie heute sonst nichts vorhatte, beschloss sie nicht zu widersprechen. Zumal sie ihre Gastgeberin natürlich nicht vor den Kopf stoßen wollte.

Das Frühstück ging anschließend recht schnell von-

statten. Weder Cunningham, noch Hazen, waren sonderlich zu allgemeinem Geplänkel aufgelegt – und Abigail schien generell nicht der Typ dafür zu sein.

Anschließend folgte sie Abby nach draußen. Der Tag war viel zu schön für ihre Gemütsstimmung, die Sonne schien, ein laues Lüftchen ging und sogar die Vögel zwitscherten vergnügt. Die Vorstellung, die Probleme zu Hause für eine Weile zu vergessen, war zu verlockend, doch sie gewährte es sich nicht. Zu viel stand auf dem Spiel.

Sie beobachtete Abigails Gang und stellte fest, dass sich sogar in ihren Schritten ihre selbstsichere Art wiederspiegelte. Ob diese Frau je irgendwelche Zweifel hegte - an sich oder ihrem Leben? Vermutlich nicht. Sie wirkte wie jemand, der alles im Griff hatte. Selbst ihren Ehemann.

„Herrgott, wo ist denn Francis schon wieder? Immer wenn ich ihn brauche ist er verschwunden!", schimpfte Abby.

Amber schloss zu Abby auf. „Wer führt die Ranch, während dein Mann seinem Beruf als Sheriff nachkommt?"

„Ich", erwiderte diese kurz und knapp und mit absoluter Selbstverständlichkeit.

„Du?", platzte es aus Amber heraus, ehe sie es zurückhalten konnte.

Abigail zog die Augenbrauen hoch: „Ja, ich."

„Oh, wow...", stammelte Amber, die Abby nicht verärgern wollte und nun nicht mehr wusste, was sie sagen sollte.

Abby lachte: „Sei doch nicht so schüchtern! Ich tu dir nichts! Was spricht dagegen, dass ich die Ranch führe?"

Amber fühlte sich zugleich peinlich berührt und ermutigt sich etwas mehr zu entspannen.

„Ich… ich bin nur überrascht. Ich kenne keine Frau, die eine Ranch führt. Alleine."

„Du kommst aus der Stadt, oder?"

Amber wurde rot: „Ich hatte gehofft, man würde es nicht mehr so schnell bemerken…"

„Tut mir leid, Schätzchen, das ist unübersehbar. Aber lass dir eins gesagt sein – die Frauen hier sind ein wenig anders als die in der Stadt."

„Das hab ich schon bemerkt", sagte Amber und machte theatralisch große Augen.

Abby lachte abermals amüsiert auf und klopfte ihr auf die Schulter. Sie waren bei einem Paddock angekommen und Abby stützte die Arme auf der obersten Zaunlatte ab und stellte einen Fuß auf die unterste. Amber blickte ebenfalls über den Zaun auf ein falbfarbenes Pferd, das auf der anderen Seite stand.

„Sie würde sich am liebsten in Luft auflösen, wenn sie könnte", sagte Abby und betrachtete das Tier.

„Mag sie keine Menschen?", fragte Amber ins Blaue, schließlich hatte sie nicht viel Ahnung von Pferden.

Abby lachte auf: „Keins von ihnen mag Menschen, wenn sie hierherkommen."

„Warum nicht?"

Die Frau des Sheriffs sah sie an: „Sie sind wild. Wir holen sie von der Prärie, zähmen und verkaufen sie."

„Oh", sagte Amber nachdenklich, „das… ist sicher

nicht leicht."

„Ich mache das schon eine ganze Weile", sagte Abigail mit einem Lächeln, „jedes Pferd ist eine neue Herausforderung, aber bisher hab ich jedes von ihnen zähmen können."

„Du machst das?", fragte Amber abermals mit großen Augen.

Abby lachte: „Ja, ich mache das. Die Wildpferde sind mein Geschäft – Jack hat seine Rinder. Wobei ich mich darum auch zum Teil kümmere. Ich sagte dir ja, hier sind die Frauen ein wenig anders." Sie zwinkerte ihr zu.

„Ein wenig verrückter", stellte Amber fest.

Die Frau des Sheriffs lachte abermals: „Das mit absoluter Sicherheit. Sonst hältst du es in der Prärie nicht lange aus. Und mit diesen übergeschnappten Männern, die sich hier völlig in der Überzahl befinden."

„Ich habe jedoch nicht das Gefühl als hätten sie die Über*hand*", lachte Amber.

„Darauf kannst du Gift nehmen", sagte Abby, stieg über den Zaun und sprang in den Paddock hinein. Das beigefarbene Pferd mit den schwarzen Füßen und der schwarzen Mähne erschrak und wirkte auf Amber äußerst angespannt. Sie wusste nicht viel über Pferde, aber sie verspürte im Moment nicht den leisesten Drang, mit Abby zu tauschen.

Diese scheuchte das Pferd vorwärts, welches sogleich in wildem Galopp dahinstob und in Abigails Richtung ausschlug. Amber machte überrascht einen Schritt vom Zaun zurück und näherte sich nur langsam wieder, um mehr sehen zu können. Abby schien nicht halb so viel

230

Puls zu haben wie Amber, obwohl sie im Gegensatz zu ihr innerhalb des Zauns stand. Sie machte dem Pferd nicht viel Druck, doch es lief Runde um Runde in wildem Galopp und war schon bald schweißgebadet. Die Hufe ließen den lockeren Boden aufspritzen und teilweise geräuschvoll gegen die Holzbretter des Zaunes rieseln. Es schien eine Ewigkeit zu dauern, ehe das Tier schließlich müde und somit ruhiger zu werden schien.

„Sie senkt den Kopf. Bald wird sie lecken und kauen und langsamer werden", erklärte Abby ruhig.

Amber wären diese Zeichen sicher niemals aufgefallen, doch Abby hatte Recht. Nach einer Weile begann das Pferd in eine langsamere Gangart zu verfallen und einige Runden später leckte und kaute es tatsächlich.

„Woher weißt du das?", fragte Amber fasziniert, „ich habe noch nie auf so etwas geachtet."

„Wenn man mit wilden Pferden arbeitet, achtet man auf jedes noch so kleine Zeichen."

Abby ließ das schwer atmende Tier noch einige Runden ruhig laufen, ehe sie sich schließlich abwandte, den Blick senkte und auf etwas zu warten schien. Der Falbe verfiel schließlich in Schritt und hielt an. Er hielt den Kopf gesenkt, wirkte auf Amber etwas unschlüssig, ehe er auf Abigail zuging. Diese konnte ihn nicht sehen, da sie mit dem Rücken zu ihm stand und Amber überlegte kurz, ob sie sie warnen sollte, doch dann sah sie, wie Abby ihren Arm ganz langsam und ohne viel Spannung ein kleines Stück nach hinten streckte. Das Pferd prustete laut durch seine Nüstern und machte einen langen Hals, ehe es noch ein, zwei, drei kleine Schritte auf das

für ihn so fremde Wesen zumachte und zögerlich an Abbys Hand schnupperte, ohne diese zu berühren. Abby verharrte regungslos und Amber sah ein stilles Lächeln auf ihren Lippen liegen. Es war nicht schwer zu verstehen, dass das, was sie da tat, ihr große Freude zu bereiten schien.

„So, und jetzt du."

Amber machte große Augen: „Ich? Ich werde mich da keinesfalls draufsetzen…"

Abby lachte: „Um Himmels Willen, nein, dafür ist es noch zu früh. Du sollst lediglich eine Verbindung zu ihr aufbauen. Mach einfach nach, was ich gerade getan habe."

Jetzt war Amber es, die lachte: „Ich habe keine Ahnung, wie du es geschafft hast, dass dieses Pferd zu dir gekommen ist. Ich denke nicht, dass ich das kann."

„Das finden wir heraus." Und mit diesen Worten ging sie auf den Zaun zu, kletterte darüber und sah Amber auffordernd an. Offensichtlich meinte sie das sehr ernst.

„Abigail, ich kann das wirklich nicht. Ich habe keine Ahnung von…"

„Wenn du willst, dass man dir die Stadt nicht mehr sofort an der Nase ablesen kann, solltest du ein wenig vom Leben hier draußen in der Prärie kosten, meine Liebe. Man ist keine echte Frau des Westens, wenn man kein Pferd gezähmt hat."

„Also zähmt jede Frau hier draußen ein Wildpferd?", fragte Amber äußerst skeptisch.

Abby grinste: „Das nicht, aber was hast du denn sonst so getan, das dich zu einem Cowgirl machen würde? So

viel ich mitbekommen habe, baut Hazen an einer Ranch, richtig? Dort wird es viele Rinder geben. Und Pferde. Und die wollen gehändelt werden."

Jetzt, wo Abby es sagte, fiel Amber auf, dass sie bisher insgeheim gedacht hatte, dass Hazen das tun würde. Ausschließlich. Aber seit sie hier ein wenig in das Ranchleben hatte schnuppern können, drängte sich ihr langsam der Verdacht auf, dass er das womöglich gar nicht alleine schaffen würde. Und vor allem – wollte sie nur im Haus sein und sich um Wäsche, Essen und Kinder kümmern? Wo würde ihre Wildnis bleiben, die sie ja gerade erst für sich entdeckt hatte?

„Ich habe schon nach Gold gesucht, Blackjack gespielt, mich betrunken und einen Viehtrieb gemacht", zählte sie auf. Herrgott, das waren alles Dinge, die sie in der Stadt sicher niemals irgendjemandem erzählt hätte, sie hätte sich zu Tode geschämt! Und hier stand sie nun und prahlte beinah schon damit, stolz auf ihre Errungenschaften. Dass ihr diese Version der Realität weitaus besser gefiel, konnte sie nicht leugnen.

Abby machte eine beeindruckte Miene: „Dann fehlt ja nur noch, ein Pferd zu zähmen."

„Na gut, ich versuche es. Aber ich sag dir gleich, dass das nicht funktionieren wird", gab sie nach und kletterte den Zaun hinauf.

„Blackjack sagst du? Bist du gut?"

Amber hielt inne: „Nun ja, zumindest kein hoffnungsloser Fall."

Abby nickte nur und so begab sich Amber auf die Innenseite des Zaunes. Sie sah das Pferd, das sich den am

weitesten entfernten Punkt ausgesucht hatte, ratlos an.

„Und jetzt scheuche ich es einfach herum?", fragte sie verständnislos.

„Du scheuchst es nicht herum, du schickst es von dir weg. Das Pferd ist alleine und ein Pferd, das alleine ist, ist dort draußen Futter für die Wölfe. Zumindest in den meisten Fällen. Es wäre also lieber bei dir als dort alleine am anderen Ende des Zaunes zu stehen, aber dafür ist seine Angst noch zu groß."

„Und wenn ich es wegschicke, wird seine Angst nicht größer?"

„Vielleicht ein wenig, aber du sollst ihm keinen Druck machen. Versuch ihm zu vermitteln, dass du es einfach nicht bei dir haben möchtest – nicht, dass du es gerne jagen und fressen würdest."

Amber nickte. In der Theorie klang das irgendwie gut, in der Praxis konnte sie sich das Ganze noch nicht so vorstellen. Sie sah die Stute an und hob die Hand, um sie voranzutreiben. Doch sie wandte ihr stattdessen ihre Kehrseite zu und lief nervös am Zaun auf und ab. Amber bekam sogar Angst, dass sie hinauszuspringen versuchen könnte, obwohl der Zaun riesig war.

„Tritt hinter sie", hörte sie Abby, „gib ihr den Weg nach vorne frei, dann kann sie laufen."

Amber tat wie geheißen und schon stob die kleine, hübsche Stute davon und kreise wie zuvor um Abby nun um sie herum.

„Gut, jetzt achte auf die Zeichen", wies Abby sie an.

Was war das nochmal, überlegte Amber, *lecken, kauen, Kopfsenken. Okay...* Es dauerte etwas länger als bei Ab-

by, ehe die Falbstute ruhiger und damit langsamer wurde, schließlich den Kopf senkte und zu lecken und zu kauen begann. Sie wirkte nun weitaus entspannter als noch zu Anfang, der Unterschied war beeindruckend.

„Jetzt, wenn du das Gefühl hast, sie ist entspannt, wendest du dich langsam ab und schaust sie nicht mehr an."

Hm, dachte Amber, *wie entspannt?* Sie ließ sie noch ein paar Runden laufen, ehe sie ein leises „Jetzt" von Abby vernahm. Amber wandte sich langsam ab, während die Stute noch weiterlief und sah sie nicht mehr an. Es war ein merkwürdiges Gefühl, mit diesem wilden Tier in einem Raum zu sein und ihm nicht nur den Rücken zuzuwenden, sondern es auch noch aus seinem Blickfeld zu schneiden. Amber fand, dass das ein ziemlicher Vertrauensvorschuss war und sie fühlte deutlich, wie ihr Puls raste.

Nichts geschah.

„Treib sie nochmal fort. Und versuch ruhiger zu sein. Selbst ich kann deinen Herzschlag an deinem Hals ablesen", sagte Abby, „sie ist kein Wolf. Sie wird dich nicht fressen."

Aber vielleicht treten, beißen oder zu Tode trampeln? Nun gut, sie würde es versuchen. Sie trieb die Stute abermals an, wartete auf die erhofften Zeichen und wandte sich schließlich wieder langsam von ihr ab. Sie versuchte ihre Atmung zu kontrollieren und so entspannt zu sein wie sie konnte. Gerade als sie dachte, es täte sich wieder nichts, hörte sie Huftritte. Obwohl sie die Stute nicht sah, fühlte sie, dass sie sich ihr näherte.

Und schließlich fühlte sie warmen Atem auf ihrer Haut und das Kitzeln von Tasthaaren, ehe weiche Nüstern sie kurz und zögerlich berührten.

„Geh ein paar Schritte", flüsterte Abigail und Amber setzte sich vorsichtig in Bewegung. Es war unglaublich – die Stute folgte ihr!

„Jetzt seid ihr eine Herde", sagte Abby leise und strahlte mindestens so sehr wie Amber.

„Und jetzt? Kann ich sie streicheln? Oder hat sie immer noch Angst vor mir?"

„Das wird noch eine Weile dauern, bis du sie richtig berühren kannst. Aber den Grundstein hast du heute gelegt. Du bist der erste Mensch, der sie je berührt hat."

Amber machte große Augen und verspürte plötzlich eine unsagbar große Dankbarkeit diesem Tier gegenüber. Obwohl es Angst vor ihr hatte und Amber die meiste Zeit keinen Plan von dem hatte, was sie tat, war es, als hätte es ihr sein Herz geöffnet. Sie blickte in die dunklen, warmen Augen der Stute und hätte ihr nur zu gern über die Stirn gestrichen. *Bald*, versprach sie ihr, auch wenn sie nicht wusste, ob sie dieses Versprechen würde halten können.

„Jetzt komm, lass uns mal sehen, ob unsere anderen Gäste bereits aus dem Bett gekrochen sind."

Amber ertappte sich dabei, wie sie gerne noch geblieben und weiter mit der Stute trainiert hätte, doch sie verabschiedete sich mit einem letzten glücklichen Lächeln von ihr und folgte Abby, nachdem sie wieder über den Zaun geklettert war.

„Wann trainierst du weiter mit ihr?", fragte sie.

236

„Vielleicht heute Nachmittag."

„Meinst du, ich dürfte dir wieder zusehen?"

„Klar", sagte sie, „hast Blut geleckt, hm?"

„Ich mag sie."

„Sie ist eine Schönheit. Klein und zäh, genau richtig für diese Gegend. Sie wird mal ein gutes Reitpferd abgeben."

Hazen setzte sich auf die Bank auf der Veranda und zündete sich eine Zigarillo an. Er blickte auf die Ranchgebäude und Paddocks und verfluchte Snyder dafür, dass er seine Zukunft, die ziemlich genau so aussehen würde wie das, was sich ihm hier gerade bot, bedrohte. Er hoffte, dass er all das für Amber und sich möglich machen könnte und man ihm diese Chance nicht nehmen würde. Dafür würde er verdammt nochmal alles tun!

Er hatte den halben Vormittag mit Jack, dem Sheriff, gesprochen und sie waren sich ihres Planes schon recht sicher. In den nächsten Tagen würden sie sich mit ausreichend Feuerkraft und Verpflegung eindecken. Obwohl Hazen erstaunt war, wie viel Waffen und Munition der Sheriff hier auf seiner Ranch hatte – es reichte beinah schon aus, um einen kleinen Krieg zu führen!

„Na, habt ihr einen guten Plan ausgeheckt?"

Kaulder, der Mann, der gestern Abend mit seiner Frau angekommen war, trat zur Veranda hinaus und tat es Hazen gleich: Er lehnte sich an, zog eine Zigarillo hervor und nahm genüsslich den ersten Zug. Er wirkte etwas älter als er vermutlich war, was Hazen auf ein

aufreibendes Leben zurückführte. Vermutlich hatte er einige Höhen und Tiefen hinter sich.

„Einen Plan haben wir. Ob er gut ist, wird sich noch herausstellen", erwiderte er.

Kaulder trug sein Haar etwas länger und wirkte dadurch ziemlich lässig – Hazen war ihm zumindest gerade neidig um seine Entspannung. Er selbst fühlte sich als würde er pausenlos ein viel zu schweres Gewicht stemmen.

„Darf ich fragen, was euch zugestoßen ist?"

Hazen wägte ab. Anne, Kaulders Frau, schien eine gute Freundin der Familie zu sein, aber Kaulder schienen Jack und Abigail bis gestern noch nicht gekannt zu haben. Hazen hatte keine Ahnung, ob er ihm trauen konnte.

„Eine Bande ist uns auf den Versen", sagte Hazen.

Kaulder nickte und pustete den Rauch langsam seitlich hinaus. „Verstehe."

„Wo kommt ihr her?", fragte Hazen – nun durfte er ja wohl auch neugierig sein.

„Nördlich von Johnstown. Größere Stadt, namens Greencut. Haben dort etwas... Recherche betrieben."

„Recherche?"

Kaulder verzog den Mund: „Ich darf noch nichts sagen. Anne wird das heute vermutlich erledigen."

Nun war Hazen es, der nickte und den Rauch langsam zwischen den Lippen hindurchgleiten ließ.

„Verstehe."

Sie schwiegen eine Weile und beobachteten die Pferde und Rinder in den Paddocks und das ruhige Treiben auf

der Ranch.

„Was hast du vorher gemacht?", fragte Kaulder.

„Vorher?"

„Bevor ihr vor der Bande geflüchtet seid."

Hazen wägte ab. Er log nicht gerne. Doch er wusste immer noch nicht, ob er ihm trauen konnte. Er beschloss jedoch, dass er mit der Wahrheit nicht zu viel preisgab. „Goldwäscher."

Nun bekam Kaulder große Augen: „Goldwäscher? Wirklich? Ich auch! Also, nicht bevor wir hierherkamen, aber früher."

„Tatsächlich?", fragte Hazen erstaunt und konnte sich immer schwerer gegen die Sympathie, die er Kaulder gegenüber empfand, wehren. Schon bald verstrickten sich die beiden in interessiertes Fachgeplänkel und tauschten Erfahrungen und Geschichten aus.

„Ich hab irgendwann aufgehört. Das Gold hat so viele Menschen zu hässlichen Monstern werden lassen… mich eingeschlossen."

Hazen zog die Augenbrauen hoch: „Gier holt nicht gerade das Beste im Menschen hervor."

„Wahre Worte. Und wo hast du geschürft?"

„Ein Fluss, nicht weit von zu Hause."

„Und, was gefunden?"

Hazen nickte. „Aber das bleibt zwischen uns beiden." Er war sich nicht sicher, ob er nicht einen Fehler beging, diese Informationen preiszugeben. Doch er konnte weder Heimtücke noch Bösartigkeit bei Kaulder finden.

„Darauf kannst du dich verlassen."

Sie schwiegen eine Weile, rauchten und hingen ihren

Gedanken nach, ehe Kaulder schließlich fragte: „Ist euch die Bande deshalb auf den Versen?"

Nun, er war nicht auf den Kopf gefallen, so viel stand fest. Hazen sah keinen Sinn mehr darin, die Wahrheit zu verheimlichen. Er hoffte einfach, dass er es nicht bereuen würde. Er nickte.

„Gab es eine Schießerei?"

Hazen schüttelte den Kopf: „Nein. Sie kamen und nahmen alles, was wir bisher gefunden hatten. Anschließend sind sie von dannen geritten, doch ich bin mir sicher, die kommen wieder. Solche kommen immer wieder..." Er seufzte: „Vermutlich steht mittlerweile nichts mehr von unserem Planwagen und dem Fundament, das ich für unser Haus gebaut habe. Ich könnte..." Er ballte die Hand zur Faust.

Kaulder musterte ihn und ließ eine Rauchwolke aufsteigen: „Weißt du, ich hab einen Hang mich in Lebensgefahr zu begeben. Und wir haben in nächster Zeit keinen festen Plan, wo es uns hinverschlagen soll. Ich biete euch gerne unsere Hilfe an."

Hazen konnte mit dieser Großzügigkeit eines für ihn Fremden im ersten Moment nicht umgehen. Er hatte in letzter Zeit viel zu wenig mit Menschen zu tun gehabt und schon gar nicht mit welchen, die ihm gutgesonnen waren. Also scherzte er: „Du schickst deine Frau in eine Schießerei?" Schließlich hatte er ja von „ihrer" Hilfe gesprochen. Damit konnte er nur seine Frau meinen.

Kaulder verzog keine Miene: „Schon mal von der Muse des Henkers gehört?"

Hazen schüttelte den Kopf.

„Anne war lange Zeit Artistin in einer Wild-West-Show. Sie trat dort als Schießkünstlerin auf. Glaub es oder nicht – wenn nicht, wirst du noch dein blaues Wunder erleben – ich kenne keine Frau und erst recht keinen Mann, der so schnell und zielgenau schießt wie sie."

Hazen konnte das irgendwie nicht ganz glauben. Nicht, dass er keine Frauen kannte, die gut mit einem Schießeisen umgehen konnten. Doch er vermutete, dass Kaulder im Hinblick auf seine Frau vielleicht etwas übertrieb.

„Dann kann sie ja nur ein Gewinn sein", sagte er.

Amber und Abigail fanden Anne bei einem der abgelegeneren, größeren Paddocks. Sie sahen sie schon von weiter weg, sie stand auf der untersten Latte des Zaunes und betrachtete offenbar die Pferde dort.

„Na, gefällt dir eins? In drei Monaten mach ich dir ein gutes Reitpferd daraus. Für dich zum Familienpreis", rief Abby ihr zu und grinste.

Anne wandte sich um und sprang vom Zaun: „So gut wie die aussehen, werde ich mir wohl nicht mal den Familienpreis leisten können!"

Abby lachte und umarmte ihre Freundin. Den Arm immer noch um ihre Schulter gelegt schlenderten sie zwei Schritte zurück, bis sie wieder bei den Pferden standen.

„Die hier sind so viel wilder... man sieht es am Blick in ihren Augen. Sobald sie durch deine Hände gegangen sind, wird dieser Blick ganz sanft", bemerkte Anne.

241

Abby lächelte: „Ich hab dich vermisst."

„Ich dich auch", seufzte Anne, „und ich hab Neuigkeiten. Aber vielleicht solltest du dich setzen…"

„Seh ich so aus als würden mich ein paar Worte von den Füßen reißen? Ich bin zwar älter als du, Miss Hastings, aber noch lange nicht gebrechlich!"

„Miss Ross", korrigierte Anne.

„Also, schieß schon los!"

Amber fühlte sich etwas fehl am Platz: „Ich lasse euch lieber kurz alleine."

„Nichts da!", rief Abby, „solange man Gast auf dieser Ranch ist und unter meinem Dach schläft, gehört man zur Familie. Also?"

Abby sah Anne auffordernd an. Amber blieb, obwohl sie sich nicht ganz sicher war, ob es Anne recht war, doch Abbys Anweisungen entzog man sich nicht so leicht, das hatte sie mittlerweile schon mehrmals festgestellt.

„Also gut", begann Anne, „die Geschichte ist unglaublich lang, aber ich werde sie etwas abkürzen, weil ich dir unbedingt etwas sagen muss. Ich habe lange Zeit in einer Wild-West-Show als Schießkünstlerin gearbeitet. War ziemlich aufregend, wir sind viel herumgereist. Da habe ich auch Kaulder kennengelernt. Nun ja, wir mussten schließlich fliehen und haben die Show verlassen und seither reisen wir gemeinsam durchs Land. Und haben geheiratet. Und… alles fühlt sich verdammt richtig an, weißt du, wie ich meine?"

Abby nickte: „Ja, hin und wieder hab ich dieses Gefühl mit Jack auch."

Sie lachten.

„Also", fuhr Anne fort, „trotzdem hatte ich das Gefühl, dass noch etwas fehlt. Ich weiß nicht, ich habe mich immer noch unvollständig gefühlt. Wir sind zu dem Waisenhaus geritten, in dem ich groß geworden bin, um etwas über meine Herkunft herauszufinden. Ich hab erfahren, dass meine Mutter mich dort abgegeben hat. Aber ich erfuhr noch etwas!"

Abby und Amber lauschten mittlerweile gespannt. „Nun sag schon!", drängte Abby.

„Sie haben es mir damals als Kind nicht gesagt, um mich zu schützen. Doch ich habe noch zwei Geschwister. Ich war völlig überwältigt. Da meine Mutter offensichtlich eine Prostituierte war, hatten sie versucht, meine Geschwister zu finden, da sie nicht wussten, was mit ihnen geschehen war – jedoch ohne Erfolg. Sie... sie hatten lediglich dieses Foto von einer meiner Schwestern..."

Anne zog ein kleines, zerfleddertes Bild hervor und reichte es Abigail. Amber konnte leider nichts erkennen.

„Das...", entfuhr es Abby atemlos, „Anne, das... ist das... also... heißt das, ich bin deine Schwester?"

Anne nickte verunsichert. Amber machte große Augen. Im nächsten Moment brachen die beiden in Gekreische, Gejauchze und Gehüpfe aus und Amber freute sich unweigerlich auch für die beiden. Sie griff nach dem Foto, das zu Boden flatterte, hob es auf und betrachtete das Mädchen darauf. Es wirkte wie jedes andere, brave Kind in diesem jungen Alter, bis auf die Augen. Die Augen waren wild und vermittelten den Ein-

druck, als wäre sie nicht gerne für dieses Foto stillgesessen mit sauberen Klamotten und sorgfältig geflochtenen Haaren.

Es war unverkennbar Abigail.

Hazen saß gemeinsam mit Jack und Kaulder auf der Veranda. Sie spielten Karten und unterhielten sich dank des Whiskeys recht angeheitert. Der Abend war noch jung, die Sonne begann gerade erst hinter dem Horizont zu verschwinden. Wäre da nicht das ungute Gefühl von der Gefahr in der Ferne – Zuhause – dann hätte sich die Stimmung ziemlich friedlich angefühlt. Überhaupt fühlte sich Hazen ziemlich wohl auf der Ranch bei den Cunninghams. Eigentlich kam man sich nach wenigen Stunden vor wie ein Teil der Familie, sodass er sogar schon darüber nachgedacht hatte hierzubleiben und sein Land sich selbst zu überlassen. Aber das wäre natürlich völliger Unsinn – schon allein wegen des ganzen Goldes, das sich beim Wasserfall verbarg.

Den ganzen Tag über hatte Hazen Amber nicht viel zu Gesicht bekommen. Abby hatte sie in Beschlag genommen und da er Ambers Bewunderung für Abby bereits bemerkt hatte, hatte er nicht das Gefühl als müsse er sie aus einer unangenehmen Situation retten. Er freute sich, wenn sie ihren Spaß hatte. Es war sicher schon sehr, sehr lange her, dass sie viel Zeit mit zwei Frauen verbracht hatte. Ganz zu schweigen von *solchen* Frauen. Je länger Hazen nämlich am Tisch saß, desto mehr erfuhr er über Jack und Kaulder – und ihre besseren Hälften.

244

„Wie war nochmal der Künstlername von Anne?", fragte Jack, der von ihnen allen am meisten betrunken zu sein schien.

„Die Muse des Henkers", grinste Kaulder und hatte bereits etwas Schwierigkeiten, die Wörter in angemessener Geschwindigkeit auszusprechen.

„Ich glaub, ich hab ein wenig Angst vor ihr." Jack kicherte.

Doch Kaulder hob warnend den Finger: „Pass bloß auf, man sollte sie nicht reizen. Hab ich schon am eigenen Leib erfahren. Keiiiine gute Idee."

„So? Hat sie dir den Revolver vor die Brust gesetzt?", lachte nun Hazen.

Kaulders Miene war immer noch ernst – so ernst ein Betrunkener eben sein konnte: „Nicht nur einmal, mein Freund. Nicht nur einmal."

„Vor dem Altar auch?", lachte Jack und trank aus seinem Whiskeyglas.

„Ich hab nicht gewagt nachzusehen", entgegnete Kaulder und die drei Männer brachen abermals in schallendes Gelächter aus.

„He, ihr macht mir ja die Pferde scheu mit eurem Gebrüll!" Abigail hatte die Hände in die Hüften gestützt und grinste belustigt. Die drei Frauen waren offensichtlich von weiß Gott woher zurückgekommen und sahen ihre drei angeheiterten Männer mit hochgezogenen Augenbrauen an.

„Jetzt musst nur noch du die Hände in die Hüften stützen, Amber, dann ist das Bild perfekt!", rief Kaulder lachend, denn Amber war die einzige, die dies nicht tat.

Kommentarlos hob sie die Hände, legte sie auf ihre Hüften und zog die Augenbrauen vielsagend hoch. Wie die drei da standen, das war ein Bild für Götter. Hazen wäre beinahe von seinem Stuhl gekippt vor Lachen.

„Ich weiß nicht", Hazen rang nach Luft, „ob es so gut ist, wenn ich sie mit euren beiden *Ladies* den ganzen Tag herumlaufen lasse. Ich weiß wirklich nicht, ob ich das will…"

Wieder lachten sie und die Frauen schüttelten die Köpfe.

„Deine *Lady* hier hat ein verdammt geschicktes Händchen beim Blackjack, wusstest du das?", fragte Abby provokant.

Hazen verschluckte sich beinah an seinem Whiskey: *„Ihr habt Blackjack gespielt?"*

„Komisch", sagte Amber mit Unschuldsmiene, „genau diesen Satz habe ich doch schon Mal von dir gehört, oder nicht?"

Abby klatschte belustigt in die Hände und klopfte Hazen auf die Schulter, als sie auf die Veranda nach oben ging. „Du wirst es noch bereuen, sie mir überlassen zu haben."

Dann erhob sie die Stimme und sah vor allem Jack an: „Jack, ich weiß, dass da drinnen noch ein kleiner, ernstzunehmender Teil von dir ist und der sollte jetzt gut zuhören, denn wir haben dir etwas Wichtiges zu erzählen."

Anne ging zu Abby und Amber blieb auf der Treppe stehen und lehnte sich ans Geländer. Hazen konnte aus ihrem Gesicht ablesen, dass sie bereits wusste, was Abby

und Anne für eine Neuigkeit zu verkünden hatten. Offensichtlich waren sich nicht nur die Männer nähergekommen. Und Kaulder hatte einen ähnlich vielsagenden Ausdruck.

„Ich bin ganz Ohr", sagte Jack und sah seine Frau aufmerksam an.

„Anne ist nach Greencut geritten in das Waisenhaus, in dem sie als Kind untergebracht gewesen war. Sie wollte mehr über ihre Familie erfahren. Sie fand heraus, dass sie noch zwei Geschwister hat – und eines davon, mein Liebster, bin ich!", rief sie begeistert.

„Was?", fragte Jack entgeistert, „wie kann das sein?"

„Hier", sagte Anne und zog einen kleinen Zettel hervor, den sie Jack reichte.

Er ergriff ihn und starrte darauf, ehe sich sein Gesicht langsam zu einem belustigten Ausdruck verzog. „Pfffff, bist das du?" Er sah Abigail an, offensichtlich handelte es sich bei dem Fetzen um ein Foto.

Abby verschränkte die Arme: „Jawohl, jung und gesittet."

Jack lachte: „Tut mir leid, aber ich suche die ganze Zeit nach dem Heu, das dir irgendwo in den Haaren hängt…"

Abby riss ihm das Bild aus der Hand: „Gib das her, verdammt nochmal!"

Jack kniff die Augen zusammen: „Du willst mir also sagen, dass dieses Teufelsweib und du der gleichen Brut entsprungen sind?"

Abby und Anne standen sogleich Arm in Arm vor Jack und nickten eifrig.

„Wir sind Schwestern, ihr seid Schwager, Anne ist zweifache Tante, Kaulder ist zweifacher Onkel und ich glaube nicht, dass euer Leben künftig einfacher wird, liebe Männer."

Stürmisch

Ihre Pferde trabten zügig dahin. Beinah im Gleichschritt setzten ihre Hufe auf dem trockenen Prärieboden auf. Die Männer hielten die Lederzügel locker in den Händen und dirigierten die Pferde um größere Felsen und Büsche herum. Kaulder und Hazen waren gleich am Morgen in die Stadt geritten um noch eine extra Ladung Munition zu besorgen. Obwohl Hazen immer noch glaubte, dass das, was sich bereits auf der Ranch befand, bereits locker ausreichen würde.

„Sollen wir eine kurze Pause einlegen?", rief Kaulder über das Trommeln der Hufe und Knarzen der Sättel hinweg.

Hazen nickte: „Klingt gut."

Sie verlangsamten ihre Tiere und hielten sie schließlich in der Nähe eines kleinen, kargen Bäumchens an. Den Pferden kam die Pause sicher gelegen, denn sie waren flott geritten. Ein sanfter Wind wehte heute über die Prärie und die Temperaturen waren angenehm. Kaulder und Hazen stiegen ab, banden die Pferde an und zündeten sich jeweils eine Zigarillo an.

Noch angeheitert und gut gelaunt vom gestrigen Abend hatten sie den ganzen Vormittag über Frotzeleien und mehr oder weniger sinnvolle Lebensweisheiten ausgetauscht. Hazen war zu dem Schluss gekommen, dass Kaulder ein guter Kerl und schwer in Ordnung war.

„Deine Frau", fragte Kaulder zwischen zwei Zügen,

„wie lange ist das her?"

„Fünf Jahre." Er hatte ihm bereits von Catherine erzählt.

Kaulder sagte nichts mehr und gerade als Hazen dachte, das Thema wäre damit beendet, sagte er: „Anne hat ihren Ehemann vor ungefähr der gleichen Zeit verloren. Er... wurde sehr grausam ermordet."

Hazen holte tief Luft und ließ seinen Blick in die Ferne schweifen: „Dann haben wir wohl eine unschöne Gemeinsamkeit." Das erklärte dann wohl auch diesen gewissen Blick in Annes Augen – und vielleicht auch, warum sie gelernt hatte, wie man ein Schießeisen schneller zieht als alle anderen. Auch er hatte sich doch die ein oder andere Barrikade aufgebaut, oder nicht?

„Sie...", Kaulder räusperte sich, „denkt noch sehr oft an ihn. Denkst du oft an deine Frau?"

„Jeden verdammten Tag."

„Wird es irgendwann leichter?"

Hazen holte tief Luft und sah auf seine Zigarillo. „Ich weiß es nicht. Ich denke, man lernt mit dem Schmerz zu leben." Er nahm einen Zug, ehe er wieder nach unten blickte. „Seit Amber da ist, ist es leichter."

Kaulder sagte lange nichts, doch Hazen spürte, dass er über etwas nachdachte.

„Weißt du, Hazen, manchmal, da hab ich Angst, nicht genug zu sein. Ich bin ein verdammt lausiger Charakter, ehrlich, sie hätte etwas viel Besseres verdient und verdammt, die meiste Zeit über befürchte ich, dass sie jede Minute aus meinem Leben verschwinden könnte."

„Sie ist eine verdammt unabhängige Frau, mein

Freund. Ich kann mir gut vorstellen, dass dich das nervös macht. Aber selbst ein Blinder kann erkennen, dass sie dir absolut verfallen ist. Ich kann zwar nicht nachvollziehen, warum, du bist nämlich nicht nur ein lausiger Charakter, sondern auch ein lausiger Kartenspieler, aber Frauen habe ich sowieso noch nie verstanden." Er lachte und klopfte Hazen auf die Schulter.

Dieser lachte ebenfalls und schüttelte den Kopf: „Ich werd wahrscheinlich nie schlau aus dieser Frau werden."

Hazen zuckte die Schultern, während er zurück zu seinem Appaloosa ging: „Das würde ja auch voraussetzen, dass mehr in deinem Schädel wäre als nur ein Bauschen vertrocknetes Präriegras um den leeren Platz auszufüllen."

Sie saßen nacheinander auf und lenkten ihre Pferde zurück auf ihren Kurs.

„In meinem Kopf ist zumindest *etwas*", konterte Kaulder, ehe sie ihre Tiere antrieben und den letzten Teil des Heimwegs antraten.

Abigail legte lachend ihre Karten auf den Tisch. „Amber Marshall, ich hab das Gefühl, du wirst jedes Mal besser! Ich kann nicht glauben, dass du schon wieder gewonnen hast!"

Amber hob beschwichtigend, jedoch grinsend, die Hände: „Irgendetwas muss ich auch gut können, oder?"

„Du warst heute ziemlich gut mit der wilden Buckskin-Stute."

„Nur, weil du mir jeden Schritt vorgibst."

Anne meldete sich zu Wort: „Glaub mir, du hast ein

Händchen für Pferde. Ich hab euch heute zugesehen."

„Naja, bis ich so gut bin wie ihr, wird noch viel Zeit ins Land ziehen."

„Du würdest dich wundern", sagte Anne, „es gab eine Zeit, da bin ich schlechter geritten als du heute."

„Ehrlich? Wie alt warst du da? Drei?"

Die Frauen lachten, ehe Anne meinte: „Nein, ich meine es ernst. Ich habe erst so richtig Reiten gelernt, als ich mit dem Hangman-Circus umhergezogen bin. Kaulder hat es mir beigebracht." Ein Lächeln huschte über ihre Lippen.

„Das kann ich mir überhaupt nicht vorstellen. Und kannst du wirklich so gut schießen, wie alle sagen?"

„Wer ist denn alle?", lachte Anne, „falls du Kaulder meinst, der neigt, was seine Frau betrifft, etwas zur Übertreibung. Aber ja, ich denke, ich kann ganz gut mit Schießwaffen umgehen. Ich kann dir morgen ein bisschen was beibringen, wenn du magst. Nimmt Hazen dich mit in den Kampf?"

„Wir haben noch nicht darüber gesprochen", sagte Amber, „aber ich wäre wohl mehr ein Hindernis als eine Hilfe. Also werde ich wohl eher hier sitzen und warten…"

Anne und Abby tauschten einen Blick aus, den sicher nur die beiden deuten konnten.

„Was sind das eigentlich für Schwierigkeiten, in denen ihr steckt?", fragte Anne.

Amber ließ die Schultern hängen. Sie zögerte nicht damit, ihre Geschichte zu erzählen, sie vertraute den beiden Frauen vollkommen. „Wir haben Gold auf unse-

rem Land gefunden und ein Freund hat uns an eine Bande verraten. Nun sitzen die vermutlich in unserem Zuhause und graben den Fluss um…“

„Eine Bande?“, fragte Anne. Amber bemerkte nicht, wie Abby sich versteifte und Anne mit ihren Blicken davon abhalten wollte, zu viel zu erzählen. Genauso wenig konnte sie den speziellen Tonfall in Annes Stimme deuten.

„Ja, eine Bande“, bestätigte sie ungeniert, „Abtrünnige dieser Portman-Bande, von der hier immer noch viele reden, obwohl Jack sie schon vor Ewigkeiten ausgelöscht hat.“

„Es tut mir leid, Anne, wir wollten es dir eigentlich nicht sagen…“, begann Abby, wurde jedoch von Anne unterbrochen.

„Wie können noch welche von ihnen übrig sein?“

Abby seufzte: „Sie haben sich von der Bande abgesetzt, bevor die Sache in Raider's Landing stieg. Hatten wohl den richtigen Riecher.“

„Wie übel ist es?“, fragte Anne an Amber gewandt.

„Sind wohl ziemlich miese Kerle so viel ich weiß…“

„Das wundert mich gar nicht.“

„Was… ist mit dieser Bande?“, fragte Amber vorsichtig, da sie nicht verstand, was die beiden hier verbargen.

Sie sah Abigail zum ersten Mal, seit sie sie kannte, betreten zu Boden sehen. Auch Anne hatte den Blick niedergeschlagen, holte nach einer Weile Luft und sprach, ohne Amber anzusehen: „Diese Bande hat mir Unbeschreibliches angetan. Und sie hat meinen Mann ermordet.“

„Woraufhin Anne deren Anführer erschossen hat", fügte Abby hinzu.

Amber wollte nicht glauben, was sie da hörte. Was musste Anne nur durchgemacht haben!

„Es… es tut mir leid…"

„Schon gut, je öfter ich darüber sprechen kann, desto leichter wird es vielleicht irgendwann." Anne schenkte ihr ein kurzes Lächeln.

„Ich denke, wir sollten jetzt zu Bett gehen. Ich für meinen Teil jedenfalls", sagte Abby mit einem knappen Lächeln und erhob sich.

Amber fühlte sich schlecht, sie hatte irgendwie das Gefühl, die Stimmung ruiniert zu haben. Anne jedenfalls war noch blasser als sonst. Sie verließen die Scheune, in der sich ihr Blackjack-Tisch befand, und traten in die Nacht hinaus.

„Francis ist schon wieder nicht da", murmelte Abby mit einem Blick zu dem Gebäude, in dem die Arbeiter untergebracht waren.

„Ich wollte nicht den Abend ruinieren…", murmelte Anne schuldbewusst.

Anne legte eine Hand auf ihre Schulter: „Alles gut, Kleine, hast du etwa noch nicht oft genug gewonnen?"

Am übernächsten Tag war es soweit. Der Plan stand, die Vorräte waren gesammelt und die Pferde gesattelt. Ihre Unternehmung war im Begriff zu beginnen. Die letzten Männer saßen soeben auf. Hazen checkte nochmal, ob er wirklich alle Vorräte und genügend Munition dabei und vor allem auch griffbereit hatte, falls sie über-

raschend angegriffen werden sollten.

„Männer", sagte Jack zu der mehrköpfigen Truppe, „seid wachsam, wenn wir unterwegs sind. Wenn Snyder klug ist, hat er Späher ausgesandt."

Gerade als sie sich in Bewegung setzten wollten, hielt ein lautstarkes „Hey!" sie zurück. Hazen fuhr herum und traute seinen Augen nicht. Amber, Abby und Anne kamen mit ihren Pferden an den Zügeln auf sie zu. Und sie sahen nicht so aus, als würden sie den Tag mit Pferdezähmen und Blackjackspielen verbringen. Eine jede von ihnen hatte eine Satteltasche dabei und eine Waffe am Hüftgürtel oder über der Schulter hängen. Am meisten jedoch verblüffte ihn Amber – sie hatte sich offensichtlich Kleidung von einer der beiden Frauen geliehen und stand ihnen in nichts nach.

„Denkt ihr etwa, ihr zieht ohne uns los?", fragte Abby mit verschränkten Armen.

„Abby, du weißt doch, dass sich jemand um die Ranch kümmern muss. Was soll das?", fragte Jack.

Eine Frau trat aus dem Schatten einer der Scheunen zu der Truppe.

„Darf ich vorstellen", sagte Anne, „das ist Tressa. Sie lebt auf einer Ranch nicht weit von hier und wird sich hier um alles kümmern."

Jack wirkte wenig überzeugt: „Und wer kümmert sich um ihre Ranch?"

„Mein Mann", antwortete Tressa resolut an Annes Stelle.

„Tressa hat damals auf Luke aufgepasst", fügte Anne hinzu und die Situation schien sich zu drehen, obwohl

Hazen nicht verstand, weshalb.

„Aber Amber", sagte Hazen und räusperte sich, „Amber bleibt hier. Es tut mir leid, aber das wäre zu gefährlich. Du kannst nicht mal ein Schießeisen halten."

„Das kann sie sehr wohl", widersprach ihm Anne, „wir haben geübt. Und wir haben noch einige Tage, um zu üben, bis wir ankommen. Sie stellt sich überhaupt nicht blöd an."

Hazen war nicht einverstanden, doch Jack und Kaulder sahen nur zu Boden. Allein hatte er nicht das Gefühl, als käme er gegen die drei Frauen an und er wusste nichts mehr zu sagen.

„Anne schießt wie der Teufel", meinte Kaulder schließlich schulterzuckend.

„Abby weiß sich auch zu helfen", meinte Jack mit entschuldigendem Blick.

Hazen schüttelte den Kopf: „Ich halte das für keine gute Idee."

„Gut", meldete sich nun Amber zu Wort, „dass ich nicht um Erlaubnis bitten muss."

Sie saß auf, gefolgt von Abigail und Anne und ritt mit entschlossenem Blick an ihm vorbei.

Die Truppe, ein jeder gefühlt bis auf die Zähne bewaffnet, bewegte sich zielstrebig fort. Leder knarzte, Metall schepperte, Hufe trampelten und Pferde schnaubten. Je länger sie jedoch unterwegs waren, desto mehr entspannte sich die zu Anfang etwas düstere Stimmung. Amber verbrachte die Zeit damit, ihre Mitstreiter genauer unter die Lupe zu nehmen. Allen voran

war natürlich Jack, der die Meute anführte. Und das nicht nur, weil er der Sheriff war, Amber war sich sicher, dass er auch in jeder anderen Position zum Anführer geworden wäre. Und das, ohne, dass er es aussprechen müsste – es war einfach so.

Ihm folgten Hazen, Kaulder und Tom. Annes Mann und Hazen schienen offensichtlich eine Freundschaft zu entwickeln. Die beiden verhielten sich so als würden sie sich schon ewig kennen und Amber freute sich für Hazen. Sie wusste außer von Charly, den man ja nun nicht mehr als solchen betiteln konnte, nicht, dass er so etwas wie einen Freund hatte, nicht einmal irgendwelche über ein „Hallo" hinausgehenden Beziehungen.

Tom war ein Schrank von einem Mann, weshalb er wohl auch das größte und kräftigste Pferd ritt. Man erkannte sofort, dass er für Jack sein Leben gäbe und ihm absolut ergeben war. Er wirkte sehr ruhig und gelassen mit seinem üppigen Bart und den tiefliegenden, braunen Augen, die unter seiner riesigen Hutkrempe hervorblickten. Doch Amber war sich sicher, dass in dieser Ruhe auch jede Menge Kraft – um nicht zu sagen, Gewalt – verborgen lag. Sie war sich sicher, dass der Schein trog und dieser Mann jederzeit das, was gut und recht war, durchsetzte. Egal wie.

„Leute, ich mache einen kurzen Umweg. Ich folge später euren Spuren zum Abendlager", zog ein hagerer, hochgewachsener Mann plötzlich die Aufmerksamkeit auf sich. Francis. Er gab niemandem die Gelegenheit nachzufragen, riss sein Pferd herum und galoppierte von dannen. Einige der Männer warfen argwöhnische Blicke

zu Jack, doch dieser reagierte nicht. Kaulder und Hazen wechselten ein paar leise Worte und Amber registrierte plötzlich einen sehr kurzen Blickkontakt zwischen Jack und Tom, der allen anderen entging. Also fand auch er, dass etwas nicht stimmte. Ob Francis sie verriet? Vielleicht sollte ihm jemand folgen? In Amber keimte leichte Panik auf und ein ungutes Gefühl, doch es war nicht an ihr, etwas an der Situation zu ändern. Und letzten Endes war es vielleicht egal, ob sie zu Snyder kamen oder er zu ihnen.

„Jetzt erzähl mal", riss Abigail sie aus ihren Gedanken, „wie habt ihr euch kennengelernt? Aus welcher Stadt kommst du?"

„Oh, das ist eine lange Geschichte und keine wirklich gute…"

„Wir haben Zeit", grinste nun Anne, die ihr eifriges Pferd zurückhielt, um mit ihnen auf einer Höhe zu reiten.

Es dämmerte bereits, als das Lagerfeuer hell aufloderte. Die Kälte der Nacht hielt allmählich Einzug und die Pferde erholten sich vom langen Ritt. Amber trat neben Hazen, der genüsslich eine Zigarillo rauchte und am Rande ihres Lagerplatzes in die Nacht hinausblickte. Er sah ihr sanftes Grinsen aus den Augenwinkeln.

„Wenn ich gewusst hätte", sagte er, „dass du zu so einem Teufelsweib wirst, hätte ich lieber das ganze Gold und mein Land an diese Hurensöhne verschenkt als mit dir zu Jack zu reiten." Seine Stimme war recht emotionslos, doch er wusste, dass sie seine Ironie heraushören

würde.

„Wenn ich gewusst hätte", antwortete Amber, „dass ich meine gerade erst gewonnene eigene Meinung wieder abgeben muss, würde ich mir das mit dem Ja-Sagen nochmal überlegen."

Hazen hustete und zugegebenermaßen lag das nicht an seiner Zigarillo.

„Ja-Sagen?"

„Ja", sie zuckte die Schultern und lächelte ihn unschuldig an.

„Zu was?"

„Na, falls du mich fragen würdest, ob ich dich heiraten möchte."

„Da würdest du ja sagen?", fragte er mit großen Augen.

„Na, seit heute Morgen bin ich mir da eben nicht mehr so sicher", grinste sie nun unverhohlen.

„Du kleines Biest…", setzte er an, wurde jedoch unterbrochen, bevor er sie an ihre Manieren erinnern konnte. Ein Ruf ging durchs Lager und einige Männer standen auf. Abigail und Anne, die zum Jagen gegangen waren, kehrten offensichtlich zurück. Hazen und Amber näherten sich den anderen.

„Unter einem Rehbraten hatte ich mir eigentlich etwas anderes vorgestellt", rief Kaulder, „etwas mit mehr Fell!"

„Du kannst sie gerne übers Feuer hängen, vielleicht geben sie dann die ein oder andere Information preis – aber dafür, dass sie schmecken, übernehme ich keine Haftung", sagte Abby.

Tom spuckte zu Boden und brummte mit seiner tiefen Stimme: „Da fress‘ ich lieber noch vergammeltes Rattenfleisch!"

„Wer sind die?", fragte Jack.

Amber sah zu Hazen, doch auch er kannte die beiden Männer, die Abby und Anne gefesselt ins Lager gebracht hatten, nicht.

„Späher. Sie sind unseren Spuren gefolgt. Jedoch nicht sonderlich gut, wie man sieht." Abby grinste.

Jack schüttelte den Kopf und Amber sah ihm an, dass er seiner Frau gerne einen Vortrag über Gefahr gehalten hätte, es jedoch auf Grund der Aussichtslosigkeit bei einem unzufriedenen Brummen beließ.

„Bringt sie her!", sagte er, „bindet sie an einen der Bäume und Tom, schau, dass du was aus ihnen rausbekommst."

„Francis ist immer noch verschwunden", flüsterte Amber und sah Hazen sorgenvoll an. Auf seiner Stirn bildeten sich Falten, doch er sagte nichts und ließ sich auch sonst nichts anmerken.

Tom nickte auf Jacks Anweisung hin und machte sich mit ein paar anderen daran, die zwielichtigen Gestalten zu fesseln.

„Schön, da wir das jetzt geklärt haben", erhob Kaulder die Stimme, „ich hab einen Mordshunger und ihr kommt hier nur mit ein paar langweiligen Spähern an…"

„Glaubst du wirklich", schnitt Anne ihrem Mann das Wort ab, „wir würden uns von diesen zwei Mistkerlen das Abendessen versauen lassen?"

Abby kam hinter Annes Pferd hervor, ein Reh geschultert. Jubelschreie gingen durch das Lager und schon bald saßen alle beisammen um das Feuer, jeder mit einem Stück Fleisch.

„Schau dir den an!", rief einer der Männer plötzlich, „der riecht das Essen wie der Wolf das Reh!"

Francis betrat den Lagerplatz und schien sich sichtlich unwohl in seiner Haut zu fühlen. Er suchte sich möglichst schnell einen Platz und war froh, nicht mehr im Mittelpunkt zu stehen.

„Das ist doch merkwürdig", sagte Amber, „wo war er?"

Hazen zuckte die Schultern. Er saß neben Amber und rempelte sie sanft mit dem Ellenbogen an: „Wenn du mir auch jeden Abend so einen Rehbraten nach Hause bringst, lasse ich dich vielleicht doch noch eine Weile mit den beiden verrückten Weibern rumlaufen."

Amber lachte empört: „Pass lieber auf, wenn ich noch länger mit den *verrückten Weibern* rumlaufe, weiß ich bald auch, wie man einen Mann fesselt!"

„Verlockendes Angebot, Schätzchen", grinste er und Amber schlug ihm theatralisch auf die Finger und küsste ihn.

Er war noch immer nicht wirklich glücklich darüber, dass sie hier war, doch er wusste, dass er sie nicht davon abhalten konnte. Nicht, ohne Gewalt anzuwenden, was er in der Tat bereits mehrmals in Erwägung gezogen hatte. Doch Amber wäre dann leider nicht die einzige, mit der er sich auseinandersetzen müsste und er wagte es nun wirklich nicht, den Zorn dreier Frauen auf sich zu

261

ziehen. *Solcher* Frauen.

Später am Abend hatte er sich bei Jack erkundigt, ob sie schon etwas aus den beiden Spähern herausgebracht hatten. Sie sahen in der Zwischenzeit etwas ramponierter aus als bei ihrer Ankunft im Lager. Sie hatten ein paar Details preisgegeben – zum Beispiel, dass Snyder wusste, dass sie mit Verstärkung unterwegs zu ihnen waren und sich entsprechend vorbereitete. Den Überraschungseffekt mussten sie also begraben.

Der nächste Morgen war jung und kurz, denn sie saßen schon sehr bald wieder auf ihren Pferden und würden wohl am Nachmittag ihr Ziel erreichen. Der Moment der Wahrheit rückte unaufhaltsam näher.

„Anne", sagte Amber, die bei den beiden Frauen ritt, „beim Abritt von der Ranch hast du gesagt, dass Tressa *damals* auf Luke aufgepasst hat und plötzlich hatte ich das Gefühl, dass sich die Stimmung komplett gedreht hat. Was hat es damit auf sich?"

Anne grinste: „Du weißt, dass ich den Mörder meines Mannes erschossen habe, ja? Nun ja, in der Zeit musste jemand auf Luke aufpassen – ganz einfach."

Amber runzelte die Stirn: „Wo war Abigail?"

„Ich war in der Schlacht mit… Jack und habe gegen die Banditen gekämpft", erklärte Abby.

„Und wieso war Anne nicht dabei?", hakte Amber weiter nach.

„Sie…", setze Abby an, doch Anne fiel ihr ins Wort.

„Man wollte mich da raushalten. Als Jack und der Sheriff losritten, um den Schweinen den Garaus zuma-

chen, war ich noch nicht wirklich in der Lage, ihnen in einer Schlacht entgegenzutreten."

Sie schwiegen, doch in Amber ratterte es. Irgendetwas an der Geschichte blieb ihr verwehrt, das sagte ihr ihr Gefühl.

„Jack…", dachte sie laut nach und fragte schließlich: „Jack und der Sheriff? Ich dachte, Jack war der Sheriff?"

„Damals noch nicht", sagte Abby.

„Er und seine Männer haben dem Sheriff geholfen", ergänzte Anne.

„Die Rancharbeiter?", fragte Amber ungläubig. Wieso zogen ein Haufen Rancharbeiter mit ihrem Boss in den Krieg gegen eine fürchterliche Verbrecherbande?

„Ich verstehe nicht…", fügte sie hinzu, „warum…?

Abby und Anne wechselten einen Blick, der Amber bestätigte, dass sie ihr etwas vorenthielten. Sie hielten ihre Pferde etwas zurück und ließen sich hinter den Rest der Truppe fallen.

„Hör zu", sagte Abigail, die neben sie geritten war, „es gibt etwas, das du nicht weißt. Und dein Mann auch nicht. Wir hängen es weiß Gott nicht an die große Glocke, aber ich denke, du solltest es wissen."

„Okay…", meinte Amber zögerlich.

„Bevor Jack Sheriff wurde…", Abby räusperte sich, „war er ein berüchtigter Banditenboss. Sie nannten sich die Cunningham-Bande."

„Jack… *Cunningham*…", schlussfolgerte Amber geschockt.

„Und ihr… wart auch, in dieser… Bande?", fragte sie ungläubig.

263

Die beiden Frauen, eine links und eine rechts neben ihr, nickten.

„Das ist…"

„Das war", korrigierte Abby, „ein anderes Leben. Irgendwie. Aber so schnell, wie die vermeintlichen Rancharbeiter alle wieder zu ihren altbekannten Waffen gegriffen haben, scheinen wir noch nichts verlernt zu haben, oder, Anne?"

Während Amber immer noch geschockt war über die Tatsache, dass sie sich hier gewissermaßen mitten in einer Banditenbande befand, entbrannte zwischen Abby und Anne offensichtlich eine Diskussion. Seit sie durch einen etwas dichteren Wald geritten waren, hatte sich Amber weiter von ihnen entfernt, registrierte jedoch, dass sie aufgebracht waren. Sie zügelte Sammy und näherte sich ihnen, vielleicht konnte sie helfen?

„Was ist los?", fragte sie in ruhigem Ton, da auch die beiden versucht hatten leise zu sprechen.

„Nichts", winkte Anne ab, was Abigails Wut offensichtlich erneuten Zunder gab.

„Nichts?", schimpfte sie und dämpfte ihre Stimme daraufhin, „es ist überhaupt nicht nichts! Du bist schwanger Anne, wie kommst du darauf, dich in einen Kampf zu begeben?"

„Schwanger?", fragte Amber mit großen Augen und beinahe tonlos.

„Ja, sie ist schwanger!" Abby schlug wütend auf das Sattelhorn.

„Anne, du…"

Abigail unterbrach Amber: „Weiß Kaulder es?"

Anne wandte den Blick zur Seite, ihre Lippen waren zu einem dünnen Strich zusammengepresst.

„Er weiß nichts davon? Anne, bist du verrückt?" Abby hatte allmählich Mühe, leise zu sprechen.

„Du weißt, warum", entgegnete Anne kühl.

„Ja, weil er dich dann verdammt nochmal auf der Ranch mit doppelter Sicherung eingesperrt hätte, zum Teufel!"

Anne machte eine zustimmende Geste.

„Und ich hätte ihm dabei geholfen, Herrgott nochmal!"

Amber wusste nicht, ob es angebracht war sich einzumischen, doch schließlich war es ja ihr Kampf, in den die beiden da hineingezogen wurden, oder?

„Anne, ich finde auch, dass du nicht hier sein solltest. Du musst dabei auch an das Kind denken. Kein Gold der Welt wäre es wert, dass…"

„So, ihr beiden", sagte Anne in einem Ton, der absolut nicht zu Verhandlungen einlud, „keine zehn Pferde könnten mich davon abhalten, mit euch in diesen Kampf zu ziehen. Solange noch ein Teil von dieser gottverdammten Bande an Missgeburten dort draußen rumrennt, werde ich keine Ruhe haben! Und mein Kind auch nicht! Ich lasse es nicht in Angst vor einer mordenden Bande aufwachsen, bei Gott nicht!"

Stille hüllte sie ein. Amber wusste nicht, was sie sagen sollte. Sie fühlte sich nicht in der Lage, Anne irgendetwas zu verbieten oder ihr weiter ins Gewissen zu reden. Jeder Versuch war zum Scheitern verurteilt.

„Okay", sagte Abby nach einer Weile, „unter einer Bedingung schleppe ich dich nicht zurück zur Ranch oder binde dich am nächstbesten Baum fest."

Anne stöhnte: „Und die wäre?"

„Du sagst es Kaulder. Jetzt."

„Jetzt?"

„Jetzt sofort. Ich möchte nicht mit dem schlechten Gewissen leben, es gewusst und dich nicht abgehalten zu haben und ihm das schlussendlich beichten zu müssen. Sag es ihm!"

„Er wird sie niemals mit uns kommen lassen", platzte es aus Amber raus, doch Abby blieb unerbittlich.

„Das liegt nicht in unserer Hand. Aber er muss es wissen."

„Einverstanden", sagte Anne widerwillig, trieb ihr Pferd an, schloss zu Kaulder auf und entfernte sich daraufhin mit ihm von der Gruppe.

„Wenn ich es ihr einfach… *befehlen* könnte!", schimpfte Abby hilflos.

„Sie scheint nicht die Art von Person zu sein, mit der man verhandeln kann…"

„Beim Himmel, wahrlich nicht!"

Feurig

Die drei Frauen lagen geduckt hinter einem Hügel und blickten auf den Wasserfall, in dem das Gold verborgen war, hinab. Von dort, wo sie waren, konnte man bis zum See sehen, in dem Hazens und Ambers Geschichte begonnen hatte. Nur hatte der Anblick rein gar nichts Friedliches, dort unten lagerte nämlich Snyder mit seinen Schurken.

Sie waren zuvor bei ihrem Planwagen vorbeigekommen, seitdem kochte Amber vor Wut. Und ihre beiden Mitstreiterinnen nicht weniger. Nicht nur hatte die räudige Bande all ihr Hab und Gut verstreut und zerstört, auch den Planwagen - nein, sie hatten auch das Fundament ihres Hauses niedergebrannt, das Hazen mit so viel Schweiß erbaut hatte.

Jetzt lauerten sie drei hier und heckten einen Plan aus.

„Ich hab genug gesehen", sagte Abigail und trat geduckt den Rückzug an.

Amber warf noch einen letzten, wütenden Blick auf das Dreckspack, das sich dort unten breit gemacht hatte, und folgte schließlich Anne und Abby. Sie kehrten zurück zu den Männern, die auf ihren Bericht warteten.

„Sie lagern wie erwartet unten am Fluss. Es sind viele und sie haben vermutlich Späher", erklärte Anne.

Jack nickte ernst: „Okay, hier ist der Plan…"

Sie schlichen durch den Wald. Leise wie Wölfe lauerten sie den Wachposten auf und ermordeten einen nach

dem anderen so leise sie konnten. Je mehr sie klamm-
heimlich ausschalten konnten, desto größer waren ihre
Chancen, die Schlacht zu gewinnen, denn noch waren
sie in der Unterzahl. Sie gingen schnell und effektiv vor,
arbeiteten im Team.

Sobald sie den Wald von Snyders Männern befreit
hatten, blieb ihnen nicht viel Zeit. Die Bande würde das
Ausbleiben ihrer Späher bald bemerken und dann wäre
die Hölle los. Die Truppe des Sheriffs verständigte sich
wortlos und einer der Männer sprintete los. Das Ablen-
kungsmanöver wurde gestartet. Alle warteten gespannt,
versteckt hinter dicken Baumstämmen. Dann knallte es.
Obwohl Amber wusste, dass die Explosion kommen
würde, zuckte sie trotzdem vor Schreck zusammen. Kurz
darauf leuchtete ein Feuerball durch die Bäume hindurch. Der Plan war, dass Snyder und seine Männer
nun zum Ort des Geschehens rannten und von ihnen
überrascht werden konnten. Stille kehrte ein im Wald
bei den Wartenden, während Rufe durch das Lager der
Gesetzlosen gingen.

Doch es geschah nichts.

Man hörte bereits das leise Knacken des Feuers, das
die Explosion, die Jacks Männer gezündet hatten, verursacht hatte. Der Trupp warf sich unsichere Blicke zu.
Was war geschehen? Wieso zerstreute sich die Bande
nicht aufgeregt und sah nach, was den Knall verursacht
hatte? Amber dachte fieberhaft nach, doch eigentlich
gab es dafür wohl nur eine Erklärung – jemand hatte sie
gewarnt. Die Frage, die sich dadurch stellte, war – waren
sie von einem der Späher entdeckt worden oder gab es

268

einen Verräter in ihren eigenen Reihen?

Der Trupp war verunsichert. Was sollte ihr nächster Schritt sein? Alle Blicke ruhten schließlich auf Jack, der kurze Blicke mit Tom, Hazen und Kaulder wechselte. Ein jeder von ihnen schien zu verstehen und auf ein Kopfnicken Jacks hin arbeiteten sie sich weiter im Wald vor zum Lagerplatz der Bande.

Eines war klar: Snyder wusste jetzt, dass sie da waren.

Als sie nahe genug herangekommen waren, sahen sie, dass das chaotische, unordentliche Lager leer zu sein schien. Amber dämmerte, dass nun sie diejenigen waren, die hier in eine Falle tappten, nicht Snyder. Gerade, als ihr das klar wurde, fiel der erste Schuss. Kurz darauf der nächste und schließlich brach ein unglaublicher Tumult los. Amber hatte Mühe sich zu orientieren, sie wusste nicht, von woher die Angreifer kamen, wie viele es waren. Und bei Gott, ihre Arme und Hände zitterten wie verrückt – wo sie doch ohnehin noch keine großartige Schützin war!

Die ersten Minuten riss sie ihr Gewehr von links nach rechts. Zielte, als etwas durch den Wald huschte. Zu langsam. Sie ließ ihre Waffe wieder sinken, blickte panisch umher. Da, da lief wieder jemand geduckt! Sie zielte, spannte den Hahn… und jemand drückte ihren Gewehrlauf nach unten. Gelähmt vor Angst, wagte sie kaum den Blick zu der Gestalt, die neben ihr aufgetaucht war zu heben. Das war also ihr Ende. So schnell… so endgültig. Sie hatte noch kein einziges Mal gefeuert und den Kampf schon verloren.

„Ich bin da", sagte eine vertraute, tiefe Stimme, „bleib

bei mir."

Sie hob den Blick und Tränen schossen ihr in die Augen, als sie Hazen sah. Am liebsten hätte sie sich ihm in die Arme geworfen und ihre Panik mit einer Flut von Tränen fortgespült – doch dafür blieb keine Zeit.

„Und, Amber", fügte er noch hinzu, während er ihren Weg auskundschaftete, „hör auf, auf unsere eigenen Leute zu zielen."

Oh mein Gott, langsam glaubte sie, es wäre besser, ihre Waffe gar nicht mehr anzuheben! Nicht auszudenken, wenn sie einen von ihnen erschossen hätte! Das könnte sie sich nie verzeihen, vielleicht... Zum Teufel, warum war sie nur mitgekommen? Wieso hatte sie so stur sein müssen? Sie war für sowas überhaupt nicht gemacht, sie...

„Komm!", forderte Hazen sie auf und sie schlugen sich gemeinsam durch den Wald. Amber hatte völlig die Orientierung verloren, sie hatte keine Ahnung, wohin sie liefen und auf wen sie noch zielen sollte oder nicht. Sie folgte einfach Hazen, blind vor Panik und völlig überfordert.

Schließlich landeten sie im halbverlassenen Lager der Bande. Bevor sie sich hinter einem größeren Stapel Feuerholz verschanzten, donnerte ein Schuss neben Amber. Hazen hatte geschossen. Aber sie wollte es nicht sehen. Sie klammerte sich geduckt an die Holzscheite, als wäre sie in einem reißenden Fluss, der sie sonst mit sich nehmen würde.

„Amber, atme!", sagte Hazen und packte sie bei den Schultern, „Konzentriere dich, sonst schaffen wir das

hier nicht."

Amber spürte abermals die Tränen in sich aufsteigen, schluckte jedoch und nickte. Sie sah Jack ebenfalls ins Lager kommen, ehe er sich irgendwo versteckte. Hazen überwachte ihre Umgebung, während Amber versuchte sich zu fangen. Ihr Blick fiel plötzlich auf zwei Personen, die hinter einem kleinen Vorratswagen heftig diskutierten. Zuerst dachte sie es wären Abby oder Anne, doch als sie schließlich das Gesicht der Frau sah, war ihr klar, dass sie diese noch nie zuvor gesehen hatte – zumal sie deutlich fülliger war. Was tat eine Frau hier? Und der andere – das war Francis! Sie musste total durch den Wind sein, dass sie seine hagere Gestalt nicht sofort erkannt hatte!

„Hazen, da ist Francis!" Sie zeigte ihm die beiden und auch Jack war in dem Moment zu ihnen gestoßen, als sie auf die beiden zeigte. Die Frau sah das Trio plötzlich und nahm sofort Reißaus. Francis wirkte verwirrt und blickte sich verschreckt um. Als er sie sah, war es schon zu spät, denn sie waren bereits bei ihm und Jack und Hazen packten ihn grob, um ihn festzuhalten.

„Wer zur Hölle war das, Francis? Und zur Hölle, lüg mich nicht an!" Jacks Stimme ließ absolut keinen Zweifel daran, was er sonst mit ihm machen würde.

„Ich…", wimmerte Francis.

„Hast du uns verraten, Francis? Hast du uns alle in Gefahr gebracht? Nach all diesen Jahren?" Jack hatte Mühe, nicht zu schreien und dadurch Snyders Männer auf sie aufmerksam zu machen.

„Ich…"

„Rede! Sonst pust' ich dir den Schädel weg, so wahr mir Gott helfe!"

„Maria, sie… ich… wir haben uns verliebt. Also, zumindest habe ich mich verliebt. Vor einiger Zeit in Johnstown. Und ich dachte, sie wäre auch in mich verliebt, aber…"

„Francis", drohte Jack, „hast du ihr Informationen gegeben?"

„Ich… nein. Ja, vielleicht, ein wenig… Ich…"

Jack ließ ihn los, während Hazen ihn weiter gepackt hielt. Der Sheriff schien kurz davor, einen waschechten Wutanfall zu bekommen.

„Wie kannst du nur so verdammt blöd sein, Francis?"

Amber beobachtete das ganze Schauspiel und auch wenn sie Francis in der Vergangenheit auf Grund seines Verhaltens nicht sehr vertrauenswürdig gefunden hatte, so war sie sich sicher, dass er es nicht in böser Absicht getan hatte. Er sah nicht aus wie der Typ Mann, der sich gerne mit einem Jack Cunningham anlegte.

„Liebe macht blind", sagte sie und zuckte die Schultern.

„Aber doch nicht so blind! Verdammt nochmal! Francis, wenn einer meiner Männer stirbt in diesem Kampf, dann hänge ich dich eigenhändig an den Galgen, hast du das kapiert?", wütete Jack weiter.

„Ich bin so ein Idiot!", jammerte Francis, „ich wollte ihr imponieren, wie hätte ich ahnen sollen, dass sie zu diesen Bastarden gehört?"

„Vielleicht, weil sie dich offensichtlich dazu gebracht hat, Informationen über unseren Plan preiszugeben?

Herrgott Francis, ich wusste immer schon, dass du ein Dummkopf bist. Aber doch nicht so einer! Ich könnte…"

„Er hat es nicht mit Absicht gemacht…", warf Amber abermals vorsichtig ein.

„Ja, das weiß ich, verdammt! Hazen, lass den Hohlkopf los! Ich… wir müssen uns was überlegen."

Abigail wich Anne nicht von der Seite, ebenso wie Kaulder. Sie waren ein verdammt tödliches Trio, wie Amber und Hazen feststellten, als sie ihnen folgten. Ihnen entging keine noch so kleine Bewegung im Unterholz, sie ließen kein Opfer übrig für die Schützen, die nach ihnen kamen. War die Truppe des Sheriffs zuvor noch zerstreut gewesen, so rotteten sich nun alle wieder zusammen. Alles, was man hörte, war das Knistern des Feuers, das nun nach der Explosion langsam wieder versiegte. Es war stiller geworden. Zumindest die Schießerei, nicht Ambers Herzschlag, wie Hazen unschwer an ihrem Gesicht ablesen konnte. Er hasste es, dass sie hier war. Er hasste es, dass er sie in diese Situation gebracht hatte. Nein – dass er es zugelassen hatte!

Schließlich kamen sie zu einer Lichtung. Hazen wusste nicht, ob Snyder floh oder ob sie abermals in eine Falle tappten. Er wusste nur, dass das hier verdammt anders hätte laufen sollen. Die Gefahr war viel zu groß, doch für einen Rückzug war es zu spät. Beim nächsten Mal wäre Snyder vielleicht noch mächtiger geworden – entweder sie schlugen ihn jetzt oder nie.

Sie überquerten die Lichtung in geduckter Haltung,

was jedoch nicht viel dazu beitrug, sich nicht wie das Reh vor dem Jäger zu fühlen, der im Unterholz lauerte. Sie machten schnell, Hazen ließ Ambers Hand nicht los. Auf der anderen Seite angekommen, blieb es weiterhin still, keine Schüsse. Hazen tauschte einen Blick mit Jack – sie beide befanden die Situation als äußerst beunruhigend. Doch Jack nickte – sie drangen weiter in den Wald vor.

Schon aus einiger Entfernung nahm Hazen ein paar Gebäude wahr. Es waren uralte, halb zerfallene Holzhütten. Ein verlassenes Sägewerk. Er kannte es, hatte es sich jedoch nie genauer angesehen, da es für ihn dort nichts Interessantes gegeben hatte. Da hatte ihr Feind sie also hinlocken wollen. Snyder und seine Männer hatten sich hinter den Wänden verschanzt und ihre Gewehrläufe durch die Schlitze zwischen den Holzbalken gesteckt, da war er sich sicher. Das war nicht gut. Gar nicht gut.

Nach einem kurzen Blick- und Gestenduell mit Anne, die selbst gehen wollte, schickte Jack Kaulder voraus, um die erste Hütte für sie freizumachen. Annes Mann schlich lautlos und in der Hocke aus dem Wald zur Hütte. Er ging zur ersten kurzen Seite und presste sich flach an die Wand, sodass ihn der Rest der Bande hoffentlich noch nicht sehen konnte. Hazen hatte das Gewehr im Anschlag, bereit auf jede noch so kleine Bewegung in Kaulders Umgebung zu schießen. Ganz langsam schob dieser sich an der Wand neben dem Fenster nach oben und schwenkte sein Gewehr in Richtung des Fensters. Er erhaschte einen kurzen Blick – und grinste. Er zwinkerte Hazen zu, dann schoss er durch das Fenster

274

und tötete den Mann, der in der Hütte auf sie gewartet hatte. Gleich darauf fielen die ersten Schüsse in ihre Richtung.

„Komm!", raunte Hazen Amber zu und zog sie hinter sich her zur Rückwand der Hütte. Er knallte mit dem Rücken dagegen und spähte sogleich um die Ecke. Er erschoss einen Mann, dessen Deckung nicht gut genug gewesen war.

„Da rein!", wies er abermals an und rannte mit Amber in eine Hütte, die er für leer befunden hatte. Doch er hatte sich getäuscht. Sofort richtete er seine Waffe auf den Mann. Er war sturzbetrunken. Es war Tom, sein Bruder. Hazen fragte sich, wie er in diesem Zustand so weit hatte kommen können?

„Ach, da sind ja meine beiden Liebenden!", grinste Tom, der ebenfalls sein Gewehr auf sie gerichtet hatte, „welch betörender Zufall!"

„Tom, verdammt, warum tust du das? Noch dazu in diesem Zustand!" Hazen schlug das Herz bis zum Hals. Er zwang Amber, hinter ihm zu bleiben, damit Tom nicht auf sie schießen konnte – zumindest solange, bis er nicht auf ihn selbst geschossen hätte.

„Ich kann dir alles nehmen, was du liebst, Hazen", lallte Tom und riss anschließend theatralisch die Augen auf, „alles!"

Er veränderte seine Position, versperrte den Weg zum Ausgang. Sie saßen in der Falle.

„Dann würdest auch du dir alles nehmen, was du liebst", konterte Hazen mit drohendem Unterton.

„Ganz so wie damals, Hazen, nicht wahr? Mit Cathe-

rine. Du hast schon immer bekommen was du wolltest! Und dir war immer schon egal, ob es mein war oder nicht. Du nimmst dir einfach, was du haben willst. So einfach ist das."

„Du hättest das alles nie tun sollen, Tom. Ist dir klar, was du hier angerichtet hast? Wie viele Männer…"

„*Du* hast das hier angefangen, Hazen, allein du. Und ich bin der, der es beenden wird!"

Bei Toms letztem Satz zischte ein Schuss durch die Luft. Er riss erschrocken die Augen auf und war verschwunden.

„Hazen! Hazen, bist du okay?", rief Amber und tastete ihn hastig ab.

Hazen blickte aus der Hütte. Dort drüben stand Charly und sah zu ihm zurück. Er hatte seine Deckung aufgegeben, Hazen könnte ihn mit Leichtigkeit erschießen. Er hob sein Gewehr und zielte. Amber folgte irritiert seinem Blick und sah ihn schließlich auch. Charly hob das Kinn und sah ihm weiterhin entgegen. Hazen senkte seine Waffe wieder, gab damit auch seine und Ambers Deckung auf. Er sah Charly an und nickte. Dieser nickte ebenfalls und verschwand wieder.

„Hazen, warum hast du ihn nicht erschossen?", fragte Amber aufgeregt.

„Er hat auf Tom geschossen."

„Was… das… heißt das, er ist auf unserer Seite?"

„Sieht ganz so aus."

„Aber, er hat uns doch verraten?"

„Vielleicht auch nicht."

Hazen wusste selbst nicht, was Sache war, doch

Charly hatte sie soeben beschützt und seine Waffe vor Hazen gesenkt. Er hätte ihn einfach erschießen können.

„Heißt das, Tom ist jetzt verletzt?"

„Wahrscheinlich", sagte Hazen, „das verschlechtert seine Chancen noch mehr. Wenn er überhaupt eine hat in dem Zustand."

Innerlich wusste Hazen, dass er Tom hätte ausschalten können. Der Betrunkene hätte nie den Abzug schneller als er drücken können. Aus irgendeinem verdammt schlechten Grund hatte er es nicht getan und er fragte sich wirklich, ob das die richtige Entscheidung gewesen war. Es wäre besser gewesen, er hätte ihn nicht laufen lassen – doch vermutlich kam er sowieso nicht lange durch.

„Was meinte Tom mit Catherine?", fragte Amber.

„Amber, jetzt ist nicht…"

„Doch, jetzt ist genau der richtige Zeitpunkt."

Sie sah ihn mit einem Blick an, der ihm keine Wahl ließ.

„Tom hatte sich in Catherine verliebt, als ich schon mit ihr zusammen war. Wir haben geheiratet und er konnte es irgendwann nicht mehr jeden Tag mitansehen und ist nach Greencut gezogen. Den Rest… kennst du ja."

Und dort hatte er dann Amber kennengelernt und war endlich über Catherines und Hazens Beziehung *und* Catherines Tod hinweggekommen. Deshalb wollte er wohl zurückkommen. Neu anfangen. Und dann nahm Hazen ihm Amber weg…

„Kein Wunder, dass er durchdreht", murmelte Am-

ber, die offensichtlich gerade den selben Gedankengang vollzogen hatte wie er.

„Nein", stimmte Hazen ihr zu, „das ist wirklich kein Wunder. Und wenn er dich noch einmal bedroht, dann erschieße ich ihn, so wahr mir Gott helfe. Aber eigentlich hat er es nicht verdient so hier zu sterben…"

Amber sagte nichts. Sie wussten beide, dass Toms Chancen auf Grund seines Zustandes denkbar schlecht standen, doch es lag nicht in ihrer Hand.

„Wir hätten das alles nie tun sollen", wisperte Amber, doch er sah in ihren Augen, dass sie das nicht wirklich meinte.

Hazen zog sie in seine Arme und presste sie fest an sich: „Wenn unsere Liebe falsch ist, Amber, dann will ich nie wieder auf dem richtigen Weg sein."

Es passierte viel zu schnell. Hazen lief, gefolgt von Amber, um eine Hütte herum. An deren langer Seite wurden sie schneller, als plötzlich ein Aufschrei Hazen innehalten ließ. Er wirbelte herum, doch Amber war verschwunden. Fieberhaft blickte er umher, da hörte er Gerumpel. Die Tür! Er rannte sofort zurück und riss seine Waffe hoch, als er sich dem Eingang der Hütte näherte.

„Zu spät, Hazen, jetzt hab ich sie!", rief es aus dem Inneren.

Adrenalin raste durch Hazens Körper. Das war Snyder. Verdammter Mist, das war Snyder! Hazen war nicht zu Spielchen aufgelegt, er stürmte in die Hütte. Snyder hielt Amber eine Waffe an die Schläfe und grins-

te. Gottverdammt, er musste sich beruhigen, sonst tat er etwas Dummes. Snyder war alles zuzutrauen, Hazen musste überlegt handeln.

„Lass sie sofort los!", forderte er.

„Sonst was?", grinste Snyder und legte den Kopf schief. Im Halbdunkel sah sein Gesicht aus wie eine Fratze.

Hazen ging weiter in die Hütte hinein. Was sollte er tun? Snyder hatte den Finger am Abzug und er würde weiß Gott nicht zögern! Snyder bewegte sich langsam rückwärts Richtung Ausgang. Vermutlich hoffte er auf die Unterstützung seiner Kumpanen – doch draußen war auch Hazens einzige Chance auf Hilfe. Das Sonnenlicht blendete ihn, als sie durch die Türöffnung traten.

Amber hatte die Augen weit aufgerissen, sie hatte Todesangst. Hazen kämpfte mühsam die Wut nieder.

„Lass. Sie. Los. Snyder."

„Ach, sie ist so schön, ich will sie noch ein bisschen behalten", lachte dieser spöttisch.

Ein Abzug wurde gespannt. Eine zerlumpte Gestalt tauchte neben Hazen auf. Einer von Snyders Männern. Verdammt. Sie saßen sowas von in der Patsche! Er blickte sich nervös um, doch niemand schien sie zu sehen. Wenn er keine Hilfe bekam…

„Du weißt, dass sie sterben wird, oder, Donagan? Egal, was du tust oder nicht tust, deine Kleine hier wird sterben. Genauso wie Catherine."

Nein, nein, nein, das durfte er nicht zulassen. Es musste doch einen Weg geben. Irgendeine Lösung…

Ein Schuss. Ehe Hazen wusste, was geschah, wirbelte

er herum. Ein zweiter Schuss. Ein brennender Schmerz durchbohrte sein Bein. Nun drückte er den Abzug und der Mistkerl neben ihm fiel in sich zusammen.

„Amber!", rief er und rannte zu ihr. Sie rappelte sich benommen auf. Panik stand ihr ins Gesicht geschrieben. Snyder lag am Boden, eine Blutlache bildete sich um seinen Kopf. Das war ein verdammt präziser Schuss gewesen. Jemand hatte gewusst, was er tat, denn er hätte leicht Amber treffen können.

„Wer war das?", stieß Amber atemlos aus, als sie sich mit Hazens Hilfe erhob.

„Ich..." weiß es nicht, wollte Hazen sagen, doch dann sah er den Schützen. Er stand nicht weit von ihnen, war aus seiner Deckung hinter einer Hütte hervorgekommen. Seine Miene war regungslos, seine Waffe gesenkt. Amber hatte ihn jetzt auch gesehen.

Es war Tom.

Er hatte ihnen das Leben gerettet.

Ehe einer von ihnen etwas sagen konnte, verschwand Hazens Bruder. Als Hazen zu Amber blickte, deren Hände er immer noch hielt, sah er Tränen auf ihren Wangen glitzern.

„Er hat uns das Leben gerettet", sagte Amber ungläubig, „Hazen, er hat uns das Leben gerettet."

„Ich weiß", sagte Hazen und drückte ihren Kopf an seine Brust, „ich weiß."

Nach Snyders Tod war der Kampf schnell zu Ende. Anne und Abigail hetzten den Flüchtigen hinterher und es gab keinen Zweifel daran, dass keiner von ihnen le-

bend davonkommen würde. Die Männer des Sheriffs durchforsteten das verlassene Sägewerk und zählten ihre Verluste. Auch Hazen und Amber waren auf der Suche nach zwei Personen. Es dauerte nicht lange, da fanden sie eine davon. Charly lag röchelnd am Boden hinter einem alten Wagen. Hazen fiel sofort auf die Knie und versuchte sich ein Bild von seinem Zustand zu machen.

„Mach dir keine Mühen", krächzte Charly, „das Arschloch hat mir mehrmals in den Rücken geschossen. Da ist nichts mehr zu retten."

Trotz Charlys Protesten und seiner Schmerzlaute drehte Hazen ihn leicht zur Seite, doch als er den blutgetränkten Boden unter Charly sah, wusste er, dass es keine Rettung mehr gab.

„Verdammt, Charly", presste er mühsam hervor, „was hast du bloß getan?"

Charly packte Hazens Arm. „Ich. War. Ein. Idiot. War neidisch, wegen Gold. Ich wollte Gold herstellen… habe zu viel getrunken, zu viel geredet. Und dann habe ich zu viel mit den falschen Leuten geredet. Haben mich bedroht. Hatte keine Wahl…" Er hustete. „Hab so getan als wär' ich einer von ihnen. Doch heute, heute hat's einer gemerkt…"

„Oh Charly", sagte Amber, der die Tränen übers Gesicht rannen.

„Alles gut, Miss Amber."

Auch Hazen entfloh eine Träne.

„Ich wusste, dass ich das nicht überlebe, Hazen."

Hazen schüttelte den Kopf.

„Miss Amber", keuchte er und sah zu ihr, „Bobby…

Wiese... bis er stirbt..."

„Ja, Charly, dafür sorge ich", sagte Amber.

„Gutes Pferd war... in meiner Tasche...", krächzte Charly, ehe er einen irren Blick bekam, „das Gold, ich hab's nicht geschafft, das Gold..."

Sein Griff löste sich von Hazens Arm und fiel schlaff zu Boden. Hazen schloss die Augen und strich ihm übers Gesicht, um seine Lider zu schließen. Er sah zu Amber, die ihm sogleich in die Arme fiel.

„Hey ihr beiden", rief Abby plötzlich und riss sie aus ihrer Trauer, „hab hier einen besonderen Flüchtigen für euch!"

Tom stolperte auf sie zu. Gefesselt und entwaffnet. Und deutlich nüchterner als noch einige Stunden zuvor.

„Dachte, den möchtest du selbst aufknöpfen", fügte sie noch hinzu, während sich beinah alle um sie versammelt hatten.

Amber packte Hazen am Arm, sah ihn an und schüttelte den Kopf. Hazen sah seinen Bruder an. Während dutzende Bilder der Vergangenheit auf ihn einströmten, wusste er, dass er innerlich schon längst eine Entscheidung getroffen hatte. Ob es die richtige war, wusste er nicht.

„Lasst ihn laufen."

„Bist du dir sicher?", fragte Tom, Jacks rechte Hand, und sah ihn ernst an.

„Nein", sagte Hazen, „aber lasst ihn laufen. Er hat uns das Leben gerettet und Snyder erschossen."

Ein Raunen ging durch die Menge, ehe Jack Tom zunickte und dieser die Fesseln aufschnitt.

„Hol dir ein Pferd aus Snyders Lager und dann geh deiner Wege", sagte Hazen zu ihm und er fühlte, wie Wärme an einer Stelle seines Herzens einkehrte, die schon sehr, sehr lange Zeit vereist gewesen war.

Tom nickte und machte sich auf den Weg. Hazen sah ihm nach, ehe er im Unterholz verschwand. fragte sich, was er jetzt wohl aus seinem Leben machen würde – ob er genauso abstürzte wie er selbst nach Catherines Tod?

„Danke", wisperte Amber.

Er schloss sie in die Arme, drückte sie fest an sich, küsste ihr Haar und realisierte nur langsam, dass sie es geschafft hatten.

Epilog

Sie hatten das Gold, das Snyder ihnen gestohlen hatte, zurück. Das Haus sah mittlerweile schon aus wie das, was es einmal werden sollte. Alle hatten zusammengeholfen und arbeiteten beinah täglich an Hazens und Ambers Ranch. Die ersten Zäune waren schon errichtet worden, das Vieh, das Snyder fortgejagt hatte, war wieder zusammengetrieben worden. Bobby, das struppige Pferd von Charly, rupfte zufrieden das Gras auf einer der Weiden.

Es war noch früh am Morgen und alle waren bereits wieder tatkräftig bei der Arbeit. Abby, Anne und Amber schnitten Latten für die Hausverkleidung auf die richtige Länge zu. Sie waren bereits ein eingespieltes Team.

„Und, warst du dort?", fragte Abby Anne, an deren Bauch man noch immer kaum die Anzeichen einer Schwangerschaft erahnen konnte.

Diese nickte: „Ja, ich hab es endlich getan."

„Das Grab deines Mannes?", fragte Amber.

Anne nickte: „Ja, ich habe das verblichene Holzkreuz weggeworfen und ihm ein Andenken geschaffen, das seiner würdig ist."

Amber blickte ein Stück weit zum Fluss runter, ihre Hand um den Edelstein von Hazens Kette geschlossen, die sie an ihrem Hals trug, und lächelte. Dort unten hatte sie mit Hazen ein symbolisches Grab für seine Frau, Catherine, errichtet. Sie hätte auch ihren Platz hier verdient, hatte sie zu ihm gesagt.

„Zeig nochmal", sagte Abby und griff nach Ambers Hand.

„Er ist wunderschön", grinste sie.

Amber lächelte ebenfalls. In Charlys Tasche hatten zwei Ringe gesteckt. Wie sie mittlerweile wussten, hatte er den Goldschmied beauftragt, aus dem Verlobungsring, den er für sie gemacht hatte, nachdem sie den von Tom verloren gehabt hatte, einen neuen Ring zu machen. Genau genommen zwei Ringe. Einen für sie und einen für Hazen. Es war das schönste Andenken, das er ihnen hatte hinterlassen können. Sein struppiges, altes Pferd Bobby ließ sie jedoch auch regelmäßig bei der Erinnerung an Charly schmunzeln. Der alte Kauz war vielleicht komisch gewesen, aber sie hatte ihn sehr lieb gewonnen.

„Sag mal, Anne, jetzt, wo uns die Schurken zum Jagen langsam auszugehen scheinen – wie wär's, wenn wir unsere dritte Schwester suchen?", meinte Abby mit einem Gesichtsausdruck, der nichts Gutes verhieß.

„Gute Idee", grinste Anne.

„Hast du ein paar Informationen zu ihr?"

„Ich hab mir bisher nicht groß Gedanken gemacht", erklärte Anne, „ich weiß nur, dass sie…" Sie stockte.

Als Amber bemerkte, dass Annes Blick auf ihr ruhte, kehrte sie zurück ins Hier und Jetzt und hörte auf, in Erinnerungen an einen Charly zu schwelgen, der gerade bei ihrem alten Planwagen versuchte, aus Steinen Gold zu machen.

„Was?", fragte sie irritiert, da sie das Gespräch nicht aufmerksam verfolgt hatte.

„Die dritte Schwester", flüsterte Anne atemlos, „sie… sie hieß Amber."

Amber lachte auf: „Keine Angst, wir sind nicht verwandt. Das kann gar nicht sein."

Noch während sie es aussprach, fiel ihr auf, dass das gar nicht stimmte. Die andern beiden bemerkten, wie ihr die Gesichtszüge entglitten.

„Ich… also, ich… bin adoptiert, aber, Leute, das kann einfach nicht sein. Das wäre ja…."

„Schicksal", erklärte Abby und zog die Augenbrauen hoch.

„Nein, wirklich, also…"

„Was weißt du über deine echten Eltern?", fragte Anne.

„Ich… also ich weiß eigentlich nichts. Also, nichts über meinen Vater. Meine Mutter, sie… nun ja, sie war wohl eine Prostituierte…"

„Das kann ja nicht sein!", kreischte Abby fassungslos und ehe sich Amber versah, wurde sie gedrückt und geschüttelt und herumgewirbelt.

Die Männer bekamen den Tumult mit und kamen zu ihnen. Jack, Hazen und Kaulder zogen die Augenbrauen hoch.

Kaulder schüttelte den Kopf: „Jetzt drehen die Weiber vollkommen durch."

Hazen schüttelte ebenfalls den Kopf: „Ich glaube viel mehr, die haben wieder was ausgeheckt."

„Was auch immer es ist", schaltete sich Jack ein, „wir sind dagegen."

„Was ist denn bei euch los?", rief Kaulder um das Ge-

kreische zu durchbrechen.

„Unsere Mutter ist eine Prostituierte!", rief Abby begeistert, erntete jedoch noch mehr Unverständnis.

„Ist jetzt in der Regel etwas, worüber man sich weniger freut", warf Kaulder ein.

Die drei Frauen lachten. Dann trat Amber vor und erklärte: „Wir sind Schwestern. Unsere Mutter war eine Hure und hat uns allen Namen mit dem gleichen Anfangsbuchstaben gegeben."

„Oh Gott", sagte Hazen, „jede Frau, deren Namen mit A beginnt, wird mir in Zukunft erst Mal Angst machen…"

Die drei Frauen saßen auf ihren Pferden. Abby auf ihrem Schecken Joker, Amber auf der Stute, die sie gemeinsam mit Abby gezähmt hatte. Die Sonne stand bereits tief und färbte den Himmel in dunkles Rot und Orange. Die Gesichter der drei leuchteten fast so sehr wie ihre Augen strahlten. Keine von ihnen stand der anderen in Verwegenheit nach. Der Stoff ihrer Röcke flatterte im Sommerwind, der auch ihre Haare aufwirbelte.

„Du gewinnst nicht, Abby", sagte Amber, „Golden wird jeden Tag schneller."

„Sie hat keine Chance gegen Joker", grinste diese und hob die Nase an.

Anne lachte: „Vergesst Jack nicht, meine Lieben, er gehört nicht umsonst der Frau mit dem schnellsten Colt im Westen."

„Na, na, na, wie wollt ihr denn ein Rennen ohne echte

Konkurrenz machen?", höhnte plötzlich eine Stimme hinter ihnen.

Kaulder, Hazen und Jack schlossen mit ihren Pferden zu ihnen auf.

„Hey, das ist eine geschlossene Gesellschaft", schimpfte Amber.

„Na gut, wenn ihr euch das nicht zutraut…", meinte Kaulder und zuckte die Achseln.

„Von wegen!", stellte Anne klar.

„Na dann, Ladies, braucht ihr einen Vorsprung oder starten wir?"

Bisher erschienen:

Band 1 der Prärie-Reihe: *Prärieherz*

Eine schicksalhafte Begegnung führt Abigail am Tiefpunkt ihres bisherigen Lebens in die Arme Jack Cunninghams, eines bekannten Banditenbosses. Nach einer überstürzten Flucht aus dem Bandenversteck mogelt sie sich als Mann verkleidet dorthin zurück und hofft auf das große Geld. Doch das Leben hat andere Pläne mit ihr. Plötzlich ist sie nicht nur in einen Bandenkrieg, sondern auch in einen Kampf um ihr Herz verwickelt.

Band 2 der Prärie-Reihe: *Prärieblume*

Anne hat alles verloren. Völlig am Ende kämpft sie sich Stück für Stück zurück ins Leben und stolpert schließlich in die Welt einer wandernden Wild-West-Show. Ihr Ruf als feurige, zielsichere Revolverheldin eilt ihr schon bald voraus. Wären da nicht die Dämonen ihrer Vergangenheit - ihr Leben könnte perfekt sein. Doch dann ist da auch noch Kaulder, der sie nicht mehr loslässt. Und der hat zu allem Überfluss noch eine Verabredung mit dem Galgen.